U0927898

案件调查录3

安澜悠然 / 著 /

文匯出版社

图书在版编目(CIP)数据

案件调查录．3／安澜悠然著．--上海：文汇出版社，2016.3

ISBN 978-7-5496-1153-9

Ⅰ．①案… Ⅱ．①安… Ⅲ．①推理小说—中国—当代 Ⅳ．① I247.5

中国版本图书馆 CIP 数据核字（2016）第 033903号

案件调查录 3

作　　者／安澜悠然
责任编辑／熊　勇
装帧设计／百丰设计

出版发行／文匯出版社
　　　　　上海市威海路 755号
　　　　　（邮政编码 200041）
印刷装订／北京天宇万达印刷有限公司
版　　次／2016年 4月第 1版
印　　次／2016年 4月第 1次印刷
开　　本／710×1000　1/16
印　　张／18
字　　数／250千

ISBN 978-7-5496-1153-9
定　　价／36.80元

目录

第六季　千年盗道

第七季　嫩芽深渊

番外 纸条上的爱人

第六季

千年盗道

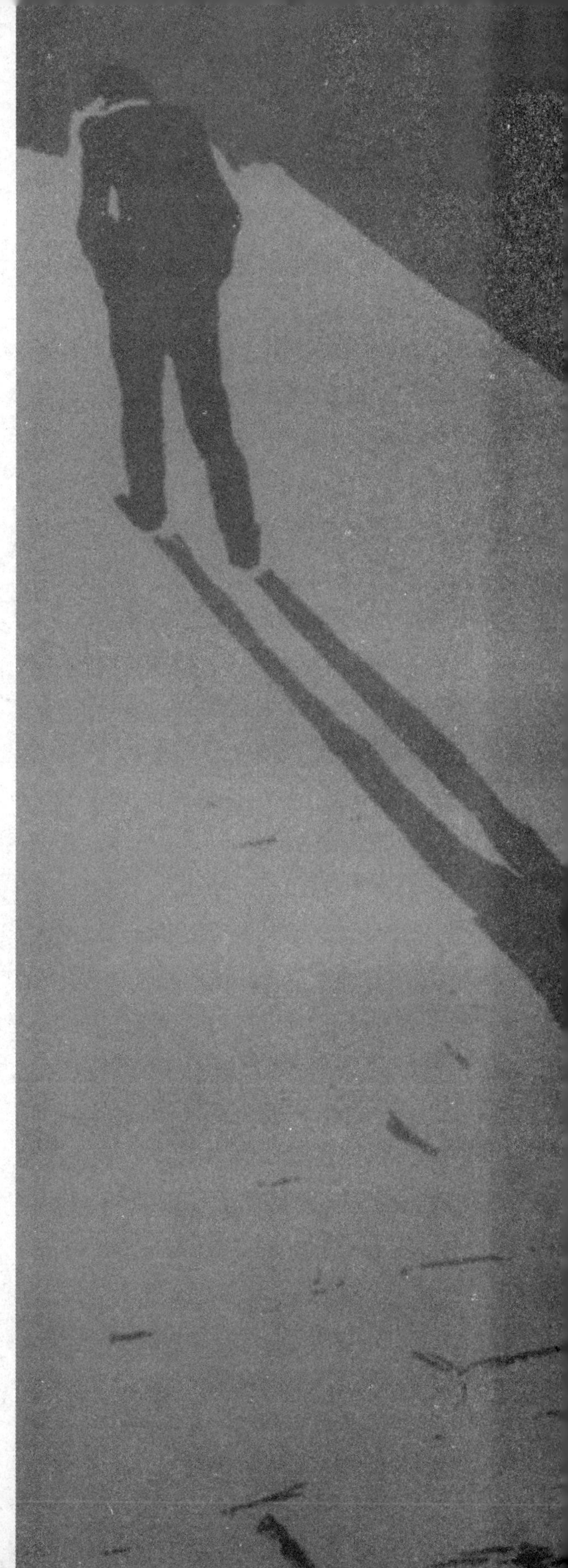

01　惊魂棺材

森林的……味道……可可用力睁开眼，一片黑暗，明明睁开眼了呀？难道没开灯？伸手想要摸到床头灯，只听得“砰”一声，撞到了什么？好疼……

缓缓伸手……头顶上方是木头的微凉的触感，一路慢慢延伸下去……可可心里一惊，我躺在哪里？这里不是我家，这是……木头？可可的手从身侧延伸到头顶上方，她慢慢从一开始的半梦半醒到整个人彻底惊醒。

她发现自己躺在一只漆黑的木箱中。跳入脑海的第一个字眼是：冰柜……不，不对，这是个木箱，像冰柜一样供人躺着的木箱。可可用时间慢慢恢复理性思考的能力。可可，冷静、冷静，她一遍遍对自己说。

虽然很不愿意承认，但是不得不说，大概……是只棺材，但凝息辨觉，能察觉到很轻微的晃动，至少，我不是被埋在土里的吧……真是不幸中的万幸……该死！惊恐之后的心，顺其自然产生巨大的愤怒。

不论是谁这么做，我绝对会让他后悔。现在，嗯……思考，浔可然，别放弃思考，我在一只木棺材中，棺材还在晃，这么说……是在运输途中？是谁把我装进来的？等等……我最后记得的事情是什么？

子弹、呼啸声、大缯惊异不定的表情、黑暗中手机屏幕的闪烁、黑猫素素轻轻摆动的尾巴……记忆中的画面像碎片一样缓缓从空中下落。

对了，我对着大缯耳朵旁开了一枪，因为他联合老爸，在我之前一步找到了……那个人，那个撞死姐姐的人，却要我放弃，唔……好像箱子晃动得厉害了？脚底下和腰两侧有点凉丝丝的风？……不动了……箱子里虽有轻微的空气流动，但除了黑暗与寂静毫无动静，可可用愤怒来压制心底的恐惧。

别让我知道这是谁干的，哼！我刚才想到哪里？大缯，对，开了一枪之后，我好像坐在地板上睡着了，醒来看到素素端坐在我腿上，尾巴轻轻地蹭我，然后呢？然后，手机屏幕的亮光，是谁来着？是谁……该死，那个人好像就在脑边就是想不起来。

哐噔！比晃动更明显的一震又打断了可可的思绪，静待数秒之后，可可闭上眼睛，似乎很遥远的地方，飘来什么声音，低沉的嗡嗡，过会又消失了，可可再度陷入了无尽的黑暗与寂静中。

我刚才想到哪里？对了，我还记得什么，该死，记不起那个手机之后的事情了，那其他的呢？我在哪里，木箱中，谁把我放进来的？为什么？不论是谁，为什么要把我放在一个木棺材中运输？如果打算杀我，不对，给木箱四周留下了通风的缝隙是故意的，那说明这人并不想我意外窒息，难道是大缯或者老爸为了让我放弃追查姐姐的凶手而把我秘密送出国？不对……应该，不至于吧，如果这样做，他们怎么和局里交代？他们不会冒这样的风险让我恨他们，那是谁，绑架？复仇？谁会绑架我？我又没钱，老爸也没钱，大缯也没钱……除非是黑势力想以我为人质要挟大缯或者老爸……那未免太傻了，不用等人来救，等我出去先给他们放点血！唔……什么声音？

似乎是头先触地，一记明显的震动让可可停止思考，仔细聆听动静，她感觉到血液往上半身涌动的过程，说明我现在脚在高处头在低处，然后缓缓地，脚下也在降低，接着又是一震。

有说不清的几分钟里，可可知道整个木箱在平移，她想抬手砸木板，又怕外面的运输的人不明情况以为诈尸，往棺材里扎几刀什么的，唉，思来想去，可可放弃了所有的行动。

不管把我装进来的人是出于什么目的，至少他不是要置我于死地，那为了保证我活着，迟早会打开箱子给我喝水吃饭，一切等箱子打开了再观察形势吧！

各种胡思乱想混杂的黑暗之中，可可不知不觉自己又睡着了。

“砰！”门被猛然关上的声音吓了局长一跳。

“局长，你找我？”眼前这个双眼血丝的刑警队长，硬是让局长忍不住皱眉，他用下巴指了指沙发，示意大缯坐下，后者摇摇头，一脸不耐烦的表情。

“坐一会的工夫都没有？”局长摇了摇头，把面前的文件夹往前推了推，“这是上头新发下来的嘉奖申请表格，你把最近你们办的几个大案要案整理下……”

“局长，我现在没空，你找别的分队长整理去。”

“哟，架子挺大啊……怎么，给你案子推来推去就罢了，给你奖励也推？诶，我说，不就是个法医今天没来上班吗？指不定跑哪儿去玩了，说不定明儿就回来了！”

“可可不是那种人！她钱包丢在酒吧里，人却失踪了，这种事情绝不是她的做事方式。”大缯一边说一边在办公室里来来回回踱步。

“停停停，你晃来晃去的我眼都花，那又怎样？她一个法医失踪，你们整个刑警队不干活啦？再说她爹不是军队的人嘛？就是找，也轮到不到你这个队长吧？你算她什么人诶？”

周大缯停住脚步，转身看向稳坐在老板椅上的局长，眼神中充满不能说出的愤怒，几秒后他一言不发地转身，走向门口。

“站住！”局长一喝。大缯暂停脚步，回头刚想开骂，就看到局长从抽屉里拿出一张纸，“拿去……愣什么？特批假条！不要是不是？那我吃掉它了哈！”

大缯愣在原地，局长不急不慢地点起一根烟，“不是我说你，你看看你一大早跑来，目露凶光，逮谁咬谁，你下面的人都吓得躲到别的分队办公室去，我才知道这事儿，我叫你来就是要你静一静。”局长再度指了指沙发示意他坐下，“小浔不见了就你一个人急？说不上全局上下都关心，至少老子是关心的！还有她那个爹，还有常丰那个老家伙，一早上我这儿来来回回电话都三四回了，大家都在动关系查，你像个疯狗一样团团转有个屁用？”

大缯掐灭手中的烟，耷拉着脑袋，在沙发上默默地坐下。

“你办案子这么多年了，你告诉我，不管失踪的是谁，接到这样报案，你首先做什么？”

大缯静默几秒后才开口，“查失踪人最后的行踪，查最近几天和谁有过往来，查平日最亲近的人有没有什么留意到不同寻常的事情……”说到这里，想到可可开出的那一枪，大缯直觉得血气往脑子里涌动，无意识地掐着沙发扶手，逼迫着自己深呼吸。行踪、这几天和谁联系过都可以交给白翎他们去查，但是可可那把枪，是现在最可疑的线索，必须亲自调查清楚是谁给她的。

除了报仇，那把枪没有其他意义可言，这个白痴……这么说，还得和浔老爸联络，让他派人看住当年肇事撞死可可姐姐的那个人。

不知不觉中，大缯的脑子已经恢复平日的快速思路，局长盯着他的表情看了一会，掐灭手中的烟，“看来你够清醒了，行了，假条拿去，万一有什么紧急情况不用来和我汇报，你自己判断行动。记住！我唯一的要求，就是给我把人平安、完好地带回来，其他的都可以回头商量！”

局长一甩手，把刑警队长轰出门去。

大缯站在局长门口呆立了几分钟，甩甩头深呼吸一口，大跨步走向法医科，边走边给手下的白翎、薛阳和王爱国打电话发出不同的追查方向。

“有人没？”大缯直接打开法医科办公室的门，就看到苏晓哲手里拿着个信封，歪着头站在办公桌前发愣。

“浔……周队长，你……正好，你说这个，要拆开么？”苏晓哲递过来一个纯白的信封，上面写着收件人浔可然，另有一行小字，“紧急必看”。

“刚才有人快递送来的，照理说浔姐的信我不能随便拆，但是今天她又没来上班。”苏晓哲挠着头一脸纠结。

呲啦——“啊！”晓哲对大缯不假思索撕开信封发出短暂的惊讶。

“苏晓哲，可可有可能遇到点麻烦，这几天你要联系其他法医多帮忙，还有，把可可手头正在处理什么案子整理一份资料给我。”白色的信封里是另一个小一号的暗红色印花信封，上面写着的署名让两人都愣住了。

“周大缯刑警队长敬启”

什么信件会快递到可可这里，里面却套着另一个给大缯的信封？大缯忍不住拆开信封，里面是和外壳一样的暗红色印花纹的信纸，上书：借浔可然一用，三天后会联络。

苏晓哲整个人都僵住了，“周队，这，这是什……什么……”

“冷静。”听到苏晓哲略带颤抖的声音，大缯反而整个人都镇定下来了，“这人话中完全没有攻击性，可可暂时不会有危险，而且留下这样的留言，说明这人可可认识，我也认识……”大缯盯着眼前的信纸，然后又拿起同样花纹的小信封，“这个花纹……我在哪里见过。”

苏晓哲咽了下唾沫，凑过脑袋来看，暗红色的信纸上有着淡淡的印花，重复排列这一种古朴的花纹，苏晓哲多看了几眼，没什么印象。

大缯拿出智能手机拍下信封和信纸，然后交给苏晓哲，“不要愣着胡思乱想，查这上面的指纹，还有刚才和你说的把可可最近都在办什么案子找出来，里面涉及的人名都列个表格给我。”苏晓哲虽然还有点心惊，但是认真地点了点头。大缯转身往门口走去，苏晓哲在身后叫道：“周队……浔姐不会……”

“不会有事的！”大缯拳头紧握又松开，这句承诺，不知道算是说给谁听。

“然然……然……别信……别相信……”

猛然睁开的双眼，惊魂未定的呼吸，昏暗的天花板在视线中慢慢由几重幻影重叠成清晰的轮廓。是梦境，可可对自己默念，听到姐姐的声音，只是一个梦，唔，好暗，我在哪里……啊！棺材！我不在棺材里？

慢慢撑起上半身，浔可然发现自己躺在一个地下室的平板床上，放眼看去，床的一侧显眼地放着一只巨大的棺材，昏暗的灯光中，能看到棺材身上若隐若现繁花一般的纹路。

唔……想坐起身来却觉得四肢都不听使唤，努力几次失败后，可可颓废地仰躺在床上，即使把手举过头顶，都好像花费了三生的力气似的。可可无奈地叹气，“唔……我讨厌地下室……”会勾起她糟糕的记忆，同样昏暗的地下室，那些装在玻璃樽中的人头。

“那还真是抱歉了！”男人的声音让可可微微一惊，才发现原来昏暗的角落中坐着一个人，他将自己隐藏在灯光不及的角落中，此时才缓缓起身，一步步向可可走来。

“唉……就猜到是你。”可可转头面向男人，“认识你的时候，我就有种不祥的预感。”“咯咯……”男人低声笑着，走到无力动弹的可可身旁，“我真是越来越喜欢你的坦率了，我的公主。”

可可报之以虚伪一笑，然后赏他一记白眼，“李一骥，你这考古研究院顾问的身份？恐怕都是假的吧？”

李一骥将角落里的椅子拖到床架边上，坐在可可身边，依旧是那副神秘的微笑，此时在可可眼中看来很欠揍。

“我以为你会开口爆一串粗话来骂我，看来比我想象的还要冷静些。”李

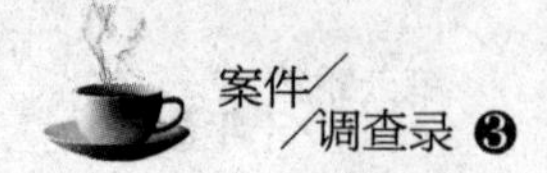

一骥推了推鼻翼上的眼镜。“首先我不否认，我对你有所隐瞒，但是顾问这个职称是真实的，新中国成立到现在，考古和我们这类人相互合作也不止一两回了。”

“盗墓的。”可可脑海中灵光一闪。

李一骥耸耸肩，“而且是世代继承，”他不置可否地笑道，“你别暗中使劲了，浔可然，顶多还有一两个小时，你身体的新陈代谢功能就会把麻醉药的效用都淡化，我需要的就是这一个小时，让我解释一下。”

可可向着天花板翻着白眼，解释个大头鬼，等下恢复了看老子怎么把你拆成碎片！

“首先我要你明白的是，我李一骥绝无伤害你的意思。”

“你把我关在一个棺材里运输！”

“没错，但是棺椁进行过特殊的改造，外面看不出，你呆在里面过应该知道，四角都通风，呆在里面除了黑了点其他没有任何危险，运输途中全程轻拿轻放，我从未离开过它半步。而且，你以为它只是普通棺材？”李一骥指了指床的另一侧摆着的巨大棺材说，“那可是汉代公主的雕金棺椁，里外两层都使用上等柏木所制，上一次去美国参展的协商价是三百万一个月。”

听他语气中带着股“躺在里面算是你升值”的语气，可可忍不住嘴角抽搐了下，“哟，抱歉，我眼拙，没看出这家伙和我们家的冰柜有什么区别，对了！她不像冰柜能冷藏保鲜！哼……”可可气鼓鼓地把脑袋转到一边去。

“哈哈，行行，是我说错话，偷渡过你浔可然，是它雕金棺椁的荣幸。”李一骥像看着个调皮的侄女一样看着可可闹别扭的表情，然后转而变得严肃起来，“小朋友，我给你这样解释吧，我需要一个人，一个女子，出生时候的八字阴气甚重，但命中总有看不见的灵气在周护她，每每都能逢凶化吉，我对你调查有半年多了，这半年来我越来越确信你非常符合我的需要……”

“停！”可可打断他的话，“你确定不需要去看心理医生？”

李一骥镜片后的眼睛微微眯起来，“我不是在开玩笑，”他说，“每一句都是理智清醒的实话。我大可以说些不着边际的谎言或者什么都不告诉你，但是我想你需要知道，我为什么要绑架你。”

可可转头看向眼前这个人，温和的外表，取下眼镜后的双眸看来仿佛深渊。

李一骥坐在椅子上半弯腰，对可可温柔而镇定地说："我要带你进另一个世界。"

大缯独自坐在驾驶座上，关上所有车灯，将自己封闭在这个小小空间，车外大道上流光溢彩的车影飞驰而过，好似和自己不在一个平行世界。

他知道自己刚才在酒吧里差点就失控了，他揪着那个自称什么都不知道的酒保，把枪顶在他的脖子上，逼问他也许真的不知道的事情。他也知道为什么今天没有人陪他一起来酒吧调查，白翎他们有的是理由说在调查其他方向，其实是谁也不敢这个时候靠近他。

酒吧的监控上，前天晚上可可的确独自进入了酒吧，但是再也没有她离开的画面，大缯扶着额头，回想起那天晚上，可可摸出枪瞄准自己时的面无表情，他见过她发怒，见过她微笑，见过她发呆，见过她睡醒时迷糊的各种，他都记得，但从没见过那一刻，好似眼前的不是我周大缯，而是一面墙，一块石头，或者什么都不是。

然后他和古吉坐在可可家外的车里监视了一会，古吉还曾劝过他，可可心结太重，这么多年，恐怕她从未对谁倾诉过心里的恨，你不要做事过激反而坏了事。当时自己在想什么？想过要冲进去把她关起来训一顿，想过要先找到她买枪的渠道，一刀砍断这个卖黑枪的路线，在别人发现可可买黑枪之前。还在思考的时候，他们就看到可可独自从楼下走出，骑着自己那辆淡粉色的小摩托，一路开到这个大缯从未来过的酒吧门口，就这样直截了当地走了进去。

再也没有出现。

浔可然，你是被人带走了，还是知道我跟踪你，所以自编自导留下一封信躲了起来？

你知不知道你很混账？大家都忧心忡忡，你真是个自私的小混蛋，你知不知道……

大缯觉得眼眶很酸很疼，车窗外不断闪烁的霓虹灯光，微凉的空气，触手可及的一切都让他心里难受，一遍一遍对自己强调，可可，你给我好好地活着等我来收拾你，等我……

“滋滋——滋滋——”口袋里的手机在震动，大缯打开看到来电显示，“常老爷子”。

“大缯啊，晓哲给我电话说昨天你收到一封和可可失踪有关的信？”老爷子开门见山，从不含糊。

“是，一个白信封套着另一个红色信封，红色的那个写的我是收件人，纸张有点特殊花纹。”

“花纹？长什么样子？”

“苏晓哲没有给您看吗？”

“东西在物证科取指纹，现在一时拿不出来。”老爷子听起来有点心焦。

“你有智能手机吗？我拍了照片直接短信发给你？”

“没有，我不会用那玩意儿，你在哪里？直接来一趟……噢对对！老太婆说了，你肯定没吃晚饭，过来吃饭！”

大缯想推辞说自己吃过了，想想还是不在这个时候假客气了，“好，我立马到。”他说。

大缯嘴里塞满了饭菜，狼吞虎咽，常夫人在旁边看着都心疼，“啊呀小周你吃慢点，你午饭是不是也没吃啊？”

常老爷子则盯着手机上的照片默不作声。大缯咀嚼着嘴里的食物，眼睛却盯着常老爷子的表情。老爷子默不作声放下手机，起身进屋里去了。

大缯连忙放下碗想追去问个究竟，被常夫人一把拦下，“不管什么事儿先把饭吃好，你给我坐下！听到么！”

大缯看看常夫人严厉的神情，眨眨眼，坐回位子，老老实实把饭吃完。

过了几分钟，老爷走回饭厅，手里拿着一封信，让大缯整个人都愣住了。

老爷子将手里的信封放在桌上，暗红色的花纹，和一旁手机里的照片一模一样，但是看起来稍微旧一些，不等大缯提问，老爷子就回答了，“这封信是十几年前我收到的，来自一个不同寻常的朋友，大缯你也许没见过，但小浔是见过她的。你还记得几个月前的无头女尸案，小浔去华龙殡仪馆拿回来的那个红色漆木盒子，装着一个女人头的？给她那个盒子的人，就是给我这封信的人，名字叫巍薇。”

02 银色的选择

“所以你是要告诉我，你把我绑架，是为了带我进一个古墓，因为这个墓只有命中阴气很重的人才可以进去？比如我？”可可躺在单人床上，心里不断地思考现在所处的情况，一边和李一骥保持说话，这样至少可以分散对方注意力，也有助于猜测绑架犯的心理。

“浔可然，你只猜对一半，原先我的确是这样想的，但是如果仅仅如此，你就不会成为我唯一的备选。两年前我开始寻找可以帮我进入墓室的人，半年前我重新回来考量这个墓的情况，发现了其他事情。”李一骥把两张立拍得照片竖在可可眼前让她细看。

照片中背景非常昏暗，但是正中心的画面仍旧让可可心脏漏跳了一拍。那是一具尸体，就算排除光线原因，只看颅骨的形状可可都能判断出这人不超过16岁，脸上的神情带着诡异的扭曲，脖子上有几处奇怪的暗红色异变，整张脸都散发着一种古怪的光彩。

“这张照片是半年前在侧墓室拍摄的。”李一骥说，然后静静地等着可可的反应。

可可寻思良久，犹豫道，“你不是想说，两年前你进这个墓的时候没有这尸体吧？”

李一骥神情中带着一丝赞赏，“聪明。这尸体两年前我进墓的时候，没有，而且，现在不止一具。”

可可想问你为什么不第一时间报警，旋即明白了李一骥为什么说非自己不可，李一骥本身进入古墓也是犯法行为，何来报警之说，所以他认定自己的理由不止是所谓命数，还有自己的职业身份。

“你也许想不明白这是怎么回事，我来和你解释下，朝代历史我就略过直说，古代有一种陪葬方式非常诡异，叫做掌灯童子，据流传下来的方法是，选取不满 12 岁的童子，灌以麻药让他不能动弹，然后从头顶和脚下挖洞，从上往下灌入水银代替血液流达四肢，最后整个人的所有血管都能做到防腐，然后以水银粉洒遍全身，穿上华丽服饰成为殉葬的摆设品，我本人没有见识过，但记录中明朝曾发掘过真实的掌灯童子，防腐程度之完美震惊当时，不过后来在收藏争夺中下落不明了。”

可可心底觉得一阵恶心。这一切说起来很简单，但如果这种过程是真实存在的，那么这场残酷的杀害中，孩子始终是有知觉的，直至死去。

“这就是你看到照片中的尸体由来。”李一骥声音有点低沉。

“等……你说有人在制作这种……人？”可可觉得心脏有一阵抽痛。

“人殉。我不能肯定，但是有另外两件事我可以肯定，第一是两年前我进墓的时候绝无这个存在！”李一骥轻弹着照片，“第二是，文物收藏界这几年有股坏风气，有些人为了仿冒古品，会将一些非常逼真的现代仿品，请人带进古墓去放一段时间，然后假模假样从墓里带出来，甚至还拍照为证，以求有傻财主花大价钱买下赝品。”李一骥看着手中的照片，发出淡淡的一声叹息。

房间里一时寂静下来，两人各有所思，却谁也不知道该不该说。

许久之后，还是李一骥先开口打破僵局，“浔可然，你决定了吗？如果你坚持要回去就直说，这一路有很多不可预料的情况，我不可能用麻药一直绑住你，但如果你有一点追查真相的念头……”

“我去。”可可说，“少废话，和你的账回头再算，如果是真的，我要做这种事的家伙吃一辈子监狱杂粮！”

李一骥会心一笑，“好！我真没看错你！”

“但我把话说在前，”可可眼神中泛着寒光，“如果让我发现这里面有你捣的鬼……”

“以命为偿，亦不足惜！”李一骥的话掷地有声。

几辆警车一并排停在华龙殡仪馆门口的时候，门卫愣了愣，出门刚想问情况，只见到一队十几个警员神情肃穆地直接冲进殡仪馆内，门卫吓得直接拿起电话拨通了领导的号码。

离那个小院子不远处，周大缯用手势指挥人马分成三队，一队堵住殡仪馆出入大门，一队绕到小院后面，一队原地待命，等所有人都到位，大缯走在最前面，伸脚就踹开了古色古香的大门。

“警察！”

“警察！”一时间叫喊声充斥着前园后屋的小房子，这里是华龙殡仪馆的后院，巍薇的小院子就在这里，整个小院以古风的建筑为特色，此时却显得空旷而诡异。

“报告，没有人！”

“报告，后院没有人逃出！”

“报告，没有异常！”

啧！大缯不安地握紧拳头，气势冲冲地直奔巍薇的住处而来，却显然扑了空。

大家正在静候下一步命令的时候，安静的小屋突然传出一阵古筝乐。

“谁的手机没关？行动规矩不懂吗？”白翎想抢先说出来，省得队长发火更糟糕。

“队长，客厅桌上有个手机在响……”

大家还在愣着，大缯已经冲到正在鸣唱的手机面前，来电号码没有显示名字，大缯直接按下免提接听，却不说话。

“周队长，”软软的女人声音从听筒里传来，“你搞这么大动静，把殡仪馆的领导都吓坏了，以为有人诈尸呢！”咯咯咯的女人笑声从话筒里飘荡在空中，让在场的人都有点发毛。

“可……浔可然在哪里？”大缯压抑着心底的不安。

“说好三日联系，你还真是心急如焚啊。”调侃的语气。

“我们之间没有任何说好的事情，你们绑架市局的法医，还配和我谈条件？”不安后是难忍的怒气。

“不和你谈条件，我也明说，小可可现在因为某种理由，答应配合我们的行动，所以我也给你保证，我们会尽全力保证她的安全，至于她具体在哪，两天后我会给你地址，不过我想你大概不会放弃调查，只不过请你高抬贵手，别为难我身边的人，我不曾透露过什么给不相干的人。”

咔哒，电话挂断了。

大缯转手把手机交给白翎，“去查。”一句话白翎就明白了他的用意，虽然通话时间很短，但是也许能查到信号的来源。

大缯简单几句安排剩下的人调查这栋屋子，特遣队的则原路返回，自己则呆在有些荒凉的院子里，回想着刚才电话里那些话，突然脑海里一闪而过什么。

“等等！”大缯开口止住了所有人的动作，“你们谁记性比较好？刚才这免提里说的话谁能重说一遍？”

大伙互相打量来去，有两个比较自信的开口开始重复，“好像是‘你搞这么大动静……’”

“后面那段，说可可答应配合什么的，怎么说的？”

“不和你谈条件，我就明说……呃……”白翎边说边想，另一个警员接了上去，“小可可因为某种理由，答应配合我们的行动，所以……”

“我们？你确定是说的‘配合我们的行动’？”大缯盯着那个警员问道。

“是我们。”

“我也记得是，那一下我还在想他们几个人！”旁边几位特遣队的兄弟也答道。

大缯皱紧眉头，“薛阳！你带几个人在调查一下巍薇这几天的通话记录，还有在殡仪馆打听一下最近谁来拜访过她！她去哪里可能隐藏起来，但是她的同伙不一定这么小心，动作要快！”

“是！”说罢人员又各自忙碌开去。

大缯站在原地。想着巍薇提到的三天后，其实已经是两天后，为什么重复这个时间？两天后要发生什么？

“等下你完全恢复之后我们就要出门了，我先和你说几件事情，请你记清楚，同意？”

可可不置可否地抬头看着李一骥。

李一骥微微一笑，“别这么有敌意嘛，回头我们出去，遇人问起，我就说你是我侄女李可然，记住几点，第一你左右两只手腕上的金珊瑚手链不能脱。”

听他说起，可可才发现自己两手腕上都带着一串金色珠子的手链。

“此物辟邪至极，至少在古墓里，别脱下来，你别不信邪，叔叔我见多了胆壮不信邪的，最后都把那颗胆留在墓里出不来了。第二是我叫你小可可，路上遇到任何人、任何事都这样叫你，但是一旦当我叫你真名浔可然的时候，跑！跳起来就跑！什么都不要管，不要想要怎么救人怎么反抗，立刻跑，丢下我也行，把力气都花在逃跑上，直到你跑不动为止。”

李一骥神情很肃穆，可可分不清他是故意这样表现神秘感，还是认真的。

“我没有和你开玩笑，答应我！”他说。

可可迟疑了一会，点了点头。

“这个，先还给你，以示诚意。”李一骥扶起刚刚恢复力气的可可，从后腰拿出一把小巧的手枪，看到这把枪，瞬时可可脑海中又闪过自己瞄准大缯的那个画面。

李一骥以为是可可怀疑自己的动机，解释道，“把你放进雕金棺材之前拿走的，只是为了以防枪支因为颠簸而走火，放心，弹夹卸空了。”

可可看着手中银色的手枪，愣愣地呆着。

李一骥想了想，重新在她身旁坐下来，“小浔，原本这件事我并不急，不想用这么极端的方式把你拐来，我调查过你，暗中地……怎么说呢，你并不是我预备人选中最合适的，但却是我见过最奇特的一个，我原以为可以再等一等，等我想好该怎么和你解释这件事再开始行动，但是……从你向我打听哪里能买枪的时候，我就知道，我不能再等了。”

可可抬头看向李一骥，眼神复杂。

“我知道你想用这把枪干什么，并不是要阻拦你，复仇会让你瞬间愉快，这是事实，但是复仇也会让你身边的人痛苦，这是结果。我是外人，说的话你耳边过，古墓的事儿完成之后，这把枪怎么用，决定权在你。”李一骥说着站起身来，“我去做些准备，你自己静一静。”

李一骥跨上楼梯而去，空荡荡的房间里，留下思绪重重的可可，愣愣地看着手中的银色手枪。

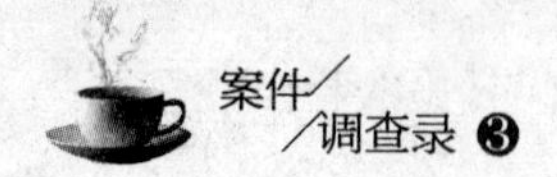

03　没有回头的出发

一步、两步，放轻动作，可可拾阶而上，小心翼翼地推开地下室的木门，门外是简朴的木质房间，经过竹子做成的桌椅时，可可伸手一摸，指尖上沾染了一层灰，这屋子看来平时没什么人住，小小的窗户中透出的是淡淡的薄光，现在是什么时间？黄昏？还是清晨？不管他，可可想，先试着离开这里，也许离市里不怎么远的话，能找到人传话给公安局，这样自己就不那么被动，虽然决心要查明那张照片背后的事实不假，但假如李一骧有什么过分的要求，亦可及时抽身而去。

转过两个房间，空无一人，昏暗的光线中，一扇不同于其他房门的大木门出现在左手边，可可靠近门边，深呼吸一口，打开门会不会有什么危险？握紧拳头，再伸开，笨蛋，可可对自己默念，这时候还指望会有英雄来救你不成？你的英雄，已经被你那一枪给气跑了吧。

不由自主地叹一口气……去他的危险！可可两手拉开厚重的大门，刺目的光线扑面而来，慢慢睁眼适应光线后，放眼所见的情况让她呆立在原地。

清晨，薄雾，鸟鸣声，参天松树，一地落叶，一片深山老林的景色望不到尽头。

“这……哪里……”可可不自觉把心里的话说了出来。

“半山腰上。”李一骧平静的声音从身后传来，他走到呆立的可可身旁，手里捧着一杯热茶，身穿一袭黑色的太极服，神情间尽是度假的悠闲。“现在是清晨5点，没错，你睡了两整天……你这样瞪我这梦也不会醒来，你并不是睡迷糊，看脚下。”

可可愣愣地往脚下一看，枯黄的树叶中，站着一只小小的松鼠，圆溜溜的眼珠看着发愣的她，忽然转身，噌噌几下就跳上附近的一棵大树，一会就消失在树叶交错中。

“你可以再发一小时的呆，我在书房里。”

可可努力让自己接受事实，现在身处某个深山老林里，遍地落叶，模糊中有条山路在前方，抬头是参天的大树中透出清晨的朦胧光线，低头又见松鼠，上次看到松鼠是什么时候？松鼠坐在木质的栏杆上，手里捧着一颗不知什么坚果，突然另一只松鼠猛然扑上抢走了它的坚果，追逐蹦跳中，小东西们瞬间都不知去了哪里。

有多久没有看过这样的风景了？可可深呼吸一口，觉得每天在验尸房里的工作，每天出入血腥的现场，和此时此刻站在这里相比起来，我真的是在同一个星球上么？也许，我已经离开地球了……

等等！我在做什么？

叔叔李一骧端着飘香的茶杯，把脚往竹凳上一搁，悠闲地看着收藏杂志，刚翻了一页书纸，门就被砰地撞开，杯子里一片茶叶缓缓沉下去。

可可瞪着眼站在门口，“你刚才说什么？”

叔叔瞥了眼被震下无数灰尘的老木门：“小可可，这老屋子里里外外都有百年历史，你尊重点老人家好不好。”

可可眨眨眼，有恃无恐地拿指甲在门上挠了两下，“有本事你放我回去！”

叔叔笑着摇了摇头，“我们还有一个小时出发，你可以选择休息一下，或者继续挠门。”

“去哪儿？”

叔叔一手拿起茶杯，“去哪儿有什么区别吗？这深山里既没有人烟也没有网络，手机信号出现的概率略低于外星人，去哪儿，你都没法联系到你的周队长。”

“谁说我要联系他。”可可嘟囔。

叔叔嘴角露出不明显的一抹轻笑。

可可撇着脑袋，脚下无意识地踢着木门边框，“那我们怎么去那个古墓？”

“骑马。”李一骥叔叔又翻了一页纸。

“我不会骑马。”可可挑眉道。

“那我带你骑同一匹。”

“……我要告诉大缯你占我便宜。”可可狡黠一笑。

李一骥叔叔哀叹，“那只有一种选择了，我骑马，你跟着一路跑吧，追风的少年。”

可可撇嘴，转身，走开，身后叔叔提高嗓门问，“你去哪儿？”

“回棺材里睡觉！”可可淡定地吼道。

“有人说，历史是条漫漫长河，你如果用双手捧起河水，滴落指尖的，全是故人冰冷的泪水。”

“叔叔，能不能别装文艺少年了……”可可在马背上被颠簸得不行，已经全然不顾形象趴在了马脖子上。

“小可可，你不能一直那样趴着，等下腰直不起来。”

“我知道，”可可怨念的声音和兴致高昂的李一骥成鲜明对比，“我在等我的脊椎骨磨成圆形……”

叔叔在另一马背上毫不客气地大笑。

可可用怨念的小眼神看着他，“你等着，我要把脊椎骨磨成四尖角当飞镖削死你……”

“哈哈哈，你已经‘笑死’我了，谢谢谢谢……”

可可又恨恨地瞪了叔叔一眼，转过头去装死。

丛林稀疏间，黄昏的光线自远方小块小块地洒下来，归巢的鸟儿在不知名的树叶中蹦跳，高低不同鸣叫着开会。

“叔叔……”可可略显嘶哑的声音也随着马背起伏着，“为什么带我进墓？”

“你不是想调查那个墓里的诡异人像吗？”叔叔不知哪里弄了根长草，随意地嚼着。

“那是给我的诱饵，不是你的理由。”

叔叔咧嘴大笑，“你是不是以为我要抓你去做什么陪葬品？”

“别以为你笑得那么爽朗我就会信你。”可可扭回头说。

叔叔想了一会，虽然依旧微笑，却肃穆许多：“小可可，我的家族历史悠久，而盗墓的历史更是与这片土地一样漫长，你以为原因何在？”

“欲望。”可可不假思索。

叔叔别有深意地看了她一眼，“欲望只是其一，墓里的，墓外的，活着的和死了的，其实都是命数上的一条线，我进出过不少古墓，在我看来，这些埋在地下依旧抱金怀银的家伙们，没有一个不是自以为是的混蛋，却都以为自己是未来千年里照耀子孙的万丈福光，所以进出谁的墓我都不愧疚，但是我不会让自己有一天成为他们那样的人，真正知道自己是谁的人，只会把自己烧成灰洒进海里，化天地为一。”

可可对他的话沉思良久，得出结论，“你扯开话题。”

被揭穿的叔叔连忙补救，“其实吧，你叔叔我就是这么个有自知之明的人儿，你说我下墓无数，但我对你说实话，我是奉命行事，我下的墓，都是已经被盗过的，上头的人不能确定要不要保护性发掘，总不能揭开人家顶盖才发现：完了完了保护不了文物都腐化了，又觉得有些墓已经被盗过再不挖就错过了，所以就有了我这么个顾问。”

“说穿了，”可可嘴角扯出一道邪恶的笑，“你领着国家的工资，做着犯法的事儿。”

叔叔脸皮厚比城墙：“且乐在其中。”

可可笑得很阴险，“怎么办，我好想举报你。”

“啊哟小侄女你放过叔叔吧，上次有个考古所的木鱼脑袋举报我，害我被安排去北欧躲了一个月，等回来那个老学究早不知道被发配到哪里去了，叔叔我很不习惯北欧的新鲜空气啊，还有那里人动辄扑上来给个熊抱，一开始我还很起劲去观察西方人民的堕落生活，后来叔叔我也被腐化了，每天喝咖啡看美术馆博物馆古董店，叔叔内心充满了愧对祖国的思念啊，你不知道……”

“砰……”

一声闷响从远远的山林中传来，低沉有力，连绵不绝。

高空中的鸟群被大片惊起，扑棱扑棱地飞向空中，树叶间传递着阴沉的气息。

可可坐直了身子，看向扑朔迷离的远方，“是枪声。”

叔叔也收敛了笑容，定定地看向东北方向。

“你听得出是什么方向传来的枪声吗？”可可顺着他的视线方向看去。

“不能肯定……”叔叔的声音变低沉许多，“但那个方向，是我们的目的地。”

可可想了一会才问，“那我们现在怎样？加急赶路？”

“不走了。”

“啊？”

叔叔翻身下马，把马匹拴好在一旁的粗壮树干上，走过来抱不会骑马的可可下马，“这里过去要三四小时的路程，离太阳下山顶多还有一个多小时，我们不能走夜路，而且我们不急赶路。”

“可是……有枪声。”可可又迟疑地看一眼东北那个方向，虽然茂密的树林挡住了远处的一切，“会是其他盗墓贼想炸开古墓吗？”

“小可可，即使前面有人对着古墓用炸药轰，他们也进不去，历朝历代又不是没试过。”

可可眨眨眼，“你确定？”

叔叔学她眨眨眼，“我肯定，因为叔叔的爷爷和爷爷的爷爷的弟弟都试过。”

可可觉得一阵无语凝噎，只能愣着看叔叔把马背上的包裹都卸下来，“我们在这里扎营？”

叔叔吭哧吭哧地打开包裹、睡袋、架起炉子生火，“我们要赶紧在天黑前准备好火，然后扎个帐篷，晚上山里的风还是很冷……”

叔叔说得起劲，转头看到可可蹲在一颗老松树下，逗一个小猴子。

我的祖宗……叔叔李一骥很后悔，带了个不靠谱的“侄女儿”来办人生中最重要的一项任务。

“我是人质，你叫我干活我会逃跑。”可可一脸灿烂微笑。

死小孩。叔叔咬牙切齿地抖开帐篷。

04　他乡故人

“叔叔……叔叔！”

李一骥睡眼蒙眬地醒来，发现自己夜里背靠树守夜直接睡着到天亮，面前的柴火堆早已灭透了。可可蹲坐在他面前，神情清爽，手指着不远处的行李包，微笑，“叔叔，看，那是什么。”

“行李。为什么拉链开着……”

“昨晚是关好的。”可可微笑。

叔叔走过去一看，“干粮都散开了。”

“树上有猴子群。”可可微笑。

叔叔抬头，“啧！我给忘了！上次我来就被这群猴子偷过包。”

“昨晚是你守夜。”可可继续微笑。

叔叔低头，看到可可一脸深不可测的笑容……

“我有遗言。”叔叔说。

“……杀你祭坟！”可可大王很生气。

今天叔叔没有早饭吃。

李一骥昨天预估着走三四小时的山路，实际上走了 5 个多小时，在可可又快趴在马背上把自己的尾椎骨磨成完美圆之前，终于叔叔示意她滚下马来。

“从前面走只有小路，马过不去，不远了。”叔叔把马拴在一旁的高树上，可可打量四周，这里像是一个常年荒废的驿站，依稀还能分辨出破旧的遮雨棚，和不远处宽口的大井。

“水井，”叔叔看她一直站在井旁提醒道，“小心脚滑下去喂青蛙。”

“那我只能亲一下青蛙，希望他变成会攀爬井壁的王子。”可可笑道。

背包，开路。

山路荆棘不必说，每天两点一线死宅族可可小朋友缺乏锻炼不必说，最吃力的是叔叔不停歇的考古科学普及讲座，“可可，墓室的壁画可不能摸，那个比你值钱……可可，你知道开馆要捂住鼻口吗？……可可，墓室里不能随便开枪，子弹容易反弹。”

“苍蝇……”可可气喘吁吁，断断续续地道。

“哪有苍蝇？”

可可已经没力气多废话，指了指叔叔的脸，然后转身继续往前爬。

怀揣着崇高的教师情怀的叔叔深感受伤，心中默念，“死小孩，不听话，回去杀了吃。”

“叔叔……我听见了……”可可虚弱的声音传来。

唔，我明明什么都没说……

“你一言不发，必在心里骂我。”可可笑道，然后突然止步。

“怎么了？”叔叔走到她身旁，似乎有低沉的嗡嗡声在耳边穿梭。

“……苍蝇。”可可呢喃。

“喂，你够了。”叔叔以为小丫头还在说他，怒道。

可可不回答他，转身在侧面的草丛中翻找起来，拨开不远处的一堆枯树枝，苍蝇聚集的密度猛增，枯树掩盖下，一具尸体面朝下趴在地上。

“昨晚的枪声。”叔叔用木棍把尸体翻转过来。

转身可可已经从包里找出了手套和口罩，走近查看尸体，“二十多岁，男性，前胸中一枪。”可可拉开衣服仔细查看了下伤口的痕迹，又试着弯曲了一下尸体的手肘，“死亡时间不久，这应该是昨晚的枪声，没工具测肝温也没法判断具体时间……叔叔，你躲那么远干吗？”

此时叔叔已隔开几米远用手帕捂着鼻子，一副遗世独立的样子，“嗯，看看，他手上有没有老茧？”

可可翻看了下尸体两只手，“挺干净，但粗糙，不是坐办公室的人，不过，也没有明显的老茧。”

“不是盗墓的，”叔叔远远地眯着眼道，“常用洛阳铲的人不会没有老茧。”

可可看他的样子就想笑，“喂喂，你们考古没见过尸体？”

叔叔仰头看天，“僵尸，见过不少，这种新鲜的，没见过。”还不忘补充，“叔叔我可是胆儿小的良民。”

可可作势要戴着检查过尸体的手套直接摸上来，良民叔叔连忙退退退退……

“停！小可可乖，别闹别闹，杀人的家伙兴许还在附近！”叔叔谄笑着说。

可可回头看着地上的尸体，一边脱下手套，“身上没有证件，也许被扔了，年纪不过二十出头，真可惜走了条不归路，我来拍个照，下山的时候给附近公安局联系下，在失踪人口里确认一下身份。”

“但他身上穿的是附近的衣服。”叔叔用下颚指了指尸体。

“诶？什么叫附近的衣服？”

“我们在中原，小可可，这里的穿衣风格和你在大都市不一样，这小子穿的是山脚下年轻商人的标准行头，你看他衣服里面，是不是有四个内口袋？还有裤子口袋，是里外两层的，有一个隐藏口子，这一带行商都喜欢这样的衣服，藏钱容易，祖宗传承的习惯。”

可可一脸恍然大悟的表情，叔叔揶揄她，“看这没见过世面的表情，叔叔带你出来长见识了吧？”

可可回头，微笑，叔叔一看不好，转身想跑，慢了一步，摸过尸体的手套已经被塞进了上衣口袋。

“呜呜……坏孩子，坏孩子……”叔叔很哀怨。

七转八弯十二道，可可已经完全迷失在树叶林间的时候，李一骥示意她停下，可可站直身子喘着气，抬头看着四周，一边是来路，一边是路尽头一棵粗壮的老槐树。

叔叔一边在可可道不出名字的植物间拨弄着，一边对着身后的人说，“如果你回头出来和我走散了，记得对着老槐树和后头的大石头反方向跑，那条路在这深山里还算明显，一路下去就是刚才我们停留过的驿站，一切到那儿再说。”

此时的可可没有明白，叔叔这句话的意义所在。这只老狐狸虽然不知道接下来会发生什么，但是却已经给可可留下了多种退路。后来可可在那个漆黑的夜里才慢慢想起这些细节，想到李一骥明里暗里做了多少准备，来保护自己能够应对所有可能的危险。

拨开树丛后是一个很不起眼的大石块，叔叔在石块的边缘捣鼓了一会后，站直了身子，默默地盯着面前的石块。可可从他的肢体语言中察觉了一丝不寻常气息，还没等她开口问，叔叔就自己说了出来，“有人开过门了。”

“你是说昨晚那些人，进去了？”原来大石块是门，好神奇。

叔叔的声音听来比平时低沉，“这扇门，只有我们家族的人知道怎么开。”

“那你知道是谁……”可可的话才说到一半，叔叔整个人一僵，猛然压低身子，拉着可可往旁边走，可转身时，就已经见到了枪口。

“诶诶！自己人！自己人！别别……”叔叔翻脸速度好比翻书，此刻已经换了副谄笑的傻样。

不远处拿着枪的人一动不动地盯着他们，他身旁出现的另一个人却迟疑地开了口，“李……李一骥？”

叔叔眯眼一看，嘀咕，“冤家路窄，可可，瞧瞧，这就是害我去欧洲避难的那位仁兄。”

“害你去欧洲避难的……是那个举报你的考古所同僚？等等……现在考古所的都带枪出战？”

“你怎么会在这里！”对面一脸书生相的男人，惊诧着扶了扶眼镜，似乎怕自己看错了人。

叔叔偏偏头对可可低声道，“这人叫张焕，一个书呆子，中规中矩，考古就是他的命，不过旁边那个一脸没表情的似乎不是什么好人。”

张焕和旁边持枪的人还没来得及走过来，他们身后又平地而起一声吼。“李老盗！”

树叶声哗哗响动着，不远处的树丛里站出个人来，这人看到叔叔似乎有股奇异的兴奋，“我猜就是你！诶你就不能积点德，给后辈留点东西么你！”他说着又一眼看到叔叔身后的可可，“你带娘们儿来干吗？你打算在盗洞里成亲啊！？”

“去！”叔叔已经一改谄笑的脸色，恢复了似笑非笑的常态。

“认识？”可可看了看对面的男人，又看了看叔叔。

“可可，这是豹子，也是我们李家人，我侄子，也就是你表哥。”叔叔回头对她说着，不留痕迹地眨了眨眼。可可立即明白了自己不能在这些人面前表露真实身份，那说明叔叔并不信任他们。

“少来啊李老盗！”豹子站在不远不近处，嘴角笑着，眼角却毫无笑意，“我可不敢称你是叔叔，摆着长房长孙的地位却跑出村子，几年不回族里一次，我等着看你回去的时候大长老怎么收拾你呢！”豹子手上没有枪，但是裤管下走动中闪过两下光，可可直觉他脚下藏着刀。

“张焕！”叔叔喊道，“你长本事了哈？和盗墓的同吃同睡了？谁曾经对天发誓与盗墓的贼人你生我死不可同活于一个星球上的啊？”

张焕脸色青了青，撇着嘴嘟囔了一句什么，可可没听清。

身旁站着那个一脸乌云的男人，指着他们的枪口一动不动。

豹子挥挥手拉回叔叔的视线，“诶，别瞎嚷嚷，说说，这女人是谁？”

可可眨眨眼，装天真无邪。

叔叔眨眨眼，做坦诚相告：“她是你三叔在外面留下的私生女，你三叔的为人嘛，大家都是知道的，我也就今年才发现这丫头是我们族里的人。”

豹子瞟了眼可可，似乎不能分辨这话的真假，“那你要来就来，带她来干吗？”

“豹子，”叔叔指了指身后的石块，“你进去过了？”

豹子点点头。

“那条魔道走过了吗？”叔叔的话可可听不懂，但是她看得出来豹子听懂了，原本的半假笑变成了皱紧的眉。豹子用下巴指指可可，“跟她有啥子关系？”

叔叔回头看看可可，“你不能走那条道，我也不能，凡是走过那条道的人，不是疯了就是把命留在那儿了，”叔叔说着停顿了下，回头看了看可可，似乎是怕她有所抵触。

可可淡淡地看着他，猜中答案的心底微微一颤，却一言不发。

“但是她能。”叔叔笑着说。

05 手中的尖刀VS眼中的气势

还在常丰师傅家做各种实习的时候，可可第一次接触到年代久远的干尸。那是一具唐代出土的男性尸体，身披光明铠战甲，双足被砍断，却穿着战靴被摆放在一起，头颅完整看不出伤痕，身上的每一片衣物都是珍贵的文物，碰之即碎，连运输途中都算计种种晃动的强度，生怕送到检验处珍贵的战甲已经被晃成碎渣，那时考古所对怎样脱下战甲十分纠结，但常老爷子却受命尽快找出男尸的死亡原因。

可可依旧记得师傅常老爷子在那儿站着，和送检的考古所长争执不休的情景。

一个说战甲不脱我怎么找身上的伤痕？一个说战甲肯定脱，但是具体怎么处理的方案我们还在研讨中，不是双脚被砍掉了吗？那还不成死亡原因？

争执一路从“弄下来战甲你们要多久”，不知不觉演变成“你们考古的办事儿就是慢腾腾，尸体如果有化学变化就查不到死亡原因”，又慢慢白热化成了“人都死了他们都不急你们法医急什么”……以至于两个人都没留意身旁的可可小朋友在干什么，等到考古所长开始嚎叫的时候，浔可然同学已经把银针隔着战甲的缝隙，笔直插入了干尸的胃部。

“小浔，你在干什么？”常丰师傅比较冷静。

可可指了指干尸的头颅，“牙齿，变色。”

师傅终究是师傅，可可小朋友的想法一听就明白了，她从干尸牙齿不同于常的颜色里猜测这人可能被下毒，常老爷子淡定地揪住了想要扑上去制止的考古所长，然后看着可可慢慢地抽出银针，针头部分已然变黑。

“我没拆盔甲。”可可微笑，强调。

考古所长大喘着气，但是常丰的话却让他差点背过气去。“没错，盔甲没拆，我们也找到了合理的初步死亡原因猜测，但是干尸的肚子几千年没动过，现在却留了个小洞，其中的气体会慢慢地泄露出来。”

可可接着他的想法，“气体泄漏出来后，肚子会扁下去，所以盔甲随时可能坍塌。”

常丰师傅看着考古所长友善地微笑，“估计你还有十几小时够把战甲剥离，否则坍塌之后只剩碎末末一堆时别来和我哭诉。”

最后考古所长愣了几秒，最后嗷嗷喊着，“你们师徒两个都是魔鬼！”一路跑了出去召集人手。

师傅走过来拍拍小可可的脑袋，“干得好！晚上让你师母烧鱼给你吃！嘎嘎嘎！”

可可想起那时师傅发出得意的嘎嘎嘎笑声，就忍不住笑了起来。

“太君，麻烦你不要在这种场合，没理由地发出这种诡异的笑声，好吗！”李一骥的声音抓回了可可的思绪。此时他们一行，包括叔叔、“表哥”豹子、考古所的张焕，和一脸不善一句话没说过的那位仁兄五个人刚通过那个奇怪的石头机关，进了墓道。

墓道中的阴冷超出可可的想象，她甚至觉得停尸房也没有这儿来的冰冷而压抑。明明没有水，脚底却常常感到滑腻腻的，石墙摸来有种刺透性的冰寒。虽然呼吸还算顺畅，但空气中一丝风都没有。

叔叔时常回头看一眼可可的表情，再度回头的时候，忍不住问，“小可可，你神情够多变的哈，想什么呢？”

“嗯？我在细细体会古墓一日游的精髓。”可可莫名地微笑着，想到之前叔叔提到的魔道，不自觉心又往下沉了沉，说不忐忑是假的，本来自己来这里也非自愿，明着和叔叔说是为了追查人殉的真相，但是人殉是事实还是故事她现在也无法确定，暗着却是被叔叔用不知什么药迷晕放在古董棺材里运来的，或者叔叔说的一切都是重重谎言，真实的目的无非是连哄带骗让自己去走那个什么魔道，想到这里，可可甚至觉得，叔叔和另外三人是狭路相逢，还是早有安排，也成了无法确定的事。

“就这儿。”豹子说着停了脚步，可可抬头，借助手中电筒的照耀，她看到眼前出现了三岔路口。三个并列的入口一字排开在面前，让可可有点摸不着头脑。

“古代人民智慧的结晶，”叔叔解释道，“三个通道上几乎同时推开一个机关，才能在中间那个通道上打开一扇石门。”

可可皱着眉，默默思考之前叔叔都是和谁合作才通过这石门的。还没想明白，只听得叔叔压低了声音在她耳边道，“左边的道可以通往左耳室，那里有照片上的……”

“喂！你们嘀咕什么呢！”豹子咋呼起来，横挤进两人中间，看了看叔叔，再看看可可，然后一把拉过她去，“小姑娘和我一起走右边。”叔叔刚想阻拦，瞬间只见闪着寒光的刀剑已经在面前晃动，“叔叔，干吗信不过我这个侄子啊？也给我个机会和表妹好好熟络熟络嘛！”

刀锋反光中，可可看到叔叔的表情平静如水，深邃得看不到底。

豹子大概自觉没趣，收起刀子，往右边的道一指，“张焕，军子，你们走左边。”然后深深看了依旧站在原地的叔叔一眼，拉着可可走进了右边那道。

身后的入口渐行渐远，石墙依旧是冰冷的触觉，身后还走着个手握尖刀凶悍的“表哥”，可可一句话都不想多说，偏偏豹子似乎非要凑个近乎，“诶，丫头，你叫啥？什么可？”

“李可然。”惜字如金。

“家里哪儿的？”

“S 市的。”

“你妈叫啥？”

可可停了一停，回头斜睨着豹子，一言不发，汉子才觉着自己好像说的有点粗话，“我是说，那个，您，您母亲贵姓？”

可可撇嘴一笑，“我母亲姓什么你也感兴趣？”

豹子吃瘪，不甘心地用脚碾了碾地。

“我知道你好奇什么，”可可继续摸索着甬道里的石墙，“我一个女孩子，除非贪财如命，否则干吗跑这种地方来，对吧？”

身后的豹子眨眨眼，不吱声。

“豹子哥哥，”可可声音突然变得甜腻，“你试过和 20 具零落成泥的尸体呆在一起一整夜么？”

豹子的步伐僵住了。

“我试过。”可可转身，温柔地看着他，“我还把他们散落的断手断脚分别辨认之后接回去，然后把有些人被压变形的脸重新捏圆了，你知道，医学院和这一种同样独特的气味……”

“打住！打住！你你想说什……”豹子没察觉自己的脚往后退了一步。

豹子手中尖刀的反光显得可可脸色有点阴冷青，“我是学医的，恐怖的墓室探险，对我来说，就好像暑期野外实践课一样，懂么？”

豹子默默点点头，突然有点后悔为什么要和这个看似很好欺负的小妹妹单独走一条道。

“所以呢，任何一个或两个石球滑落到这一头，过不了多久石球就会滑回去，只有这三个石球同时滑落的重量压在机关上，这个终点的石门才可以打开。”叔叔李一骥正指着墓道顶上的一个古老机关，扭头看了一眼聚精会神听着的可可，补充一句，“古代人民的智慧，往往简单实用。”

可可微微点着头，几乎忘了此行是为了查案还是科研。

此时她和叔叔李一骥、豹子已经由原先分叉的石道终点汇合，一同等着左道的张焕与军子。

豹子最初强硬把可可拉进右道一起走，原以为这没见过世面的小姑娘很好套话，没想到软硬钉子碰了几个不说，还被可可阴恻恻的笑容给吓得有点虚，此时下意识地就想在他俩面前壮壮胆，充点气势出来。

“要我说，管他什么年代的玩意儿，”豹子在一旁不耐烦道，“对付这种石门，来个鬼听愁，万事搞定！”

可可侧头看着叔叔。

“就是炸药，”李一骥对豹子的意见摇摇头，“豹子，我们在山体里，用得不当，直接把你压在山土里活埋，你试试？这就是原始人和高级人类的区别，”他指指豹子，再指指自己，“我们有大脑。”

可可莞尔，抬头看看四周阴冷的石壁，手电的光线在墓道里漂移，被叔叔绑架到这深山里纯粹是一场意外之旅，像是一趟飞奔的火车，突然走岔了轨道，开始了另一段始料未及的旅程，如果不是如此，自己会在哪里？想到这里，就觉得大腿内侧绑着的银色小手枪有点冰凉。

“靠，他们两个怎么这么慢？”豹子不耐烦地踢着石墙。

叔叔做了个噤声的手势，三人都凝息而听，三条石道应该都差不多长度，没理由他们两组人都到齐了，张焕和军子至今却还没走到。

叔叔把可可一把拉到身后，“有血的味道，一点脚步声也没有，可可你跟紧我，豹子，抽刀。”

豹子应声从小腿下摸出一把猎刀，神情也变得严肃起来。

三人前后一列从出口走进张焕所走的左石道，一路上缓慢而寂静，李一骥和豹子前后打着冷光源所以脚下的路好走了许多，可可发现明明四周都是石墙，却能隐约听到水流一般的溪流声时隐时现，从刚进来就感觉到的湿冷也始终未变，又想到叔叔刚才说，这条左道能通往左耳室，也就是叔叔上次来的时候发现掌灯童子的地方，就特别在意石墙上有没有分叉的路口。

走了大概三五分钟后，在最前面的叔叔突然止步，可可从他的肩头往前看去，石道前方有个转弯让人看不到转弯后的路，但是转角的地上，赫然露出一双人腿。

叔叔小心翼翼沿着墙走到转角，终于看到了腿的主人，军子面朝天躺在那里，在冷光的照耀下，他身上绿色的衬衫沾满了已经变深的血迹，可可连忙上前检查他的伤口，掀开衣服，发现胸口血迹最重的地方居然没有伤口，右手到手腕的地方也带上不少血迹，继续检查后才在耳后的头发中摸到一束头发里粘着血迹的创伤。

“叔叔，给我那个包。”可可拿出随身包里的东西就开始给军子处理伤口。

“还有呼吸，”叔叔皱眉低声道。

“但是很奇怪，他额头上的伤不会流这么多……”

“靠！”豹子的叫声让可可和叔叔都抬头看向他。手指之处，两人也惊讶地看到了阴影中的身躯。

“张焕！”叔叔对着不远处趴在地上的人影一声喊，然后急匆匆地奔了去。

可可也随之快步向前，还没走到，就觉脚底下一滑。

血流蔓延在石地上，汇聚成一道小湖泊，一股血腥气直刺鼻而来，可可定睛看了下地上的血量，忍不住紧紧皱眉。

“可可……”叔叔蹲坐在张焕身侧，回头看她，声音里带着一丝慌乱。

可可拨开叔叔蹲下查看张焕，脖子上长条形的创口在青色的冷光照耀下如同猩红的獠牙一般可怕，从正面一直延伸到脖子侧面，直接划开了动脉，血液已经不再涌出，湿湿黏黏地粘在张焕的衣服上。

可可检查过脉搏与瞳孔之后，抬眼对上叔叔询问的眼神，深呼吸一口，摇头，“心脏已经不跳了。”

豹子一跺脚，“不能吧，我们这才分开十几分钟，就……就……”

他的话让叔叔猛然一凛，“豹子，注意周围。”

张焕脖子上被割了一刀，凶器不知所踪，军子后脑勺被敲了个血包，这条石道里袭击他们的不是机关，就是人为。

“啊？……噢！”豹子虽还心悸，却也提高了警惕，往石道两边都张望了一下。

“如果是机关，我们三个走来却没有任何发现，如果不是机关……”

可可正查看张焕的伤口，叔叔轻推了她一下，“那个好像醒了。”他仰头指了指刚睁开眼的军子。

刚醒来的军子脑子还一片空白，慢慢才想起发生了什么，豹子扶他坐起身，军子早年声带损伤不能说话，和豹子用手语交流着。可可又检查了一遍，确定他没有其他可见的伤口。

打了一长串的手语之后，豹子才开口翻译，“他说他走在前面，张焕在身后，所以他也没看清楚是谁偷袭他们，脑袋后面被打了之后，他迷迷糊糊在晕过去之前看到有个人在和张焕打架，然后张焕的手电筒掉在地上，所以只看到这人逃走，没看见脸。”

“往哪里逃走，石道前面还是后面？”叔叔问。

军子抬手指向不远处的墙壁，叔叔把手电照过去，石墙上有块不起眼的雕花。

“凤凰？”可可努力辨认着石壁画上是什么。

“不是，”时光岁月，将壁画的线条都变得模糊在一起，叔叔眯着眼辨认着，“是朱雀，这个老妖婆，连不是自己的墓道也要刻上自己的印记。”叔叔说着就和豹子凑到石壁上去看那块雕花。

可可听不懂叔叔在说什么，对叔叔和豹子正在小心翼翼研究的石雕也没什么想法，她更感兴趣的是刚才脑海里一闪而过的念头，重新回到张焕的尸体旁，可可仔细查看了张焕的双手，手上沾满了深褐的血迹，刺目惊心，好在可可早已看惯了尸体，否则此情此景，换做寻常女子，早就昏过去再醒过来、再昏过去不可。

叔叔蹲下到可可身旁，“你确定……他……已经？”

可可点点头，“他的手上沾满血，应该是脖子被割开之后下意识用手去捂住伤口……”

叔叔忍住心痛的感觉，跟着可可的思路走，“所以？”

可可检查了手臂、肘部、以及头部其他部位，“我是想找那个袭击者和张焕搏斗时候留下的伤痕来着……但……”

“但什么？”叔叔问。

“我没有看到防御伤，除了……哇！”可可抬头看到叔叔身后时忍不住惊叫了一声。

李一骥本人也感觉到了。

豹子站在他身后，把枪顶在他的后脑勺上。

06 缩回转角的花衣服

枪顶在后脑勺上的时候，叔叔李一骥才表现出他长年累月积攒于品性中的镇定自若。

“豹子，给我一个理由。”李一骥和可可面对面，话却是对着背后的人所说。

“别装了李老盗，我怎么就没想到，你根本不想让我们继续走下去，所以逮着机会就杀一儆百。”豹子声音听起来不同于之前。

“你觉得我杀了张焕？”

“小妮子一直和我走在最右道，你一个人走的中间，刚才我发现那块雕花石块有个暗扣，按下石头会旋转，能钻进隔壁中间的石道的那时候只有你一个人，袭击他们然后钻回去，假装什么事儿也没有的样子和我们汇合。”豹子的话让叔叔抬眼看向石壁，果然隐约中有条缝隙，是刚才豹子旋转过后没有完全拨回来留下的。

“豹子，我没有做这些事情，我更没有杀张焕，你打小认识我，我是杀人的那种货色么？”叔叔的话让豹子沉默了一会，继而反驳，“这些年你都不在族里生活，人心善变，谁晓得？”

“豹子，”李一骥微微叹了口气，脸上浮现出一丝悲哀，“你知道我为什么要进这个墓？”

“还不是那个该死的家族考验！”

“考验？”虽然场面紧张，但可可还是忍不住好奇心问了出口。

“他，”豹子拿枪顶了顶叔叔的后脑勺，“在继承族长之位前，必须到这个老妖婆的墓里拿一件什么东西回去作为考验，小妮子，李老盗没有告诉过你这些就把你骗来了对吧？”

可可抬眼看向叔叔，后者不置可否，“豹子，家族里定死的第一规矩是什么还记得吗？”

豹子沉默了。

叔叔与可可四目对视，道，“凡下墓者，不得同伴相残，否则必咒其活死墓中，永无超生。”

“这种东西……”豹子想反驳，语气却比之前弱了许多。

“我信！”李一骥斩钉截铁地说，“豹子，你叔叔我下墓无数，多少机关危险都闯了出来，别的不说，这一条我打心眼里相信，一起的同行的绝不能加害，否则就活该埋在这黄土之下，叫天不灵叫地不应。”

豹子不做声，似乎在犹豫什么，一时间三人对峙成了胶着状态，可可和叔叔一同蹲在地上，豹子站在他们身后，可可悄悄对身旁的叔叔瞟了个询问的眼神，示意是不是该乘机反抗。

叔叔摇摇头，明说道，“不用和他打架，可可，这小子比我小不了几岁，小时候一起玩的娃娃下河突然溺水，他一声大吼就跳了下去捞人，他的性子我相信，所以……”叔叔一边说，一边就慢慢转过身来面对着豹子，可可也跟着扭回头看向豹子。

豹子的表情变化就发生在那一瞬间，可可扭头看着他的脸开始，他的瞳孔突然放大，举着枪的手也猛然颤动了一下，喉咙里发出了“咔、咔——”的奇怪声音。

可可和叔叔四目对视了一下，豹子的视线其实并非看向他俩，而是穿过他俩脑袋中间看向后方。

叔叔最先反应过来，猛然转身，石道里后方一片漆黑，并无异样。

豹子还在原地，拿着枪的手笔直地指向后方，嘴唇颤抖着发出“西……西……”的声音。

“豹子？”可可轻声叫道，仿佛怕吓到他。

只见眼前豹子身体猛然下坠，跌坐在地上，连手里的枪也落在地上浑然未觉，食指颤抖地向前伸着。可可和叔叔又回身检查了一下，石道里什么都没有，一如既往。看豹子还抖抖着魂不知处的模样，叔叔摸出口袋里的酒壶，一口酒含在嘴里，噗……一记全喷在豹子脸上。

豹子不抖了。

可可蹲下，在豹子面前做着示范，“深呼吸，对，深呼吸，然后说话……说……话……”

“有，呼……有个，小孩，穿花衣服。”豹子说。

一阵沉默，谁也没有开口，豹子咽了咽唾沫，“靠！老子没疯，真的，有个小孩刚才站在那个转角的道儿里看着我们，然后突然就缩回去了。”

李一骥沉默着，从背包里掏出一个什么东西，举在身前，转身又走回石道的转角去检查，可可并没有跟着他，而是依然蹲在豹子面前，“什么样的花衣服？”

豹子看她没有当自己是疯子，积极性大高，“看得不是很清，上身是红的，暗红暗红，好像有点金丝边什么的在反手电的光，否则老子才不会注意到，我就看到那脸，惨白惨白的，一点人样子都没有。”

可可心底暗暗有了一个揣测，不管什么人，如果长期生活在照射不到阳光的地方，皮肤会变成不健康的白色，但这不代表豹子看到的就不是活人，但如果是活人，为什么要跟在我们……

一霎那间可可的思维停住了，她斜瞄到豹子身后，受伤的军子背靠石壁坐在地上，目光却直直地盯着自己，四目对视的瞬间，可可浑身一冷，军子的眼神黑沉沉的深不见底，布满了说不清是敌意还是警惕的含义。

军子很迅速将眼神移开了，可可还愣在那里，叔叔已经回到了身边，“前面没有人，但是我又发现了几个朱雀的机关，石道两边都有，我没试过，但是可能这条石道里的机关还能通往别的地方，总之……”叔叔一把扶起豹子，“军子，你还能走吗？”

军子点点头，默默地扶着墙站了起来，可可故意走过去，“你脑袋后面的伤再给我看下，还有没有出血？”

军子抬起手拦住了她的靠近，摇摇头示意无碍，扭头就走向前去。

可可回头，叔叔和豹子都站在张焕的尸体旁，沉默了几秒，叔叔深深一吐气，“留在这里吧，我们离开的时候带上他一起出去，豹子……”叔叔眼神凌厉地看着他，“你和张焕这小子是怎么混到一起去的？”

“我……没，是他找到我，还找来了军子，说有个大墓要不要一起去，他是被考古所踢出来的，但是心里一直想下墓，哪怕看看也好，军子是退伍的，不能说话，做事靠谱，所以……”豹子似乎还因惊吓没回过神来，叔叔问什么就答什么。

叔叔眉头都皱在一起，“张焕不是鲁莽的人，他一定发现了什么才要来这墓里……总之，现在军子受伤，他和可可走在中间，我们两个一定要格外注意周围机关的声音，你打小也进过不少墓，拿出点经验来，懂？”

豹子点点头，“如果再看到那……那小……”

叔叔拍拍他的肩，“你知道该怎么做。”

说罢，豹子深呼吸一口气，跨步向前去追军子，而叔叔正打算往前走时候，袖子被可可一拽。

叔叔回头，可可把一张小照片塞进他手心里，压极低了声音对他说，“刚才在张焕衣服里面发现的。”

叔叔拿手电一照手里的照片，狠狠咽下一口唾沫，面无表情。

小小的照片已然沾上了不少暗红的血迹，但仍旧可辨其中间分明的内容——

掌灯童子在灯光下惨无血色的脸孔，和红色繁花的古式礼服。

武商打小就跟着父亲经营着家族的小旅馆，说它小，也是方圆里很多年最大众化的一家旅馆，因为身处世界闻名的旅游景区，附近接连开了几家经济连锁酒店，小旅馆的生意也随之变得越来越灰暗，周围来来往往每天都是眼熟的邻居，武商几度想放弃这份传承，又忍了下来，也许明天会有新鲜事呢，他想。

于是新鲜事就冲上门了。

几个魁梧的男子气势汹汹地走进旅馆的时候，武商悄悄摸出手机，准备随时拨打报警电话。谁晓得来人直接走到柜台前，举出一张证件，压低声音：“警察！不要出声，有个危险的嫌疑犯绑架了人质正藏身在你们旅馆里，现在我要你关闭前门后门，我们要搜索每个房间。”

武商正犹豫着，这年头骗子不少，会不会是假冒警察？正此时，门外又走进来几个人，这回武商认得了，这是辖区派出所的头头，来者对他点了点头，武商不再迟疑，直接拿上前后门的钥匙就开始了行动。

王合生正对着电视机里的综艺节目哈哈大笑着，突然听到了敲门声。

“谁啊？”难道是那个买主来了？

“我是旅馆服务，现在我们赠送果汁需要吗？”门外的声音说。

哟呵，这年头还有这样的好事？王合生兴致勃勃地打开了房门，首先映入眼帘的是“警察”两个大字。

“先生，靠边站，警方排查。”白翎把王合生拦截到一旁，身后的大缯早已冲进了房间检查。

“你们……什么排查？我又没犯法。”王合生有点莫名其妙。

“我们在找一个绑架犯，不是针对你的，所以……”白翎的话还没说完，大缯像一阵龙卷风一样地冲到两人面前，手里举着一个手机。

蓝色背壳的三星手机上挂着一个可爱的玩偶。

王合生看着眼前似乎要喷火出来的男人，很是疑惑，“这是别人留给我的……”

“报告，房间里没有其他人。”

大缯抓起他的衣领就往墙上撞，别的警员想上前来阻拦，反而被白翎拦住，他心知肚明周大缯现在就像头幼崽被抓走的雄狮，正闻到了幼崽的气味，这个时候谁拦着就咬谁。

“你你你打人啊？警察打……”

“闭嘴！”大缯低沉着怒火的声音愣是把王合生吓收声。

“问你一句答一句，多一句废话别后悔。”一字一顿，并非疑问句。

王合生抖着点点头。

“手机，哪来的？”

“红、红衣服的一女人，在招木工地方找到我，给我五百，让我在这个房间等两天，说会有人来拿……还……说……”

他迟疑的模样让大缯忍不住拳头握紧，举到他面前示意。

“说说说会有人来找我拿走手机还有另外给我五百买一条消息……”王合生被眼前的拳头吓得一口气把话都抖了出来。

大缯想了想，恨恨地放开了手，王合生靠在墙壁上喘着气，心里想这群家伙肯定是假冒警察的，没想到就看到门口走进来穿着制服的派出所长，靠，还真的是警察啊，惨了惨了，就知道这五百不好赚……

“红衣服去哪里了？”

王合生摇摇头，“不知道，我只知道来的人会给我五百块买……”

大缯回头恶狠狠地瞪着他。

“……消息。”王合生紧张得咽了咽口水。

“什么消息，你说出来。”派出所长说。

王合生想了想自己在这里等了一天一夜，就这么白白等了不成。

白翎从口袋里摸出两张一百元，“给你两百，把消息说出来，或者跟我们去派出所接受审讯，反正迟早你也会说。”

这个警察好像没前面那个凶，但是面上也看起来阴沉沉的，王合生看看面前的两百，直觉早点撤离比较好，于是一手接过钱赶紧塞进口袋，一手就指着大缯手里抓紧的手机，“那手机里有一条录音，就是红衣服给你的留言。”

脚下的石砖依旧是阴冷的气息，前进的路比起之前更沉默，却也更紧张了，每个人各自都揣摩着各自的心思。

军子本来就不说话，偶尔摸一下后脑勺，似乎还隐隐作痛。

豹子一直提着神，唯恐再看到那个花衣服的小孩，却又希望他干脆就这样出现在面前，也比不知道他躲在什么角落盯着我们的好。说来生于盗墓世家的豹子天生胆大，十八岁即随长辈下墓勘察过，也到过其他国家参与国际探险。此时此地，曾是他梦想中必须一到的传奇之地，也不知是哪里出了错，却从上山开始，处处偏离了预定轨迹。下墓前一晚，请来的年轻向导莫名其妙突然发疯一样攻击他们，军子一狠心开了枪，但豹子内心却后悔不已，好好的一个年轻人，在自己面前说没了就没了，于是他拖着向导的尸体把他藏在树丛中，打算下山再处理后事，想到后事，被留在来路上的张焕更是心头的一根刺，想到就疼。

但是说到心底一疼，这里恐怕没有人比得过叔叔李一骥的心情。张焕是个刺头，在考古所里就是，认定的事情，多大的领导他都敢质疑，所以在全所上下都对叔叔的所行睁一只眼闭一只眼的时候，唯独张焕跳了出来，质疑他对考古的贡献大还是破坏大。领导无奈把张焕调了一个考古所。但，事实是叔叔很欣赏这个年轻人。他的心只为保护历史而活，和其他背后捅人只盯着功名利益的领导相比单纯很多，即使他曾当着众人的面指着叔叔的鼻子放言与盗墓贼势不两立。

可可和叔叔走着走着四目对视过几次，两人都对那张掌灯童子的照片充满了疑惑，这个把考古科研当做人生事业的年轻人最后还是把命留在了魂牵梦萦的地下。但是他到底是为了什么而来，他和掌灯童子之间到底是什么关系，他骗来了这些孩子做人殉？叔叔打心底不相信这种揣测，照片上背景似乎是个展览玻璃柜，如果张焕不是制作掌灯童子的凶手，那他是怎么知道这里的？豹子说还是张焕牵头把另外两个人一起带来的……

可可转身，想开口和叔叔商量张焕的事情，却看他摇摇头，眨了眨眼，硬是把话忍了。

“可可，”叔叔却并未因此沉默，“你知道我们现在在哪个墓里吗？”

察觉到他故意岔开话题，可可也没点明，“不知道，似乎不小。”刚才穿过了一个中厅一样的房间，还没走到头。

“和我们即将去的地方比起来，算够小的了。”

“我们要去的地方？”

“史上最有名的合葬墓，浩浩历史长河中唯一的女主。”

可可脑袋里记忆一翻而过，“我们在乾陵？”

“也对，也不对。”叔叔说。

“等等……乾陵根本没开发吧，一直说没有被盗过所以决定不开……”没说完可可突然想到叔叔的职业，“你玩忽职守谎报军情？”

叔叔微笑，“只此一墓，我没说实话，乾陵和我们家族的关系用源远流长来形容都不够，所以我有所保留，而且建国来几次考察也不是我负责的，大家只是从没发现入墓的办法，”叔叔很愉快地摆出“不是我的错”的表情，“事实是，从传统角度讲，乾陵的确没被盗过，没有盗洞。”

“因为你们可以从那个山洞进……等等，”可可觉得脑子里有两头断线好像突然连上了，“入口不在乾陵里？我们需要穿过下面什么陵才能到达乾陵，所以根本不需要盗洞？啊……所以你们才提到一个魔道。”

叔叔转身看了她一眼，对其身后的豹子指了指可可，“小子，你如果有她一半的智商，你爸妈做梦也能笑出声来。”

豹子脑子转了一个圈才明白叔叔的意思，露出一个龇牙的恐吓表情。

“等等叔叔，我刚才就有疑问，你的……我们的家族和这里到底……”

叔叔抬起手，示意可可继续往前边走边说，“我们家族和这里的故事其实你自己很容易推测，想想这位著名女主的故事。”

武则天，武媚娘，踩着一路鲜血登上帝位的历史角色，对大唐盛世有着不可磨灭功劳的女人，谋杀亲生女诬陷皇后，杀生无数一步步走上参政、摄权、篡取唐宗皇位，最后又交回给皇族李家……

李！

“你们李家是……”可可略带震惊地止住了脚步，“武则天杀了你们的祖宗？”

“不，”叔叔平静地说，“武则天就是我们祖宗。”

07　延绵不绝的恨

上承贞观之治，下接开元盛世。

即使史书都不承认，但是读历史都知道，武则天的确对大唐盛世起到了难以磨灭的作用。

否则后代千年男权社会的史书早把她给忽略不提了。

“不过历史也记下了她对自己亲骨肉做过些什么，”李一骥的话在墓道幽幽的冷光中，显得格外阴森，“她善于权术，喜好借刀杀人。简单地讲，我的祖先，是一位被娘亲用计逼死的太子，太子妃则被做成人彘，但武媚娘这位娘亲没有发现太子已有一个私生子，保护着太子的血脉，寥寥几人逃至荒蛮地。千年易逝，斗转星移，当年的一支血脉成了传奇的一族。不夸张地说，我们是一支靠着对老妖婆的怨恨而存活下来的宗族，恨此一人，深入骨髓。”

豹子走在可可身后，撇撇嘴，“主要是每代都打小开始灌输这些事儿。”

“叔叔……那些故事，都是多少年前的事情了，你们……”

“是不是觉得有点可笑？”叔叔回头看了眼可可，然后又抬手去看石墙上各种古代的石刻纹路，“相距一千三百年多前的仇恨，有什么大不了的，是不是？”

可可没有答话，谁都没答话。

“为什么百年前战争留下的仇恨你能理解，千年的恨就觉得莫名其妙？”

的确，可可沿着石道慢慢走着，还有什么比得上仇恨，可以跨越时间，代代相传，延绵不绝呢？

四人在墓室里走了多久，可可也说不清。她虽然不懂墓室应有的格局，但是也知道自己走到了墓室最重要的主室，狭小的石道后是一间比较大的石房间，房间正中间是一个大型的石棺，应该就是墓主人的所在。说实话可可很想去推开石棺观察一下古尸的结构和分析一下死因，想想还是不折腾了吧。她举起手中的冷光源，抬眼观察着四周，石壁上不再是青冷的石雕，而是略带彩色的壁画，这些在考古家眼里千金不换的文物，在她眼里只是画着众多小人和飞奔的马匹的墙而已，稍微走动一下，脚下就发出咔嚓一声，慢慢抬脚看下去，一片被踩成粉末的陶片显出她鞋底的花纹。

"……我什么都没看到。"可可默默对自己说，然后跟上叔叔的脚步。

叔叔和豹子还有军子三人聚集在房间最后面的墙边，可可凑上去，看到一块不同于壁画的石块，处于石墙的正中间，上面横横竖竖凸起很多细小的石条。叔叔似乎在对豹子解说怎样把石条移动，话语里带着一些可可根本听不懂的考古术语。她越听越不明白，干脆放弃，直起身来环顾四周。

那个小孩的身影就在此时出现在视野里。

幼小的身躯，笔直地站在石棺右侧的后面，距离可可他们的位置只有两米，穿着鲜艳的古装，好像电视剧里的戏服，孩子的皮肤是偏青色的，黑色的大眼睛凝神看着她，无所畏惧，甚至有点想诉说什么的感觉。

可可张开嘴，一时间不知道自己是更想尖叫，还是来一句粗口。

"叔……叔叔……"可可双眼盯着小孩喊道，深怕转移视线的话，孩子会从眼前消失。

当叔叔三人都转身顺着可可的目光方向看过去的时候，听见豹子手里的冷光棒掉在地上的声音和叔叔倒吸一口冷气的嘶嘶声，可可反而冷静了。

她认真自上往下打量了一下小孩，他脚底和可可一样踩着碎成片的文物，让可可确定自己看到的是活人，孩子脸色发青，嘴唇是灰白色的，乍一看的确像极了恐怖片里的角色。仿佛从恐怖片里爬出来的孩子缓缓抬起右手，对着吓愣了的四个成年人，做了个让人脊梁骨发冷的动作。小小的手掌横在脖子上。

豹子一屁股坐在了地上。

叔叔却猛然一凛，这个抹脖子的动作，让他想到了那些假模假样的清宫电视剧，只有电视剧看多了的孩子才会学做那种动作，这家伙不是什么唐代古尸，是个现代的孩子。"你们别动，我……"叔叔的话还没说完，身旁风一过，军子已然发出一声愤怒的嘶吼，向那孩子冲了过去。

花衣服转身一蹿，消失在房间入口石道的拐角。

军子冲出去，迫使叔叔和可可也跟在其后，踏过一片片文物，可可已经顾不上自己是不是破坏了什么遗迹，跟着追到了转角，叔叔和军子一前一后正在石道里追逐着，突然前方的花衣服停了下来，扭头看着他们。

“军子别追了！”叔叔一声吼在石道里显得尤为震撼。

军子的脚步戛然而止，叔叔上前两步，慢慢地弯下腰，一道细小的丝线在他眼前反着光，他示意退后，抽出一把小刀扔出即刻切断了细丝。

前方的石路猛然下坠，成了一个黑黝黝的空洞。

“陷阱……”可可还在对古代人的智慧叹为观止，叔叔和军子抬眼，发现花衣服已然不在视线范围内。

“这么点时间，他跑到哪里去……”可可还在疑惑，只见军子指了指石墙两边的雕花，左右各有几个镇墓兽一样的雕刻。“暗道，”叔叔接下话茬，“该死，这小子对这里的暗道真熟悉，我们先离开这个陪葬墓再说。”

转身差点撞上追上来的豹子，四个人一行迅速往主室后面小奔去，叔叔驾轻就熟地摆弄着那块石刻上的小石条，可可眼看着他把横横竖竖的小条变成了一个汉字的模样。

曌。

“武曌，是武则天登基之后，请佛教给自己起的名字。”叔叔手上不停拨弄着机关，说道。

“武则天信佛？”可可问。

“很奇怪吗？武则天登泰山的时候还派人用丝帛把拦路的树枝包起来，而非砍断树枝开路，她就是这样一个人，杀人和慈悲，集于一身。”

“李老盗，你别叨叨了行不？快些快些。”豹子催促时还不时回头看看身后，唯恐再看到什么不该出现在这里的东西。

“豹子，你再急，等下也得等小可可走过那条魔道破了禁咒之后才能通过，你急什么。”叔叔话落，石条组成的曌字自己嵌入了石壁中，仿佛有人按了下去一般，可可听到一些石头间摩擦的声音，仿佛来自远古一般嘶哑而有力。

石墙变成了石门，缓缓下沉。

突然自远处开始发出暖橘色的光，越来越近，一直蹿到眼前的脚下。原来是两道铺满了油的沟渠，点燃后成了道路两边的火焰线。可可的眼前是一条被火光夹在中间的石道，道路上的每一块石板都带着奇怪的符号，不同于自己曾经看到的任何符号，看起来似是书法又不是汉字，每一笔都遒劲有力。

可可想提问，抬眼却发觉其他人都看着自己，“这里……魔道？”

叔叔用手扶住可可的双肩，迫使她与自己四目相对，“小可可，认真听我说，这条道，脚下是失传的某个八卦阵图，然后两边的渠道里燃烧的不只是油脂，还散发出某种类似LSD致幻的成分，所以，虽然这条道，就是一条只有石头和火焰照明的路而已，但是你等会可能看见各种恐怖的事情和东西，你要记住，那些都是来自于你潜意识的恐惧，不是真实的，别信，别相信……”

“等等！你说什么？”可可脑海里突然像被抽了一下的感觉。“我说别相信……”那时候在汉代公主的雕金棺椁里，可可昏昏沉沉做着黑暗的梦，梦里姐姐的声音在耳畔好像咒语一样徘徊。

然然……别信……别相信……“叔叔……我会看到什么？”可可盯着面前的石路问。

李一骥轻叹一口气，“你可能会看到已故的人，或者一些恐怖的妖魔鬼怪。总之，你怕什么，最好能控制住自己不要去想它，一直走，什么都不要想，一直走到底，看到曌这个字的石门，用力推开它，就过去了。”

豹子已经不耐烦地在踱步，猎刀一直握在手中，来来回回。

“最后一个问题，”可可说，“叔叔，你走过这条道吗？”

“我……只走过几步，就原路退了回来，在家休养了一年……家族历史记载里，只有三个人走过去了，不过一旦有人走过去后，三天内魔道的禁咒就失效。”

浔可然回头看了看李一骥，淡淡的语气好似告别，“其实你也不知道我能不能走过去，对吧？”

没等他的回答，可可一脚踏上了刻着符文的石板。

08 幻觉中的清醒

幻觉，是指没有相应的客观刺激时所出现的知觉体验。

企图说服出现幻觉体验的人不相信幻觉往往是徒劳的，不论是别人，还是自己。

一步、两步……踏下去的足迹，在千年尘封的石板上溅起一阵轻灰。

石路两边的火焰依旧跳跃着，前方的路向左拐着弯，一眼看不到头。

虽然不需要照明，可可还是忍不住紧紧捏住手上的冷光棒，不思考，一直在对自己默默地说，什么都别想，但是就像哪本书里说过，越是暗示自己不要去想的事情，越是无法控制大脑会想到。

哪本该死的心理书说的？回去烧掉！

一语成谶……

火焰沟渠中旁的水池里，伸出一只惨白的手，可可忍不住停下脚步，与其说害怕不如说是好奇，很想看看到底什么样的恐怖，可以让叔叔避之不及，手臂的根部是一团泥泞一般的肉团，看起来很是恶心，但是放在验尸无数的某人眼里……

幼稚！

可可冷笑，看着恐怖片道具一样的诡异肉体带着一只胳膊从火焰旁边爬出来，阿米巴原虫一样挪动着，发出骨头断裂的咔咔声，黏液一样的肉团里慢慢突出一块，形状变化成人头，五官黏连着、凹陷、撕裂，慢慢成了一个模糊的孩子的脸。

“错……都是……你……的错……污染……那瓶……”

可可诧异，猛然想起了面前的鬼脸。当年还在常老爷子手下实习的时候，她曾经因为一时疏忽，把还没检验完成的证据弄脏了，导致那个杀死继子的凶手侥幸逃脱了法律制裁。那次无法修正的错误，在很长一段时间里让她深愧于心。每次回忆起，就会用指甲掐着自己的手对自己说，要冷静，要慎重，要重复检查！你的工作每一步，都经不起一不小心的疏忽，否则好多人做鬼都不会放过你……

好嘛，真的做鬼都不放过我，还没回过神来，可可惊觉那纠结在一起的肉团伸出的胳臂已经蹭着地板，爬到了自己脚前，一把抓住她的脚踝，扬起的孩子头颅没有头发，诡异的眼珠一大一小，张开嘴里都是尖牙，“你……错……呀嗷嗷！”

恐怖片情节还没表演完，可可已经面不改色地伸出手掌抓住整个头颅，拎起，横甩手，把恶心黏连的肉团扔飞了出去。

浔可然曾无数次凝视过死亡的面孔与它各种残酷的形态。死亡对她，尸体于她，很难激起什么恐惧的神经，或左右她的判断力。

当她意识到这一点的时候，该死的禁咒也意识到了。

左脚猛地一沉，被缠住了。可可低头看下去，一条红黑花斑的蛇正沿着小腿缠绕向上爬来，瞬间沟渠两边挥舞的血腥胳臂变成了密密麻麻的小蛇，说有数百条恐怕都不止。即使知道这是潜意识造成的幻觉，可可依然难忍头皮发麻的感觉。她用力抬起腿甩开左脚上的花纹蛇，刚放下脚又被三四条黑色与鲜红的蛇缠绕上来。

深呼吸，潜意识，嗯……也就是说，我在自己和自己打架，我要战胜的是自己的恐惧。

很小的时候，母亲曾对她们姐妹俩说过，最狠的回答，是根本不予理睬。

可可咽下口水，硬按下头皮发麻的生理反应，跨步，带着小腿上的冰冷的蛇缠向前走去。区区一种幻觉，还想缠住我的脚步？一脚踩在面前密密麻麻的盘蛇群上，软弱无骨的触觉还真让人恶心。

两三步开外，两具化为白骨的尸体被碎裂的织物遮盖着，被密密麻麻的蛇群包围蠕动。可可多看了一眼，其中一具头骨右侧的太阳穴上有明显发散性的裂纹。

这应该不是幻觉，大概是叔叔所说之前把命留在这里的人。

可可捡起一根耻骨，血肉化尽，人的骨头还能完好保存很多年，从这根上看，这人年龄不满 30 岁，男性。可可弯下腰打算仔细打量一下有裂纹的颅骨时，眼窝的空洞里猛然蹿出一条鲜艳的花蛇，张开的血盆大口直冲可可的左眼而来！

尖牙，嘶嘶的声音，一切好像扩大的慢镜头一样充满浔可然的瞳孔。

抬手，几乎是下意识，她用手中的耻骨打横猛力敲在蛇身上，蛇蜷曲成一团，飞了出去。

唔……老娘的想象力还真丰富……其实我应该想点别的恐怖都行，至少不恶心就……

脑中的话还没说完，蛇群簌簌地都爬开了去，消失的速度和出现时候一样诡异。

不就是幻觉嘛，可可深呼吸，继续着步伐，安慰自己。

脚步一滞，2 米开外，鲜艳的繁花纹古装再次出现。与之前不同的是，古代礼服这次穿着在了一个成年人的身上，暗红色的纹路，在那人的背上异常清晰，他慢慢转过身。可可惊讶地看到张焕的脸，苍白无色，嘴唇却鲜艳如血，他就站在那儿。可可跨前一步，又迟疑了，这是幻觉，但是哪有幻觉可以真实到这种地步？连血的味道都飘散在空气中，一脸悲哀气息的张焕微微颤抖着张嘴，想说什么。

“你所看到的幻觉，都是你潜意识的产物。”叔叔的话像串起珍珠的细线，张焕想说什么，是因为……

我的潜意识发觉了我疏忽的东西！

可可放下犹豫大步向前，张焕近在眼前，突然，空无一物的脖子上却生生裂开一道创口，由左至右仿佛一把无形的刀尖锐地割开了他的脖子，鲜血瞬间崩裂出来，腥味冲着可可扑面而来，解剖刀下的尸体从不会喷出这么多浓稠的鲜血，他们被送到可可面前的时候，大多血液已经停止流动，没有血压更不会这样喷溅出来，可可难以自制地抬起手挡在面前，大脑却飞快地运转着。

我疏忽了什么？检查张焕尸体的时候，发现了他紧握在手心里的照片，

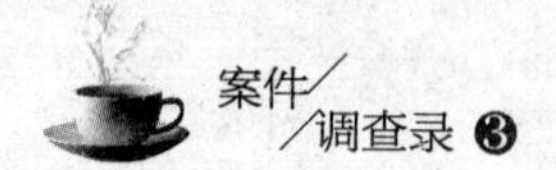

还有什么，好像正在和叔叔谈到却被打断的……没有防御伤口！

也就是说他没有和凶手搏斗过，他被割喉之后双手只来得及试图捂住脖子涌出的血，这时候军子转身看他，血喷在军子身上，所以他衣服上沾满血迹却只有头上有个钝器造成的包……

但是哪里不太对，我记得哪里……

感觉鲜血的味道淡化了，可可才放下手来，刚睁眼，一双放大的愤怒眼珠占满了整个视线，可可被吓得后退一步。

一阵劲风自左面而来，感觉生生被人猛击了一拳在脸上，失去平衡的浔可然摔倒在地，脸差一点直接撞上地面，喘息着张开眼睛，看到的是木头的地板纹路……

等等，我刚才走在一条石板路上来着。

人群嘈杂的声音……

可可扭头，那个男人居高临下地看着坐在地上的她，周围都变了，不再是充满诡异符号的石板路，而是那个似曾相识的场景，记忆里，看见姐姐最后一面的葬礼告别厅里，窗外在下着雨，姐姐的玻璃棺材就摆放在不远处。

"侯……广岩……"浔云洁的男友，那个在葬礼上燃烧着愤怒眼神的侯广岩，正俯视着她，紧握的拳头上青筋暴起，似乎下一秒就会再揍到可可的脸上。

"我不会放过你，就是你这个扫把星转世！害死了我最爱的云洁，你这恶心的小杂种……"

心脏好像被什么刺中了一样，尖锐的疼。

侯广岩的话还没说完，就被人架着拖走了。

可可用力爬起身，摇晃地走到玻璃棺旁，站在母亲的身后。

如果这是回忆，让我再看一眼她吧，姐姐，姐姐……

玻璃棺里装着的不是云洁！而是父亲的脸！

一瞬间，可可被吓得无法动弹，就听到站在她身旁的母亲的声音一如既往的平淡。

"他说的没错，你就是个怨债鬼投胎来的，先害死你姐，我的女儿，再气死你爸，你……"

“不可能，老爸现在活蹦乱跳的。”可可难以抑制地叫道。

“那你以为棺材里的是谁？你用当法医的事情和你爸争，还说出那种混账话来！”

你想再尝尝失去女儿的滋味吗？

可可倒退一步，“我的确那样说过，但是，明明，爸爸妥协了的……”

“你爸就是被你活活气死的！我们做了什么孽哟，生下了你这种怪胎！”妈妈的背影在发抖，声音里夹杂着哭泣。

可可深呼吸，眼前棺材里的人那样真实，她伸手去摸，玻璃的冰冷触觉通过手指的反应神经传递到大脑。

我是在做噩梦，我是在看幻觉，她一遍一遍对自己说，指尖的触感却迫使大脑一遍遍反驳着自己。

“妈妈，老爸没有死，你相信我，这只是一场……”她说着去拍妈妈的肩。

母亲猛然转过身，从眼眶里留下的泪是殷红血色，划过脸颊，哭泣的表情散发出仇恨。

可可倒吸一口冷气。

“你不是我女儿！我再也不想见到你！”

“不会放过你……”身后侯广岩阴沉沉的声音再度传来，可可转身看到侯广岩手里拿着解剖刀，对着自己一步一步走来，突然手腕上一疼，流着血泪的母亲从身后抓住了自己的双臂。

该死，如果幻觉可以让我摸到真实的玻璃棺，那侯广岩的解剖刀大概也能真的切开我的身体！可可这才体会到，魔道真正的力量。

恐惧！

人群慢慢围成一个圈，把可可禁锢在中间，双手被母亲抓住，面前持刀的侯广岩越来越近，可可第一次感受到急于反抗的恐惧。

叮铃……

清脆的一记铃声！循声而去，左手边人群身后，有一扇白色的门，微微在发光。

可可已经无暇思索那扇门是什么时候出现的，拼命挣脱开手上的束缚，面对涌上来的人群直接挥拳，拳面上的疼痛清晰地传到脑子里，硬生生打开一道血路。

白色的门近在眼前，人群中挥舞的手臂却挣扎着想抓住她，围上来的人越来越多，她听见侯广岩的嘶吼声就在身后，母亲的尖叫，还有人群中不知道谁的声音在哀嚎："杀了她……怪物……去死吧……"

门，推门！

冲进白色的大门，突然一切声音都消失了，只剩下自己的喘息声。

果然只是个噩梦而已，可可起身，发现自己站在警队办公室的门口，熟悉的环境让她心安很多，大缯的办公室就在前方，半掩的门里传来模糊的人声。可可走上前去，正准备推开门，突然从门缝里看到了一切。

大缯坐在沙发上，怀里抱着一个陌生的女子，两人缠绵的身体摇摆起伏着。

可可下意识地用手扶住墙，一阵反胃的感觉涌上来，又被自己强行压了下去，只留下眼角，酸疼的感觉。

仿佛慢慢沉入湖底，全身冰冷下来，可可推开门，女人从大缯身上爬了下来，回头冲她嘻嘻一笑，"周队，这不是你之前追的那个医生嘛？"

大缯摆摆手，女人撒娇一样撅着嘴亲了亲大缯，起身，扭着腰从可可身边走过。

可可觉得自己无话可说。

周大缯点起一根烟，"我下个月结婚，你如果有空的话……"

"为……什么？"声音低得自己几乎都听不出来。

一口烟从他嘴里喷出来，"什么为什么，难道我只能喜欢你一个？你也太看得起自己了，小丫头，我未婚妻，"大缯指指女人离开的方向，"胸大，听话，我为什么不娶她？非要在你这颗充满了尸臭的树上吊死？我他妈工作还没闻够这味儿啊？"

可可觉得自己在发抖，无法控制。

"你不是说了吗，我周大缯算什么东西，有什么资格干涉你的私事，这句话我还给你，你浔可然算什么东西，敢管我的事？"

幻觉，都是幻觉，我什么都没听见。

“你捂住耳朵干什么！喂你有没有听见，这是请柬，到时候来参加……”

可可转身就跑。

我不要听这种幻觉，不是真的！

眼泪因为飞奔而划过脸庞，浑然无知。

我要回法医科，我要回家！

奔过走廊，奔过熟悉的石阶，法医科的大门就在眼……前……原本应该是法医科的门上挂着牌子——储藏室。

不可能，我不会走错，怎么会变成这样了。

“都没有了哟……”幽幽的女声就从耳边传来，连呼吸都听得一清二楚，是姐姐的声音！

“法医科也不归你了，家也回不去了，你什么都没有了哟……”

浔云洁慢慢从身后走出来，站在可可面前。“你什么都没有了，他们都不要你了。”

脸上是一如既往的微笑，“跟姐姐走吧，只有我会一直陪在你身边，姐姐不会再离开你了，跟我走吧……”

云洁握起可可的手，不知什么时候，那把银色的手枪已经握在手里了。

枪柄转过来，可可看到一个黑黝黝的洞口正对着自己的眉间。

“来，按下，按下去姐姐就再也不会离开你了，永远陪着你，一起上学，一起逛书店，一起去买糖吃……”

好温暖的回忆，有姐姐在一起，不用自己扛任何事，不再担心，不用愧疚，半夜哭醒的时候，姐姐会……保护……按下去就好了……只要……轻……轻……

叮铃铃！

喵嗷！

“呀吖吖……”云洁发出一声尖叫，打断了可可按下扳机的动作！

一只黑色的身影猛然蹿进两人中间，黑猫素素站在可可面前，浑身的毛都竖起，对着云洁发出嘶嘶的恐吓声。

“来人！谁的猫，朕要诛其九族……”云洁的脸上充满了恐惧与愤怒。

诛其九族！可可觉得自己好像猛然冲破了水面，呼吸到新鲜空气一样，思维瞬间清醒了起来。

幻觉！都是该死的幻觉！

她的清醒，禁咒也能发觉。

浔云洁的身体没有变，脸上的神情却换成了一片冷漠。

“你也看到我的力量了，只要你听话，我可以让你姐姐死而复生！”

素素不再嘶鸣，但依旧正坐在可可脚下，有着两圈白毛的尾巴亲密地缠在可可小腿上，浔云洁想走过来，却似乎忌惮什么，半步不敢动。

那个人不是姐姐，一个幻影，充满全身的恐惧褪去之后，可可只觉得浑身充满了另一种能量。

愤怒的力量！

“听闻武曌杀生无数，夜里噩梦猫鬼索命，从此怕猫怕得要死，你还……”她缓缓举起银色的手枪，直指浔云洁的面孔，“真和史书里一样废柴啊……”

可可踏前一步，浔云洁退后一步，哀戚的表情溢于言表，“小然然，你要对姐姐开枪吗？”

一抹冷笑划过浔可然的嘴角。

“你害死了我一次，还要再杀我一次？”云洁一样的脸庞，一样的声音，一样难过时皱眉的神情。

“放心，姐姐。”温柔的声线，是如此相同，“这次我会负责对你尸检！”

砰……

一道白雾猛然在四周散开，云洁也好、大缯也罢、就连脚下的素素，也消失得全无踪影，徒留下可可一个人，和寂静的石板路，两边渠道里的火焰依旧燃烧着。

可可看到了前方不远处的阴暗石门，银色枪握在右手，一步踩下，飘起一阵灰尘。

我不管你来自哪个年代，胆敢窥视我最深处的情感……

神挡杀神，佛挡杀佛！

09 曌字门

眼看着浔可然踏进魔道，李一骥不由自主地深深皱眉。

愧疚的情绪再度膨胀，他们原本素不相识，深入乾陵是他与他家族的事，浔可然大可以只追查掌灯童子，拒绝走这条道，甚至李一骥连怎样劝服她的话都胸有成竹地想好了，唯独没有想到过，可可毫无退却之意。

那时候自己只走过这条道转角一点点，幻觉中看到的东西，差点让他心脏病发作，如果不是同行人狠狠地扎了他一刀，凭着疼痛带来的一时清醒迅速逃出魔道，哪里还有今天。

可可的身影消失在魔道的转角，渐渐听不到她的脚步声。

后悔，像地震后的海啸一般席卷上李一骥的心头。

他观察的五个候选人里，浔可然并不是最好的选择。另有一位科研员，纯理性派，不会相信任何幻觉发生的可能，李一骥大可把她骗来一试，但他没有，自己也说不清为什么挑选了浔可然，也许只是某一个瞬间，看到她脆弱与坚强并存的眼神而已。

坐在魔道门口一起等着的还有军子，豹子在身旁徘徊，不安带来的焦躁从他的步伐里尽显无疑，太多事情偏离了计划，他一向认为这个家族隐秘的大墓，再怎么着也不过是个埋在地下的石头房子而已，难道比之前去过的热带雨林更恐怖不成？笑话！

但是热带雨林里没有看不见的凶手割喉，更没有穿着古代衣服的僵尸孩子跟着自己。

张焕最后的面孔不时从脑海里跳出来一下，豹子心中有一种眼看着兄弟被杀却找不到报复对象的无力感，挠心挠肺，他看看军子又在摸着后脑勺的伤，暗下决定再看到那个鬼一样的小孩，管他三七二十一，先扑上去揍了再说!

“李老盗！我们什么时候可以进去?”豹子指着魔道，他虽然见识过魔道的厉害，但是传说也听了不少。

“等这两条火灭了。”李一骥深深呼出一口气。“啥?”“可可只要推开对面的门，这两条沟渠里的火就会熄灭，火焰烧出的致幻成分会渐渐消去，所以，等火灭了几分钟就能进去。”

李一骥看向豹子，这个侄子一向大胆，但人不坏，掌灯童子的事情，他究竟知道多少……

豹子还在踱步，“这进去十分钟有了吧？小妮子会不会把我们扔在这个……啊，这是哪里来着?”

“我们在一个陪葬墓里，武媚娘某位情人的墓。”

明明是和皇上并列而存的皇陵，居然把暗道接在了自己情人的陪葬墓里，武曌前无古人的风格，常常让李一骥感慨。

“靠，男宠吗?”豹子突然来了劲，腾腾跑到房间正中的石棺旁，围着转了一圈，“老子还没见过古代男宠的风光嘞，叔叔，我们打开瞧瞧?”

叔叔不止一次为他有这么个缺心眼的侄子感到哭笑不得，“豹子你消停点，要是触动了什么机关，我没空救你。”

“谁稀罕你！老子好歹也下过不少大墓，等你救？还不如等……”

砰……

魔道里传来的枪声在石壁间反弹无数次，到李一骥耳朵里的时候，如同爆炸声一样让他心惊肉跳，他再也无法忍受这种心情，站起身来，“豹子，你和军子等着，我去找她，火灭之前，不要走进来，我不想再搭上你们两个的命。”

“那……你……”豹子还没对枪声反应过来，又听得叔叔这么一说，顿时无措起来。“是我带她进来，就是尸体，我也得带她出去!”叔叔边说边扔下双肩包，没听任何反驳，冲进了魔道。

余音绕梁，三日不断。

这是古代一个形容声音在房间里徘徊不去的古语，可可今天算见识了一下，不算大的魔道中，枪声嗡鸣久久无法散去。

但这至少是好事情，说明所见所听，是真实的世界，而非幻觉，可可看了下周围，沟渠的火焰依然跳跃着，魔道似乎看到了尽头，有一扇黑色的门，可可走上前几步，就听得身后一阵阵的脚步。

“可可、可可……啊啊！”呼唤的声音变成了惨叫，可可举起枪，这条道又在玩什么把戏？当我好欺负的么！

李一骥的身影从来路出现，走路摇晃着，好像喝醉一般呢喃，“可可，我要找到……走开！混蛋，我要找回可可的尸体，你们都让开！”

可可皱眉，看着李一骥走进几步，猛力挥舞着拳头，平衡不稳倒在地上，又爬起来。

走近几步，可可惊讶地发现李一骥的眼睛好像附了一层白色透明膜，他起身，一拳向可可挥来！

“你已经死了！我……不是故意，我发誓！我没有丢下你，我……”李一骥在喘息，眼泪和怒吼让他看起来像个发疯的狮子。幻觉在折磨他。

“叔叔！叔叔！”可可的喊声对他毫无作用。

“我没有！我没有杀你！……可可……我发誓，我愿意……用命换你，我答应，让我打开门，我就来陪你，求求你……让我，不！”

叔叔的尖叫再次响起，也刺醒了在发呆的可可——门！

打开门，禁咒就会被打破！

可可转身，周大缯就站在她面前，脸上是她最熟悉的温柔笑容，“可可……”张开双手的怀抱，让可可差点愣住，经历过那样残忍的幻觉，现在面前这个，像糖果一样诱人。

可可慢慢走上前，站在大缯面前。“可可……我爱……”

砰……

银色手枪里发出的子弹正中大缯的眉心，高大的身躯向后倾倒，碰地瞬间化为一片白烟。

“想娶个大胸，听话的，好志气呢。”嘴角一抹冷笑，可可大步向前，不能再给这禁咒任何机会想出花招，走到暗色的石门面前，石门正中的“塈”字足足有一米宽。

深呼吸，可可抬腿，一脚踹在塈字上！

石门轰然而开，发出千年封印解开的沉重吱吱声——

难怪警队的人都喜欢踹门，的确解气，可可在心里道。

猛然刮起的风从门后吹出，贯穿整个魔道的上空，夹卷着嘶鸣刮过，沟渠里的火焰瞬时暗了下来，从石门口一路灭了回去。

叔叔喘着气，抬头，迷茫的眼神慢慢变得清晰，“太好……呼……你还好吧？”

可可微笑，“抱歉没让你如愿给我收尸。”

叔叔露出虚脱的笑，可可听了下魔道里没有脚步声，“你不相信他们两个？”

从地上慢慢爬起身，叔叔领头走向了魔道的出口，没有回答这个问题。

可可难忍疑虑，“我怀疑那家伙……”

“我知道。”叔叔摆手打断她的话。

“那你还让他们一起走？”

“可可，如果你知道有条毒蛇在旁边，你是愿意看着他的一举一动，还是让他潜伏在黑暗里，在不远处盯着你？”可可立即明白了叔叔意有所指。

“李老盗！”

“动作挺快。”叔叔嘀咕着，对可可做了个噤声的动作。可可点点头。

“我们成功了！做到了！哟！小丫头你还活着！帅爆了！”豹子的兴奋劲儿溢于言表，连少有表情的军子，也撇着嘴，竖了竖大拇指。

豹子把双肩包还给李一骥，“叔叔，接下来怎么着？”

叔叔摇摇头，“接下来的路，我也从没走过，只在家族留下的传本里知道个大概，一路小心吧，你们跟在我身后，豹子，你少给我手贱乱碰，触动机关的话，后果自负。”

豹子眨眨眼，指向可可。

“嗨！丫头你在干什么！”叔叔对着蹲在渠道旁的可可喊道。

“收集液体标本，”可可摇了摇手里的小瓶子，里面装着淡绿色的油，“别忘了，我可是来参加暑期野外实践的哟。”说罢眨眨眼，转身而去。

千年尘封能产生恐惧幻觉的可燃液体，广告词教育我们：好东西怎容错过！

10　只为一段手指

宫室宏丽，不异人间。

“这是史书记载对乾陵内的描述。”叔叔一边探路一边说。

事实上，在豹子看来，所有的陵墓都一个样，埋在地下的石头搭出的立体空间而已。所以叔叔深情赞叹的甬道壁画中镶嵌的金丝银线在他眼里不过是古人在墙壁上涂鸦时候顺便挂个绳，可可不停拍照的石板上的鬼画符不过是年代比较久远的雕刻，比小时候他在学校门栏上刻的“张XX老子和你决一死战”好看不了多少。

叔叔还在仰望石室顶上的狩猎图，可可仰头就拍照，这两人还真的是来旅游的么，豹子不屑地撇撇嘴。

“叔叔，放陪葬品的房间在哪儿啊？”

叔叔回过头看了看他，“应该走过这条道就到了……豹子，你打算……”

“当然是捞点东西走啊，否则来干吗？”还把张焕的命给搭进去了。

叔叔侧头，“可可，如果到主墓室，你什么都不能拿，记住了吗？”

可可点点头，除了武则天的骨头，其他都没什么研究价值——职业病。

“喂，你们嘀咕什么玩意儿！”豹子在身后嚷嚷，不知什么时候开始，那把银闪闪的猎刀又再度握在了手中，可可看了一眼他手里的刀，不做声。

“我在对小侄女普及科学知识，整个地宫模仿唐朝都城，比如现在，我们穿过这条甬道应该就是它的主体部分——前墓室，然后它的左右存在着左墓室、右墓室，再往前走就是后墓室，也就是主墓室，它在四座墓室中，最为宏伟壮观，也就是我们的目的地，武曌棺椁所在。”

军子推了推身前的豹子，两人一边把光源打向脚下。

石板路上出现几枚反光的金属，军子弯腰就想捡起……

“别动！”

叔叔的吼声让大家的动作都凝固了，“别碰，在墓道里撒钱币，我在宋朝墓里遇到过，这些钱币里有些混杂着机关，碰了绝对不会有好事，所以一个都别碰。”

豹子有点愤怒，“金的啊！”

“哪怕钻石的也不能碰！对付的就是你这种见钱就智商为负的家伙！”叔叔声色严厉地看着他。

豹子不出声了，默默直起身，跟在最后面踢踢踏踏地走。

规模巨大的前墓室两侧摆着一排排石桌，豹子兴致冲冲地上前查看，结果那些书画珍藏几乎一碰即碎，充分引起了豹子的怨念情绪。

在叔叔的催促下，一行人穿过放着书画卷轴的前墓室，继续往前走。

“小子，你学学军子，人家对陶片、书画都不拿正眼瞧，一看就是懂行的，准备到主墓室去拿好东西的人才！”叔叔笑道。

话虽带着微笑说的，可可却突然感到另一种意思，叔叔像是在暗指什么。她回头看了看军子，一如既往的面无表情。

走过前墓室，又走进阴冷的墓道，不知道是不是因为这条道通往最终的主墓室，地上的钱币越来越多，连可可都不留心踩到好几处硬邦邦的，抬脚一看，埋在灰尘下的钱币正隐隐闪着金光。

是挺诱人的，可可心底默念。

突然走在最前面的叔叔戛然止步，示意所有人都安静！

寂静的空间中，传出一丝轻微的“嘎嘎、啊啊——”

“趴下！都趴下！”叔叔一声大吼，可可还愣在原地，就觉得背后被猛推，条件反射把手挡在脸前，面朝下“被”趴倒在地。

一声轰响“嘎嘎啊啊”的石头间磨损的声音不知从哪里而来，可可只觉得突然头顶呼呼生风。

一片巨大的扇形石刃从大腿高的石墙中横劈而出，巨大的推力产生的呼呼大风让可可都睁不开眼，石刃划过头顶后，可可想起身，背上又被叔叔猛然按住！

“别动，那玩意儿会回……”

话还没说完，已经划过的石刃又从石道后方再度席卷回来！

可可脸贴着地，看到军子和自己面对面也趴着，眼睛紧紧闭着，脸上的肌肉却在明显颤抖。

这种颤抖让她不由自主想到自己以前在课上看到过的案例，在大脑发出紧张信号的时候，有些病症会显示出肌肉震颤等症状，大学教授的提问声好像在耳边重复一样：谁来回答，哪些病症会造成肌肉震颤呢？

脑炎、颅脑损伤、动脉硬化、肾病综合症……

大脑在记忆与推理中不断摸索，石刃已经来来回回横劈了多次，力道越来越弱，速度也越来越慢，渐渐停了下来，消失在石壁的缝隙里，再也没有一点声响。

众人慢慢爬了起身，刚才的灾难还有点惊魂未定，如果不是李一骥反应过来，在这个毫无逃处的石道里，被腰斩成两截，大概是唯一的结果。

可可眼见叔叔脸色铁青地走到豹子面前，伸手问他要什么，却又一言不发。

豹子的小眼睛看了看叔叔，再看了看，默默地从口袋里取出一阵叮叮当当，五枚还沾着灰尘的金钱币。

原来他走在四人最后，乘着最前面的叔叔不注意，偷偷捡着地上的钱币。

“如果不是这玩意儿历经千年，刚发动的时候卡住了发出声音……”叔叔的声音听来低沉而威严。

豹子面如土灰，点了点头。

叔叔不再多言，转身走了开去。

可可微微喘着气，却小心翼翼地多看了几眼军子。

所幸在接下来的路途中，叔叔一路拆除着机关，倒是有惊无险地走到了头。

“叔叔，你怎么会知道这些机关怎么拆？”

“小可可，千年来，我们并不是第一个走到这里的人，家族本纪里记载过这里的情形。”

“那你不是对这里了如指掌？”

“也不……”叔叔苦笑着，“本纪是记载了，但写着文言文，有些叔叔我也看不太懂，诶，历史代沟啊代沟……嘿！到了！”

墓道的路走到了末尾，眼前的主墓室一片空荡荡的，看起来暗影绰绰见不到头，叔叔和军子掏出火柴点燃墙壁上两个宫灯，火苗一蹿，沿着两边镶嵌在石墙中的渠道一路燃烧起来，像一条在墙壁中飞舞的火龙一般从石道末尾一直飞蹿过整个主墓室，瞬间点亮的主墓室让可可屏住了呼吸。

宏伟壮丽，是可可脑海里蹦出的第一个词。

巨大的空间猛然在眼前展开，火光照耀着石壁上每一幅壁画中的金丝银线都反射着星星点点的光彩，主墓室最中间是一个高大的中央石台，高高的台上摆放着一只巨大的棺木。靠近墙壁的四周或高或低摆着石桌和圆形展台，还有些类似家具一样的东西，历经千年已经失去了原来的模样，有些残缺、有些已经坍塌成墟。抬头是巨大的半圆穹顶，华丽的星空图与可可看不懂的八卦阵图交叉叠加在了一起。

一个巨大的女神石像矗立在棺木头顶后方，垂目低眉的表情如同寺庙里的佛像，飘逸的石裙摆让人联想到传说中的女娲神。

这种惊人的建筑空间给人带来冲击的心理感受，可可曾在参观故宫内殿时候也体会过，但远远没有今日来的印象深刻。

豹子吹了一口哨，兴奋地蹿上前，东看看西瞧瞧，唯一的区别是学乖了，不再轻易动手乱碰。

军子和叔叔一前一后走上了中央石台，对着巨大的棺木转起圈，似乎在研究开棺的事情。

可可不敢到处乱摸，比起武则天的遗骨，她对墙壁上的金丝壁画更感兴趣，整个房间似乎是圆形的，石墙都带有弯弯的弧度，火光与手中冷光棒的照耀下，千年前的壁画彰显出一种跨越时光的艺术魅力，画上每个小人的动作都不尽相同，有些人群中画着一个形象高大一圈的人物显然比较重要，不管是哪一段故事的壁画，总有一个人物用金丝线在脑后显示出一圈金光，不用猜的也知道这一段段壁画故事讲的是武媚娘的一生轨迹。其实就如同很久以前李一骥曾说过那样，历史纷纷扰扰从不为谁停留，一辈子无非百年，无需给后人什么交代，活够自己觉得值得的一生，可以画满这宽广似无尽头的石墙，像一部史诗一样的人生，还需要什么立碑自夸？还需要什么评语？不屑于历史会给我什么评价！

霸气侧漏。

脑袋里蹦出这样的词，让可可忍不住笑了，转身想和叔叔他们会合，一瞬间，笑容凝固在了脸上。

穿着古代衣服的鬼童，就站在离她不足一米远的地方。

有种突然被扔进冰箱，浑身血液都停止流动的错觉。

你是谁？到底想干什么？为什么跟着我们？……不，跟着我……

一连串的问题，让可可不知道自己该后退逃跑，还是该前进一步抓住这个鬼魅的小小身躯。

如果他真的有身躯。

鬼童的眼睛紧紧盯着她，抬手，慢慢指向了她身体后侧方，可可扭头去看所指方向，高高的中央台上，叔叔和军子正趴在棺木的侧面，研究着什么。

可可回过头，看到鬼童缩回手臂，和之前一样，做了一个抹脖子的动作！

等等……他是在告诉我……

“你是不是看到那个割了张焕脖子的人？不……凶手？”

孩子眨眨眼，点了点头，可可突然看到他举起的手臂上，有着一块一块紫色的瘢痕。

紫……紫癜！

一瞬间断开的线索连接在了一起，症状……这些人的症状都是同一个原因，所以那个人就是制作掌灯童子的人，那为什么杀张焕……

“那个凶手，是个子高高的那个吗？”给我一个确切的答复，好让我肯定我的推理没有错！

话还没问完，可可眼角看到银光一闪，就瞟到豹子像一阵旋风一样向孩子背后冲来，手上的猎刀直指那孩子后背。

“别……”可可大叫着扑挡在孩子与豹子中间。

豹子的步伐急忙刹车，鬼童乘着空当，猫低身子迅速飞奔逃窜，豹子追到墓道口转弯，就失去了他的踪影。

叔叔和军子都听到了动静，正走下中央台。

转过身，豹子突然揪起可可的衣领，狠戾把她按在石壁上，可可脑袋撞击在墙上发出“咚”的一声，尖锐的猎刀刃就停在她脖子前 2 厘米处。

“豹子！你干什么！”叔叔吼着向前冲来，却被军子突然横在面前的枪给挡住了。

可可忍着后脑传来的阵阵钝痛，看着眼前怒目而视的人。

“你，和那个该死的小鬼，是一伙的？”带有一丝疑问，更多的是怒气。

“他……不是鬼，好疼……是个活的孩子，不管你信不信。”

“放屁，一个好端端的小孩怎么会在这种地方？他一脸都是死人的青色。”

“我也想知道为什么。”可可轻轻叹了口气。

“那你刚才和他在嘀嘀咕咕什么？”

可可沉默了一会，“他看到了是谁杀了张焕，所以一直对我们做出抹脖子的动作，是想提醒我们。”

像是没办法判断真假，豹子有点不知道该怎么对眼前这个来历不明的丫头，“杀张焕的明明就是他……”

“他身高不够从背后横向割断张焕的脖子。”可可一语反驳了豹子的说法。

“那、那他有没有说是谁？”

可可沉默着想了想，摇摇头，“我正想问你就举着刀冲过来了。”

“我明明看到你们在指手画脚什么。”

“那是他在重复对我做这个抹脖子的动作，一直做了三四遍，我才突然明白他的意思！”可可终于放弃了对豹子智商的指望。

看她凶了起来，豹子也不甘示弱，“别以为就你聪明，小妮子！谁能证明你不是和那小鬼是一伙的？”

“我能。”叔叔沉稳的声音从背后传来，“豹子，还有你，都给我放下刀，我知道我们四个谁也不完全相信谁，但是现在我们同在一条船上，最好的结果是我们相互合作，每个人都达到自己的目标，然后带着张焕遗体平安出去，最差……”

叔叔停顿了一下，深不见底的目光在众人间扫视了一圈，“就是相互残杀，谁也别想活着离开这里！”

沉默之后，猎刀，被慢慢放下，豹子似乎想从可可的眼中看出什么可疑之处，却只看到可可目不斜视的回瞪。

“行了，都一起过来，我和军子发现了开棺的方法。”

众人不再争议，由叔叔带头，顺从地走向中央台。

看着那个人走在身前的背影，可可很想一个偷袭把他打倒在地，然后质问他为什么要这么做，利用活着的无辜孩子做成祭品，他怎么下得了手?

忍耐，可可一遍遍对自己说，一是我并不确定就是这个人，二是我一旦动手，另外两个人不明所以，肯定不会帮我，到时候自己百口莫辩，反而可能受伤，最重要的是，谋杀张焕的凶器一直没找到，很可能还藏那人身上!

巨大的石棺看起来可以合葬上十几个人，周身刻满了难以辨认的符文。

叔叔让所有人都站在石棺同一侧，“武媚娘相信这些符文可以杀人，”他蹲下身，拨弄着几个凹凸的符文，按下这个，拔出那个。

“李老盗，你挺熟悉的嘛?”

“家族书里写着，但是到底是什么顺序没……该死，错了，又要重来，豹子别再打断我。”

大家都不再出声，叔叔又重复了几个动作，停下。

石棺毫无反应。

“哦对!还有这个!”

最后一个符文被按下，石棺内部发出“咚”一声闷响，可可有点担心是触动了什么机关，忍不住往四周看了看。

“行了，这下可以推动了。”叔叔起身，“可可你让开，我们三个，往外同方向使劲，懂了?”

豹子噢了一声作为答应，军子不能讲话，点了点头。

“等等，以防万一，先捂起来。”叔叔说着用衣服蒙住口鼻，其他人都效仿。

石棺的顶盖慢慢被推开，在空旷的主墓室里发出低沉的轰鸣声，三人合力并发，石棺下的开缝越来越大，轰鸣中也慢慢夹杂其他的声音。

“等等……停!叔叔……这……这是雷声吧?”豹子喊道。

侧耳听来，即使停下了推开石盖的动作，低沉的轰隆声并没有停止，是雷声!

“不用管，豹子我们继续，家族的传本里提到过雷声，盖子完全推开之后就会消失了!”叔叔用手比划着说道。

“那你们家族的传本里有没有提到过推开石棺和神像眼睛睁开的关联？”可可站在一旁用衣服捂住口鼻，问道。

“什么？”

可可指向天上，其余人顺着目光看去，巨大的女神像眼睛半睁着，似乎就盯着自己。

“叔……她……刚才是是闭着的，吧？”豹子已经被吓掉了一小半魂，忍不住往后退了两步。

“什么时候开始的？”叔叔神情严肃。

“从你们一推动盖子就开始了。”

“唔，大概……”叔叔想了想，蹲下身查看石棺。

“有机关。”可可接着他的话。

两人顺着石盖的侧边摸去，一路找到石盖下方已经被推开的部分，在边缘不起眼的角落，发现了一根连轴。

“叔叔，这一侧没有这种东西，不对称，会不会是这根轴，你们越推开石棺，轴那头连着眼睛就越睁开？”

“军子，拿家伙来，把这个敲断试试！”叔叔说着军子就来了，手上一使劲，原本就早已不牢固的连轴一断为二，地下传来闷闷的嘎嘎的石头摩擦声……

“闭上了！”顺着豹子喊声看过去，石像的眼睛果然回到了之前低眉垂目的模样，连空气中沉闷的打雷声也消失了。

众人暗松一口气。

“死老妖婆！敢吓唬老子！”豹子的愤怒来自刚才的恐慌。

“武媚娘在吓唬人民群众这事儿上真是煞费苦心。”叔叔笑。

“谁叫你们挖人家坟呢。”可可挖苦着。

很久之后，可可一遍遍回想起当时的情形，为什么要在那个时刻点破局面，为什么不再早一点，思来想去总是得出同样的结论，尽管叔叔是为了什么家族考验，另外两人是为了陵中陪葬品，而可可看起来似乎毫无所图，但是她也并非没有私心，千年古尸，可不是什么人都有机会实地考察得到，就算是纯粹出于好奇，可可也不想有任何岔子打破这个机会，所以她耐心地等待着。

两层石棺内是一个颇大的木棺，尽管戴着医用手套，可可还是感觉到木棺散发出阵阵寒气。

“千年楠木，”叔叔打量着，“还塞满了不融冰。”

“不融冰？”豹子对这个名字有点熟悉，“是那个传说中不会融化的……”

“只是一种液体，里面不知道混杂了什么物质，冰冻之后融点抬高了几分，在地下阴暗的地方不会融化，来，你们俩站那侧，四个人一起抬，往头顶上竖着挪出去。”

“一、二、三！”

最先露出的是一双脚，可可脑海里像有个小小的气球爆炸了一样，发出“噗”的提示音。

湿尸！

历经千年，居然还能有软组织保留下来！简直是在挑逗浔可然同志想要解剖它的好奇心！

木板完全打开，寒气冲天，整个尸体都显露在了眼前。

“欢迎欣赏我们乾陵一日游的精华部分，武曌同志，久仰啊久仰！”叔叔的兴奋之情导致他语无伦次起来，他等这一天等了太久，从儿时每次长辈和他讲述那些千年前的故事开始，历经这几十年漫长的研究、下墓、勘察之后，终于到了眼前的这一刻。

豹子和军子都用惊喜中带点害怕的复杂眼神看着眼前的一切，而可可却兴奋地从头打量到脚，脑海里自动开始推算可能的死亡原因、可见伤痕等等。

豹子咽了咽口水，伸手向棺内，“等等！”叔叔喊，“小子你真是心急的很，还有机关呢！给，一人一个耳塞，都把耳朵塞上！”

虽然莫名其妙，但是基于叔叔没怎么坑过人，大家都照做无误。

带好耳塞，叔叔随手点开一个打火机，往内棺里伸去。

“诶诶你别点着棺材啊李老盗！”豹子急呼。

叔叔不语，打火机在内棺上方一点，越凑越低……

“嗷嗷咿呀幺嗷嗷啊啊咿呀——嗷嗷咿呀幺嗷嗷啊啊啊——”

刺耳的尖鸣、伴随着整个尸体的胡乱颤动，把除了叔叔以外的人都吓退了几步，豹子更是连退四五步，一屁股坐在了地上。

这种情况下，短短几分钟，也让所有人觉得好像几十分钟一样难熬，眼前颤动和尖叫的千年古尸好像妖术一样散发出邪魅的气息。

几分钟后，尖叫和颤抖的怪相终于停了下来，整个主墓室突然恢复到寂静，让人有点回不过神来。

叔叔的目光扫过众人脸上，居然笑了，“吓坏了？我都给你们准备了耳塞还吓成这样，都是成年人吧？”

“你奶奶个腿！李老盗你搞什么！”豹子的吼声平地响起。

“是……机关？”可可都有点不确定发生了什么。

叔叔点点头，“最后一道吓唬人民群众的机关，低温里的千年冰如果有暖的东西靠近，机关里摩擦的声音像极了尖叫，再加上这空旷地方的回音，能把你吓出魂来，如果你用普通工具去测试有没有机关，就什么反应都没有，一定要暖的东西才会引发，比如，人的手掌温，所以……”

“靠！你提早说会死啊！”

叔叔边笑，从包里拿出一把奇怪形状的小工具，“你说你起了个名叫豹子，却没有豹子一般的胆子。”

“但是我有豹子的速度！”话音未落他一把抓住了叔叔伸向棺内的手，“你要干吗？”

两人就在棺木的侧边对面对站着，四目对视中满是警告。

僵持一会后，叔叔放弃，“我要截取一段她的手指，接下来你们想拿什么陪葬品，我毫不关心。”

“你跑到这里，就是为了……”连可可都惊讶于他的目标。

叔叔斜眼看着她，“没错，我就是为了来截她一段手指。”

翻山越岭，冒尽风险，只为到这里来，帮千年前的仇恨的先辈，向你讨取一点代价。

取一段当年掐死亲生子嗣的你的手指，只为让你永无安宁之日。

是谁说的，不是不报，时机未到。

你所做的不需要对任何人一个交代，所以所谓报应，也不需要任何理由。

可可低头，发觉千年古尸的左手，只剩下食指与拇指。

11 临危

有一些俗话，常常被人们当做至理名言，未必出自哪位名人，但往往会某一刻，毫无偏差地击中你的人生。

比如常常在书中会看到一种说法，人生中至关重要的某些时刻，都会出现在你最意想不到的时候。

比如可可常回忆起那一切变故发生的起点在哪里，似乎那么平淡之中，突然一句话，空气中的某些分子发生了细微的变化，好像轻轻发出噗的一声，什么东西被打破了，然后那个人面无表情的脸上，扯出一丝变异。

“这个好，嘿嘿……”豹子的手从内棺最旁边的陪葬品堆里取出一件玉器。

“唉，豹子你就是个傻孩子，旁边放着鎏金的首饰盒不拿，偏挑了个成色一般的玉。”叔叔和豹子站在一起，双手叉腰，像看着调皮的侄子在摘桃子一样悠哉。

“叔叔你别挑我刺，玉器特易碎，只要出了这里，那才叫一个值钱，你懂不懂啊你！”

叔叔笑着摇头，也不辩驳，抬眼看着对面的可可和军子。

军子沉默如旧，干净利落地将一些小型的陪葬品简单包裹起来，放进包里。

可可忍不住问，“叔叔，他们这样拿，没问题吗？”

叔叔微笑，“取之难竭。”

“有什么问题？这老妖婆自己死透了还要这么多好东西陪着，占有欲太

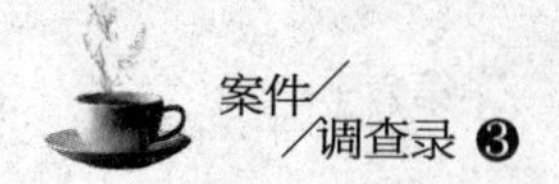

强了，我们替人民群众教育一下她腐朽的思想！”豹子越说越起劲，还看看叔叔和可可，“诶你们俩什么都不要？你们有毛病啊？”

可可脱口而出，“如果说到毛病，我觉得你更应该担心军子的病。”

“啥？”豹子疑惑地看着可可，又看了看军子。

空气猛然寂静了，叔叔皱起了眉，但是可可没看到，她抬起下巴，微微眯起的视线全集中在一旁这个沉默的男人身上，我等着，看你有什么反应。

嘴角翘起诡异的笑。

这是可可看到的唯一变化，一种危险的直觉让她呆滞了，只一秒，变故瞬间就发生。

军子以迅雷不及掩耳之势一把抓住她，在另外两人反应过来之前就把她架在身前，一把黑色的手枪口正对准在可可的脖子上。

“军子！”豹子吼了一声，“干吗啊！”

可可被身后的军子勒住脖子，慢慢后退了半步，耳边传来一个从未听到过的嘶哑声音。

“李一骥……好久不见。”

叔叔浑身一震。

豹子瞪大了眼睛，“军子，你不是……哑巴？”

军子又扯开那诡异的笑，眼神飘到脸色阴沉的叔叔身上，“没想到是我吧，大哥！”

豹子回头看一眼李一骥，“他叫你什么？大哥？”

“一骏，你整容了。”

豹子嘴巴一张一合，“李……一骏？那个，亲手杀了自己儿子的，四叔？”

“拜你所赐！你们把我扔在那个兽坑里等死，就没想过还有今天吧？我脸上被机关剐了两道痕，全磨平了，但是这声音改不了，我就不说话。”

“改不了的不是声音，是你那副德行！”叔叔的声音恢复了平静与冷漠。

“我德行？我他妈的什么德行！你说说看！”沙哑的声线，难掩龇牙咧嘴的愤怒。

“你杀了张焕。”

李一骏没有吱声。

“你还在下墓之前开枪杀了山上那个年轻向导，别以为给自己头上撞个包装作被袭击，我就闻不到你身上的火药味。”

一直仔细听着他们对白的可可，突然想起第一次见到叔叔时候他说的“职业病，鼻子很灵”那句玩笑话，居然是真的。

叔叔继续道，“你杀人不眨眼，要不是几次对一起下墓的兄弟动手，连亲生儿子也不放过，我们会那样处置你？”

李一骏咧嘴冷笑，“就你正义凛然？大哥，照我说，不是一家人，不进一墓门，今儿在这里，你比我，高尚不到哪里去！”

叔叔皱眉，开始思考这家伙到底想要什么。

“倒是你，”对准在脖子上的枪口，慢慢移到了可可的脸上，她几乎能闻到枪口带有独特的火药味，“小妮子，”沙哑的声音，“你是怎么发现我的，嗯？”

可可暗暗咽了口水，深吸气，让自己努力忽略时不时碰触在脸上的枪口，“在刚才石道里趴着的时候，你脸上肌肉发生了震颤，让我想到肾病综合症，还有那个小孩手臂上我看到了紫癜，你们俩的症状指向同样病因——金属中毒，确切讲是慢性汞中毒，我打赌你的牙齿已经开始脱落，”可可不知道是想要拖延时间，还是打算转移谁的注意力，话不停顿，“制作掌灯童子时候，暴露在空气中的水银会不间断变成汞蒸汽，长时间接触就会造成慢性中毒，你需要治疗，否则……”

“闭嘴！”李一骏的枪口狠狠戳在她脸上，可可觉得下颚骨有点疼。

“什么叫掌灯童……”豹子目光盯死李一骏，却问的是李一骥。

叔叔沉默不言，眼神中充满可可从未见过的阴沉。

抬眼，李一骏看着对面两个人，“豹子，把你手里的袋子扔地上，别耍花招，我枪里子弹足够给你们每人身上开三个洞。”

豹子和叔叔对视了一眼，默默将装满陪葬品的布袋放在地上。

“后退，往那边后退！”

叔叔和豹子双手举着，慢慢沿着内棺的侧面，退到女神像脚下，而架着可可的李一骏并没有止步，反而一步步逼近，手上的枪口，半厘米都没有离开过可可的脸。

叔叔心里暗叫不好，如果这家伙只是要逃跑，不必跟着我们，离得越远越好，这情势看来要杀人灭口。

“李一骏，当年动手的是我，你没必要把小辈都牵连进去。”叔叔边退边说。

“你？你以为我是想要报仇？要报仇我早就动手了，还轮你活到今天？我告诉你，你，配不上爷亲自动手！今个儿除了我，谁也别想离开这里！”

“……你想独吞这个陵？”贪性不灭，叔叔暗暗摇头。

“哼，大哥果然懂我！族长今年快百岁了吧？乾陵的秘密只传族长，除了你我，再也无人懂怎么进来，所以，乖乖地，给我，去死吧！”李一骏诡异的笑，直冲着叔叔最痛苦的记忆。

他们俩都没发觉，可可正对豹子打着眼色，豹子微微点了点头。

“得了吧！”豹子一改之前的退让，大胆地放下手，转身往放在地上的布袋走去，“我才懒得理你们之前的旧事儿，更别说那个小妮子的死活，反正我拿了我要的东西，谁也别想拦着……”

李一骏眼睛一眯，伸手把枪口对准了豹子。

可可左手迅速抓住李一骏握枪的手腕骨往下用力一折，枪掉在了地上，右手握住的解剖刀猛然下刺，正中李一骏的大腿根。

“啊……”

“浔可然！”

李一骏的尖叫，和叔叔的喊声几乎同时响起。

可可猛推开捂着腿的李一骏，听到自己的名字，愣一秒，几乎是出于本能，跳起来就往主墓室的门口跑了出去！

被扎了一刀的李一骏像发了疯的狮子一样跳起来，扑至不远处地上的枪，刚拿到手反身又被豹子一脚踢飞，两人在地上扭打起来。

叔叔在一旁捡起枪，卸掉子弹，对扭成一团的两人不紧不慢地喊，“豹子，抓活的，得带回去让族长处置他。”

豹子应声一拳揍在李一骏脸上，后者即刻昏了过去。

拍拍身上的土，豹子站起身，“叔叔，给个绳子，捆他。”

“好……当心！”叔叔喊声一起，豹子正打算回头，后脑勺一记闷敲，让他软趴趴地倒了下去。

李一骏诈昏，反击，阴险一如既往地让叔叔感慨，同族不同品性。

“大哥……”嘴角带着血迹，李一骏手持撬棍，跨过豹子昏沉的身体，向他一步步走来。

叔叔突然后悔刚才把枪扔了，“别叫我大哥。”

李一骏用下颚指了指他的手，“把那串龙骨还给我，那是我儿子的东西。”

“从你动手杀了他之后，他就不再是你儿子。”叔叔瞟了一眼他手里的木板，打算等他走近就动手反攻。没想到李一骏根本不近身，直接从口袋里摸出一管东西，对着叔叔方向喷出一阵水雾，叔叔连退两步，捂住鼻口，还没反应过来，就觉得太阳穴被闷然一记敲中！

叔叔倒下去前最后的意识是：尼玛你是机器猫啊身上带好几样武器？

奔跑、奔跑、奔跑……

可可觉得自己简直是来参加铁人三项越野活动的，已经不知道离上次吃东西过去多少个小时了，背上的冷汗与指尖的微微颤抖，是身体在提醒她低血糖快要犯了，但是奔跑的脚步却不能停。

叔叔关照过，一旦听到他叫自己名字，不要顾及别的，只管跑出去，她相信那两人能对付一个军子。

即使他曾杀人不止一个。

穿过前墓室，奔过曾胆战心惊的魔道，经过放着石棺的陪葬墓室，脚下被什么石头一绊，可可狠狠摔倒在地上。

痛，想哭。肾上腺素、低血糖、饥饿和劳累，一旦停下奔跑就如同海啸一样汹涌而至，可可真的很想哭，想抱一个可靠的怀抱，肆无忌惮地哭一场，自己是为什么要来受这么一遭罪啊？

爬起来，浔可然，勇敢一点，勇敢……一点！

像是对自己默念的咒语，每次在她难过和委屈的时候，都会对自己一遍遍地念。

第一次解剖尸体的时候，第一次工作出现失误被师傅狠狠训斥的时候，去相亲被男方厌恶道“你做这么恶心的工作怎么不早说”的时候，都会对自己默念，勇敢一点，再等一下，有的是时间让你慢慢哭，不是，现在。

抬头，从满是灰尘的泥土中站起身，可可努力着，迈腿继续往前跑。

一只有紫癜的幼小手臂，在石道前的某个凤凰雕刻后的洞口里，向她招手。

“喂！豹子！该死……豹子！”豹子觉得自己的脸正在被人拍，哪个不要命的敢打老子的脸……睁开眼。

“哇！嘣！”豹子猛地坐起身，和正在查看他的叔叔脑袋碰脑袋撞在了一起。

叔叔捂着额头怒道，“你小子，脑袋长那么硬干吗！”

“耐打！”豹子毫不犹豫地驳回叔叔的抗议，抬眼看看，这是个不规则的石坑底部，四周都是平整的石块砌成的墙，抬头能看到上方的女神像，“我靠！军子把我们丢下来的？”

叔叔点点头，“这人从小和我一起长大，有过几次机会他可以杀我，他都下不了手，刚才看你晕着，我还担心他对你下杀手了。”叔叔坐在地上，说实话是真的累了，歇歇再动。

“叔叔，你什么时候发现……”

“我没发现他是李一骏，我知道军子很危险，因为他身上有火药味。你记得我们在陪葬墓里看到那个小鬼么？”

豹子点点头，想到那画面，心里还有点瘆得慌。

叔叔把掌灯童子的事情简单说给了豹子听。

“他妈的……”豹子心底的恐惧被愤怒替代了，但找不到其他词能描述他现在愤火的心情，“他妈的！”

“看到那一身衣服，我就猜这孩子可能是一个活着逃脱的掌灯童子，你记得那时候大家的反应？”

“你们仨追了过去。”豹子道。

“是军子最先追了出去，那种情况下看到那个孩子，正常的反应都是害怕，不知所措，他的反应是一声吼然后追杀上去，因为他知道那孩子的来路，所以要抓紧机会灭口……就是那个时候，我肯定这人有问题，但是我不知道他底细，怕他突然发力会伤及你和可可，所以打算忍到事情办完。”

“但是那丫头……”

“诶！可可她那句话脱口而出根本不先给我打招呼，我就怕现在这种情况。”

“那现在我们该怎么……”豹子左右查看了一下四周的石墙，小腿高度地方有一圈扁扁的管口，“李老盗……那个，是在漏水吗？”

扁扁的管口正有股溪流在渗出，不仔细看难以发觉。

一阵沉默之后，叔叔从地上跳了起来，“有股药味，豹子起来，这水不能碰，我们……”他抬头看了看顶上，“得赶快上去。”

“妈的，那家伙把我们扔下来肯定是故意的！”

“他大概打开了什么机关放我们在这里等死……豹子，那个凸起的地方你能抓住往上爬么？”

豹子看准了石墙上某个凸起的石块，发力一跳，扒在了上面，然后双脚靠摩擦力一点点蹭上墙。

管口里的水流从小溪突变成猛流，喷薄而出！

“该死，那凸起是个机关。”豹子扒在墙上，看身下的水流已经淹没了底，黝黑的水面带着一股怪味。

叔叔不知道从哪里拿出两把薄如蝉翼的小刀，看准了石块与石块之间的缝隙，一刀下刺，刀面一半没入了石缝中，两手抓住刀片，用攀岩的方法，一刀一固定，脚蹭着石缝往上爬。

“靠！李老盗你怎么不早用这招！”豹子眼看着叔叔已经爬到他身旁，怒吼道。

叔叔站在他身侧，空出一只手又从腰后摸出一把手刀，又开出一条新的攀爬路，把旧的留给豹子，“刚才想偷懒来着……”他装无辜地眨眨眼。

脚下的水越涨越快，豹子努力把身子转移到叔叔留下的刀柄上，保持平衡，一把抽出刀，往上几段猛力扎进石缝，连续几次之后，石坑的顶近在咫尺，但终究豹子用薄刀的手法没叔叔来得熟练，步子慢了些，脚下的水已经没过了脚踝，豹子突然觉得手上使不出力。

“靠……没力气……”求救声印证了叔叔的猜测，水里有麻痹知觉的药物，一旦被水流淹上，就再也没力气往上逃脱出去。

叔叔已然爬出了石坑，从顶上俯下身，一把抓住豹子正慢慢松开刀柄的手腕！

水已经快淹没到膝盖，豹子整个人都正在失去控制力量的知觉，叔叔抓着他百八十斤的身躯，被拖累着慢慢往下滑。

水势越来越猛，脚下的水池黑幽幽如同一摊墨汁，如果落下去，又无力游泳，淹死在下面大概是唯一的结果。

“李老盗，你他妈……放手，老子……才不要和你一起做鬼！”

叔叔气结，看着快要喘不过气的豹子，狠狠一咬牙，怒吼：“给我闭嘴！”语罢一声怒吼，猛然发力，硬是把百八十斤的豹子提上来一大截，两人扑腾着终于都翻滚上了主墓室的地面，横躺着，大喘气。

“小子你，回去……必须……减肥……”

“放……放……屁……老子……都……都是……肌肉……”

“不减……煮了吃……”叔叔喘气着。

12　左耳室的地狱

可可猫着腰爬进那间左耳室，抬起眼的那一刻，一种彻骨冰凉的气息仿佛从皮肤里浸润了整个身子，并不是温度有所区别，而是空气中布满的血腥味，比解剖过尸体的法医室更浓烈。

穿着花衣服的孩子不知道躲到哪个角落去了，但眼前的一切让可可已经无暇思考其他事情。

她站在那里，眼神扫过一个个被制作成标本的孩子，觉得自己之前所有的委屈都是矫情。

青色的脸，紧闭的眼睑，穿着繁花的古代礼服，身高还不及自己胸口，可可走过一具又一具“掌灯童子”，用手轻轻触摸他们的颈动脉。

冰冷无息。

长长的一排，每个都斜摆在造型独特的木架子上，早已僵硬。

怎么会有人为了钱，把这些活蹦乱跳的孩子，就这样，生生做成了标本？

要有多扭曲，才会购买这种“收藏品”？

想象到那些收藏家，用一种猎奇而兴奋的眼神，看着这些惨死在这里的孩子时，可可心里的情感，用悲愤与绝望远远不够表达。

生命在这些人眼里，到底算什么？也许，什么都不算……

作为法医这些年，见过数不清的遗体，多少次杀心盛起只是为了一时无聊透顶的争执？多少人对熟识的朋友下刀只出于纯粹嫉妒？更有些伤害，毫无理由可言。

但从来没有一刻像现在，在这个摆满了“掌灯童子”的房间里，浔可然第一次开始质疑人性，人类，也许真的应该被灭绝？

有哪种生物比我们更残忍？

耳室走到底，血气更浓，可可看到一根木桩，脚下是有一个近方形的深坑，血腥的恶臭扑面而来。

她呆呆地站在木穴上方，看着下面漆黑肮脏的污痕，和一个深不见底的圆洞。这里应该是制作这些殉葬孩子的地方，把他们挂在木桩上，任由血液慢慢滴下，汇拢到圆洞口边，涓涓消失……

"很壮观，是不是？"嘶哑的声线，从背后响起。

缓缓站起，可可转过身看着李一骏，他掂着猎刀站在那儿，昏暗的光线中，嘴角的冷笑看来异常刺眼。

之前所有的疲惫和颤抖都消失了，在这样一个魔鬼面前，恐惧毫无意义。

"其实我一直在想，除了我还会有谁能看到这一片杰作。"李一骏把玩着手里的猎刀，眼神在一具具尸体上漂移，"不可能是那群肥脑油肠的投资人，也肯定不会是那些啥都不懂的警察，嘿嘿……人算总不如天算。"

"抱歉，我只看到谋杀，和你额头上写着的丧、尽、天、良。"猎刀的白色反光，划过那一张张青色的面孔。

"谋杀？"李一骏靠近一步，沙哑的笑声，"我把买来的商品做成标本，算什么谋杀？"

"他们是人。"可可觉得喉咙里一口堵住般难受，十一个活生生的孩子，不是商品。

"错！"李一骏一声吼，"这个小子，"他指着左边一个掌灯童子，"瞎子！他爹拿到我给的一千元钱的时候，笑得嘴都闭不拢，我亲眼看着他一遍遍地数那十张钱，一边数一边口水流出来都没发觉，孩子我带走去干什么，他一点都不在乎……这个！"猎刀指向右手一个女孩，"生下来发高烧脑子烧坏了，全村都叫她智障，娘跑了，爹觉得把智障孩子卖了换点钱足够买个媳妇再生几个儿子，多划算！……还有这几个女娃，五百元一个，连句讨价还价都没有，爹妈还千恩万谢我，哼……"李一骏看着有点愣住的可可，"我丧尽天良？我谋杀？我那是在帮他们解决困难！"

理直气壮的语气，李一骏细数家珍一般指着每个铁青色的面孔。

“别告诉我你真的以为是在帮别人？”

“你又错了！我可没决定谁他妈死在这里，他们的爹妈才是生了他们又杀了他们的凶手，从把这些娃交到我手里换钱的时候，他们就已经死了，我不过是处理一下自己的商品，包装一下，低买高卖，有什么错？啊？”

虽然明白世界上总有些人残忍到了难以理解的范围，但对面这个手里掂着刀，嘴角挂着无所谓的笑说出这些话的家伙，可可除了紧握拳头克制自己的情绪不扑上去以外，根本无法说出任何一句话。

李一骏越走越近，手中的刀反射的光划过阴冷的墓壁。

因为愤怒，心中冉冉升起的勇气，让可可不退反进。“你可以杀了我，或者，”可可放平呼吸，“和我做个交易。”

反正毫无退路，也绝不能死在这里。不如和魔鬼做个交易，看我，怎样把你拉下自以为是的神坛。

李一骏嘴角的冷笑更大，“交易？你有什么好值得我去换的？”

“我能通过那条魔道，否则你只有三天，魔道依旧会封闭，你自己走不过去。”意料之中，看到对面魔鬼眯起眼思考的表情。

“你肯乖乖跟我？”李一骏不是没有想过这条路子。

“不肯。”可可直言，“但是当然我也不想死在这里，而且我也想再进去一次，其他的我都不要，我喜欢……收集古代尸体，我要那个棺材里的尸体。”真话中掺和着假话，最能让人真假难分。

李一骏阴恻恻的眼神并未露出满意的意思，他又不傻，小丫头来历不明，一旦出了墓，难免夜长梦多。

“当然，决定在你，可别等你发现三天时间根本不够运光那里面所有东西时，才后悔杀了我，那我可真冤。”可可装作若无其事地说。她不会忘记刚才在转角处挥手招自己进这里的那个孩子手臂。希望他已经离开，但现在根本顾不上他，可可默默地想。

“哼，行啊，我还从来没和女人搭档过呢。”嘴角轻佻的笑容，李一骏摆出一副“你先走我随后”的姿态。可可悄无声息地叹口气，向出口走去，总之，等出了墓……

可可还没来得及反应，突然感到眼角有什么东西一闪而过，还没反应过来，那个小小的个子已然扑上了李一骏，只听得李一骏一声惨叫，反手狠命一甩，穿着金丝花衣服的娇小身躯被反弹上了墓室墙壁。

"不要！"可可下意识叫出声。

李一骏的刀尖已经快戳中小孩的脖子，赫然停住，冷冷地看着可可。

可可咽下口水，如果现在和李一骏摆明了对立，还能不能活着出去会成为一个大问题，"他……活不了多久，这孩子重金属中毒已经很厉害，你看他的牙齿，已经有两个脱落了，慢性汞中毒的典型症状，就算……把他扔在这里，也……活不了多久。"

李一骏阴冷的目光，让可可想到一动不动的响尾蛇。

"……算给你这个面子，"李一骏起身，踢了一脚已经昏过去的孩子，掂量了两下手里的刀，"你走前面。"

可可看一眼地上的孩子，咬咬牙，走出了左耳室。

走出墓，比想象中的更费力，身边跟着一个吐信的响尾蛇，还要注意按部就班走着叔叔来时的路，时刻提防走错道，如果误中来时没有接触的墓道机关，首当其冲的自然还是被逼走在前面的可可。

两个人一路都没有说话。

可可脑海里转过了好几种奇袭李一骏的办法，但考虑到各种因素，自己的体力已经快耗尽，如果在深山动手，恐怕一旦失手必定被灭口，想到自己可能死在这个无人所知的地方，爸妈可能会耗费余生都在寻找自己的尸体，可可就无法鼓起拼死一搏的勇气……

走到出口，看见阳光洒在道口的老槐树上，想到叔叔之前提醒过她的种种，是自己弄砸了，自己没有和叔叔商量好就出口成祸。可可暗自掐了下自己的手心，她不相信那个老狐狸会就此逝去，她不相信。

背后被推了一把，"快走。"李一骏沉沉地说。

"我们去哪儿？我快走不动了。"可可示弱。

"哼，没用的东西。"李一骏往墓道口看了一眼，拽住可可的胳膊，"往前走，不许停。"

可可咬咬牙，继续跟着走。

没过二十几步，李一骏突然开口问，“你学医的？”

可可沉吟一会，才低声嗯了下。

“水银中毒，解药是什么？”

可可心里一惊，步子却被拽的没停。难怪李一骏没有杀她，原本就觉得不对劲，李一骏谨慎而残忍，怎么会被自己几句话留了她性命，原来他也在害怕，自己之前提到他慢性汞中毒，还说过他肾功能衰竭的事儿，他一定自己也有所察觉，钱来财去，说到底，不过也要有命去花。

“慢性中毒，及时的话是可以解毒的。”可可绕着弯子吊他胃口。

“直接说解药。”

“我还在读医学院，药的名字教科书上写的，我没背下来。”

“哼……读的什么狗屎书。”

可可很想反驳，硬生生地忍住了。等着，我不信邪，不信没有机会让你受到你该受的。

“但是你得动作快，慢性金属中毒初期反应很慢，到后来病情会越发越猛，如果你不及时……”

李一骏停下脚步，冷冷看向可可，“你以为这样说我就会带你去医院？”

“……你自己去医院，打算怎么解释自己的病因？”

“哼，我不会去看医生，需要什么药，我给你有电脑网络的地方，你去查，我去买。当然……”李一骏上下打量了下可可，“先得把你舌头割了，然后找个地方关起来。”

可可脚步一滞，这才是真正的李一骏。

“我不是你的商品。”她说。

“呵呵，你当然不是，你只是个工具而已。考虑清楚，惹火我，或者不配合的后果。”

可可不再说话，多说多错。

回程的山路走得比来时痛苦的多，疲惫、饥饿和低血糖接二连三地显示出人类身体的脆弱。可可挣扎着，几次绊倒，只能不停步地走，一旦停下来，就很想很想就地一躺，再也不动弹。

连可可自己也说不清到底走了有多久，她尽量拖慢脚步，但还是没有等到身后有任何人追上来。

叔叔……

恍惚间思考着，面前的李一骏突然停住了脚步，可可顺着看过去，不远处是之前经过的那个休息站。粗糙的石凳上，坐着一个人。

李一骏缩到可可身后，拿刀尖直压在可可腰脊椎上。

“放聪明点。”

“我又没力气喊。”可可直说。

“去，问问是什么人。”刀尖戳着可可往前踉跄地走。

那人低着头，戴着个宽边大草帽，打扮好像山里的农夫，可可走近，农夫抬头，可可愣住。

两人无声地对视了三秒。

背后的刀尖顶了下可可。

“请……请问有水吗？”可可开口问。

那人懒洋洋地打量了可可和身后的李一骏，指了指不远处那口宽大的枯井，“自己打去。”

声音一出，可可又不由地一颤。

她觉得自己快无法保持冷静，在经历了这些之后，在这深山老林里，阳光之下，荒天背地，看见你——周大缯。

李一骏咽了下口水，沙哑的声音透着阴森，“你的水呢？”

“这是俺自己的，干吗给你们？”如果不是记忆深入心肺，光是听这一口浓烈的乡音，还真会以为他只是个和大缯长着一模一样脸的农夫。

“少废话！”李一骏手拿着刀走出可可背后，指着山农大缯。

大缯撇撇嘴，从身旁的筐里拿出个大水杯，李一骏冲上前抢了就喝起来，可可也渴得厉害，但没浪费李一骏分神的这个机会。

可可在一瞬间和大缯对视上了。

下一秒，大缯就扑向了正在喝水的李一骏，反手一擒，将李一骏狠狠摔倒在地，接连几次狠击，虽然之前也见过大缯抓犯人时的狠戾，但这回可可在一旁看着都觉得够疼，招招直中要处，迅猛连击，李一骏根本连惨叫的时机都没有。

将被打昏迷的李一骏收拾好，搜索收掉身上所有武器，来不及多看一眼，大缯就迫不及待走向可可。

“你……”

“你怎么……”

两人同时开口，又同时不知道该说什么。

“你怎么找到这里的？”一阵冷寂后，还是可可先问。

“李一骥，和殡仪馆的巍薇是同伙，他们给我……留了线索。”虽然不甘心承认，但他知道他们俩对可可并无恶意，相反是地上这个家伙，不认识，而且，不是善类。

大缯盯着可可上下看了几眼，表情严肃，“交出来。”

“啊？”

“那把枪。”

可可一愣，自己居然早就忘了这事儿，“……不知道丢在哪了。”这话是实话实说，但大缯的眼神明显写着不信任。“真的，你不信我……也没办法。”

大缯没有说什么，正回头打算去收拾……被扔在地上的李一骏不见了！

大缯连忙走去查看，就听到身后一记呻吟，回头，可可已经被李一骏架在身前，脖子上搁着的，赫然是把刀。

可可无力地想昏过去，明明被大缯搜身，这家伙到底身上藏了多少武器？

“我就知道你们还有同伙！那个该死的李一骥，从来不做没后路的事儿。”

李一骏把大缯当做了叔叔带来接应的同伙。

“你不也一样？”大缯面上和他套着话，手悄无声息向腰后摸去。

“不准动！”架在可可脖子上的刀闪了闪，“手举起来！打这么狠，当过兵的吧？”往地上吐了口带血的唾沫，李一骏架着可可往后拖。大缯步步紧跟，却又无可奈何。

“别想逃。”大缯紧盯着。

“闭嘴，不许跟着，你再往前，我就直接一刀抹了她。”

“哼，这妞死不死跟我有什么关系，你如果想威胁我，还得找点新鲜的才行。”大缯的话说得十足逼真，若不是认识足够久，恐怕可可都要信以为真。果然，李一骏的动作一滞，更让大缯乘机靠近了几步。

心里拐过百八十道弯，李一骏早已想过种种方法。

甩开小丫头，直接和对面男人火拼，这男人出手快狠准，胜败难料，不行。

给小丫头放血，再和男人火拼，胜败也难料，但身上肯定沾了丫头的血，到时候被人追踪，麻烦！

带走小丫头，男人肯定跟着不放，如果能把丫头打晕藏在哪然后先逃了，总之要逃，先得分散男人的注意力……

李一骏仰起头，“哼，别装蒜了，你和李一骥那混账一起，不会不知道这丫头多重要，没有她，我们谁都过不了魔道。”

大缯微微眯起眼，才道，“……但现在事儿已经成了，还要她何用。”

可可简直要为大缯的反应迅速鼓掌，如果不是脖子上有把刀的话。

李一骏又拖着可可往后退两步，呼出的气粗喘起来，“既然你这样说，那我就……”

那一瞬间，所有人都认为刀要下手了，大缯的瞳孔骤然放大，蓄力全身正打算扑上前，只见李一骏捏住可可的脖子，反手，将本来就站立不稳的人从侧面狠狠一推。

一声尖叫。

可可踉跄两步，脚下一扭，从边缘掉进了那口宽大的枯井……

“可可！”

13 井底之人

“可可！”大缯扑到井口边，没有盖子的枯井深且昏暗，只能隐约看到可可的衣服跌落在底部。

一动不动。

迅速抬头，周遭已经没有任何人的影子。大缯从后腰拿出对讲机，懊恼地发现因为刚才和那个男人的打斗，对讲机被弄碎了一角，已经无法运作。

原本他也不知道会在哪里在什么时候找到可可，那个叫巍薇的女人给他留言，就是让他等在这里，他选择独自等待，其余人在山下不远处待命，一是怕大部队打草惊蛇，也是担心万一情报是故弄玄虚，导致大家都耗费在这里，所以才独自守候，不料果然计划永远赶不上变化，现在身旁无人，一个人根本无法把可可从这么深的井里拉出来。

在井边挣扎了一会，大缯想不到第二种办法来解决内心的焦躁，于是他在井边留下标记，绑紧衣服，沿着井壁，笔直滑了下去……

迷迷糊糊，冷麻的感觉，睁不开眼……

疼……为什么世界在晃……

……有点暖和……好像和姐姐……睡在一起……

眼睛睁开一条缝，光线照耀的空气中，有浮尘在飘……

在哪里……我在哪……

“可可？”熟悉的声音，熟悉地让可可想再继续睡会。

“浔可然！醒醒。”

周大缯轻轻晃动怀里的人，直到她差不多完全睁开眼。浔可然看起来很迷茫，一脸智障儿童的空白，两个眼睛对焦了许久，才注意到周大缯的脸上。

“你，在哪里？”嘶哑的喉咙，可可咽下口水。

大缯沉默一会，“……我们在井底，你掉下来了。”

“你也……掉下来了？”可可还没完全恢复意识，总觉得，哪里不对劲。

大缯沉默着，他的外套包在可可身上，像抱着个巨大的粽子一样把人搂在怀里。他沿着井壁滑下来之后就检查过可可身上，肋骨没断，其他地方的骨折他不敢乱试，但手臂脚上大大小小的表面伤口却不在少数。他不想多废话，但说没有怒气是假的。

“你自己……下来的？”可可总算是还了魂，明白了。

大缯深深看了她一眼，不言。

“唉……”可可微弱的叹息在洞中回音里好清晰，“你怎么会傻到这种地步。”

一阵静默，当她以为大缯根本没听见的时候，只听得大缯语气震怒道，“对！老子就是傻！怎么会跨过大半个中国跑来找你！”

“……我……没有那意思……”

“没有什么意思？你除了没有在乎过，还没有什么？”大缯的呼气声越来越重，一时间可可被他愤怒的声音给吓得有点闷。

“我告诉你浔可然，我周大缯是傻，但我知道自己要做什么在做什么，你知道吗？你除了对我逃得远远的以外，你知道自己想要什么吗？你就站在那儿，守着你姐姐的那个噩梦，任谁拉你都不肯往前跨出一步！我今儿就把话撂在这里了，等回到了市局，你再和我装糊涂试试，我绝不再纠缠你一步！大不了……一个人过一辈子，哪有谁撂不下谁，就不活了么！”

气鼓鼓的一连串话，可可连打断的机会都没有，还真没见过这个男人什么时候对自己这样发怒过。

古吉曾经说过：可可，逃避解决不了任何事，只会伤害你自己，和爱你的人。

那时她微笑着不屑一顾，今天她看到了这句话的应验。

可可觉得浑身都痛，但心却是暖的……

其实我一点都不勇敢，我才是那个最懦弱不敢走出来的人。

可可试着伸出手，但大衣把她包裹得太紧。

还有多少人，多少身边的人，要因为我的怯懦而受伤？

可可挪开视线，井口木板的缝隙中，透出点点光芒，太阳慢慢下山，打在枯井四周的光线变冷了。

跨出去那一步又怎样，姐姐会原谅我吗？我害死了她，自己却活得好好的，谈情说爱，享受生活？

可可和大缯背靠石墙坐在哪儿，谁也不说话。

我会原谅自己吗？

“大缯……”

“别说，别来些哄人的屁话，没兴趣。”

“喜欢。”

“……等等……你你说什么？”大缯好像放进锅里的活虾一样立刻跳了起来，“再……再说一遍！”

本来很自然的一句话，因为大缯突然激动的语气，让可可一下子脸红起来，好像她才反应过来自己说了些什么，“……我……喜…欢……”可可不由自主地挪挪身子，伸出手揉揉鼻子，又抠抠指甲，然后扭头去看石壁上的小绿苔。

大缯强压着刑讯逼供的冲动，面前这只就像狩猎的鹿，越是气势汹汹追击，越是会逃走。

空气渐渐冰冷起来，可可抬头看着木板间留出的小小天空，思绪飘出很远。

徒留下身旁一个强压着各种想说话的冲动却又不敢打草惊蛇的痛苦男人。

大缯的怀里很暖和，发自内心的温暖。这个人穿山越岭，跨越半个中国，追着我的踪迹，只为了我的平安。我的胆怯，我的回避，我的止步不前，才是我该内疚的自私。

“大缯，我不是一个好选择。”清冷的声音从怀中响起，“我不太会洗衣烧饭，我也不会打领带，工作总是充满尸体的味道。不太逛街……没有别的女人那样很多时髦的衣服，不喜欢化妆，只穿过一次高跟鞋，没有女人味，甚至连晚礼服也没穿过。”

“你在说什么？”大缯打断她的话。

“我是说……嗯……无论是婉莉，还是局里宣传部的那些女警，或者前台文职员，有比我漂亮的，比我温柔，就算什么都没有，至少也是干干净净的文职女孩，不会工作中满是尸体的味道。”

“我的工作里也都是尸体的味道。”大缯面无表情地道。

“但至少她们当中有比我漂亮，比如局里最漂亮年轻的那个新来的前台……”可可支起身子看着大缯。

“又不是贴床头的海报！老子要最漂亮的干吗？”大缯也被她说得一急。

可可想了会，看着大缯的眼神眯起来，“你床头挂的什么海报？”

唔……这个……某人被戳中了把柄，脑子一热，“你来我床上参观不就知道了？”附上咧嘴一个坏笑。

可可嘴角微微抽搐了下，决定以一贯作风打败面前人，“啊哟队长大人你还害羞么？你瞧，连我这种床头贴着大幅肌肉全裸男的小姑娘都不害羞呢……”附上阳光笑容一枚，虽然声音虚弱。

月光下某人脸色发青，“……你贴那种东西干什么，撕掉。”

“研究人类肌肉构造。”理由充分。

“撕掉。”还补充，“命令！”

“每天早上看着心情大好，可以治疗睡不醒的低血糖低血压。”

“撕、掉……”獠牙都露出来了。

可可看着面前张牙舞爪的表情，我看几眼裸男的海报都能让你青筋暴起，你几岁的人啊？是有多傻帽？嘴角忍不住的笑慢慢上扬，连眼角皱纹都笑出两条来。

大缯却以为可可还在含笑抗旨，一把手伸过去想掐她脸。

人和人之间就是这么奇怪，大缯心怀怒气，可可疲累交加，但有些人在一起，仅仅是在一起，就是能让你感到温暖。

两人闹了一会，可可不紧不慢地把所有遇到的事都告诉了大缯。

刑警队长眉头皱紧，“那孩子……”

可可觉得脑袋里神经一抽，“我不知道他是不是还活着。”

两人沉默了一会，各自在思考接下来的事情……

忽然两人听到一阵很轻微的嗡嗡声。可可扭头寻找，细细聆听。

大缯疑惑看了她一会，转头，发现了从井上方慢慢飞下来的金色虫子，在淡淡的月色下闪着光。

虫子发出轻微的嗡嗡声，越来越靠近可可，大缯伸手想打，被可可一把抓住，“别碰，万一有毒。”

“啊？就是个虫子，你什么时候这么……”

说着一愣，大缯伸出的手在半空中，所以可可阻止他动作的手也正伸出在半空中，金色虫子慢悠悠地转过来，靠近可可的手臂。

“……记住几点，第一，你左右两只手腕上的金珊瑚手链不能脱。”

叔叔当时说的话从可可脑袋里冒出来。

金色虫子降落在手腕上的金珊瑚手链上，透明的小翅膀骤然收拢，就这样呆在手链上，这下连大缯也愣住了。

“你……这条东西是谁……”大缯的话还没问完，就察觉地上光影有所变化，抬头，井口出现了一个黑影。

“……可可小盆友？”叔叔的声音！

“叔叔？”可可猛然抬头，月光照着李一骥和豹子的脑袋。

14 铁训

叔叔用从机关下逃出来相同的办法帮可可和大缯吃力地上了井口。刚上来，可可就发觉气氛不对劲，大缯直盯着李一骥和豹子，一副立马就想逮捕人的凶狠眼神。

可可试着转移话题，“你们，怎么逃出来的？”

“那该死的家伙把我们推下一个洞，亏得老子身手矫健英勇无敌……”

豹子还想显摆，被叔叔一脚踹倒。

“靠！你干吗？”

叔叔脸上带着似笑非笑的神情，和周大缯四目对视着，“周队长，借用了你的人，不好意思。”

大缯嘴角扯出一个阴森冷笑，可可看到都暗自一惊。

“那些孩子，你们有看到吗？”快转移话题，可可很怕大缯会突然扑上去像对付李一骏一样狠狠地揍一顿叔叔，虽然那样也无可厚非。

“孩子？”豹子迷茫。

“你说左耳室那些吗？”叔叔脸色沉了下来。

“左耳室那些……都已经没了，但是我们看到的小孩，穿着花衣服的那个，在左耳室试图袭击李一骏，失败了，我当时……没能阻止，李一骏踹了他几脚，然后把他留在那儿。”脑袋里有根神经，可可觉得一跳一跳地疼，比起身上的伤口，心里的愧疚，更能折磨人。

“那个畜生！”豹子焦躁地踹了一脚地上的石头。

叔叔想了想，说出实话，“为了找你我们去过左耳室，没有那个孩子的身影，如果他不是……”

砰……

月色下，山林里的鸟都被惊起。一声不远不近的枪响，打断了所有人的思路。几个人彼此看看，但没有人说话。

他们后来才知道那声枪响代表了什么。

李一骏仓皇地沿着从无人走过的山路下蹿，脚下一滑，扭了脚，挣扎着还是到了他要去的地点。

他站在那个毫无特征的地点，其实在墓道里，他根据常年的经验一直默默计算着步数距离，如果他没算错……不，狡猾老到如我，绝不会算错，李一骏心想着，这里就是乾陵那个巨大主墓室的上方，只要在这里想办法做一个盗洞，就能避开魔道机关，直接到达财宝聚集的主墓室！就算没那个丫头，没有长老们的经验知识，我李一骏一样可以到达宝藏的中心！！这就是我的能力，就算你们都不承认我，这就是我比你们都伟大、都成功的地方！

剩下的只有一个小问题，李一骏跺了跺脚下的泥土，这片泥土之下一定准备了机关，最有可能的是爆裂型的，让自上而下打盗洞的人受到爆炸冲击，那如果从侧面……

李一骏还在喘息，一边思考着有什么办法避开墓顶机关。

踩过树叶的脚步声！

李一骏警觉地回头，看到了他难忘的那个人——清冷的月光之下，那一身古代繁花的礼服显得格外刺眼。

“果然，”李一骏露出残忍的笑容，“你是从十二个小孩里逃掉的那个吧？害我一顿好找，还以为那墓里真闹鬼。”

小孩隔开十步距离，死死瞪着他。

他记得和临村的几个小孩一起跟着这个大叔来到陌生的地方，穿上漂亮的花衣服，兴高采烈地跟着大叔上了山，一辈子都没穿过这么漂亮的衣服，大叔是要带他们去山上干什么呢？去当和尚吗？不对不对，小花曾打着手势给他看，女孩六个男孩六个，才不是去当和尚，是去学艺。哦对了，临别时娘解释给他听过，跟着这个师傅是去拜师学艺，这样就算是他这样的男孩子，就算是他这样的废人，也可以有出息，可以自己养活自己了。

直到他在那个黑漆漆的地方悄悄醒来。

他听到小花凄厉的嘶哑的声音，他隔着麻袋的窟窿，看到大叔把银花花的什么东西从小花的脑袋顶上浇下去，他闻到让他直想吐的难闻气味，小花已经不动了……不对，手指……小花的手指还在抽动……大叔转身，向他走了过来，他吓得无法动弹，突然觉得把自己包裹起来的麻袋是多么的有安全感。还好大叔不是过来抓他，而是转身走了出去。

他哆哆嗦嗦地爬了出来，周围的小孩都变得好吓人，嘴巴歪了，脸扭曲着，有些手指还一抽一抽，一排排站在两侧，他连滚带爬地扑向小花，才发现小花被绑在一根柱子上，有什么东西，在滴滴答答地滴落……他凑下头去，想努力看清，一阵恶臭气味，他颤抖着抬起头，轻轻地碰了下小花还在动弹的手指，已经面无血色的小花，突然眼珠一动，瞪着他！

他一晕，掉落下了那个洞……那个满是黏糊糊血液的洞。

大叔的脚步声回来了！

他吓得脸色惨白，虽然不明白发生了什么，但是他知道很可怕，因为每个小孩脸上的表情，都很可怕。

就在这个时候，他看到了洞底部侧面的一个小凹槽，下意识地推了推，居然推开了一小扇像门一样的窟窿。就是这个窟窿暗藏的通道，让他在那个暗无天日的地方，存活了几天。

李一骏看着不远处的小男孩，眼中带着鄙视，直到看到男孩手里慢慢举起的银色手枪，才禁不住皱了皱眉。小鬼从哪里搞来的枪？难道是李一骥那个混蛋？不对，他是个老派风格，从不用枪。不管了，总之就几步路，我就不信这小子能打中我。

他猜对了，当李一骏往前跨出一步的时候，男孩拼尽勇气，开了一枪。

子弹呼啸而过，但根本没擦到李一骏的边。

李一骏冷笑着，大跨步向他走来。

男孩慌乱地继续开枪。

李一骏突然直觉到了某种危险！

孩子的枪瞄准了他脚下的地。

簌——子弹划破空气，直接穿入李一骏脚下的泥土。

李一骏抬头，张嘴想说什么。

轰然一声，脚下的泥土爆裂而开，伴着火光四起，泥土轰起的灰尘让孩子捂住嘴，步步后退。

风慢慢吹散开空气里的余灰。孩子愣了一会，走到凹陷边处，定定地看着脚下沉默的泥土。

平地之中一圈圆形的凹坑，泥土还在以肉眼可见的速度往下沉降。孩子的目光仔细搜索了一下，隐约还有李一骏在泥土下挣扎的动作，但不一会，就渐渐恢复了平静。

脚下的土地吞噬了一切，然后平踏如实，一无波澜。

“凡下墓者，不得同伴相残，否则必咒其活死墓中，永无超生。”

15 疼

自从医院那天吵完架，大缯就像凭空失踪一般，消失在了可可的视线中。听得到别人说周队长在办什么案子，在跟踪什么情况，甚至听说他昨晚在哪见了哪个线人，但就是不在可可面前。不再接电话，不再出现在法医科门口，不再听见那个人常带沙哑的声线。

可可当然知道为什么。那天枪声过后没多久，已然暗下来的天空中亮起一束信号闪光，大缯瞟了一眼叔叔李一骥的反应，立刻就判断出信号光是给叔叔的，当机立断就扑了上去。

叔叔闪身一躲："周队长，有话好好说嘛！"

大缯依旧像只随时准备攻击猎物的狮子一样盯着叔叔，搞得一头雾水的豹子也紧张起来。

"喂喂，你这人怎么回事啊！我们刚救你上来，你翻脸就不认人啊？"豹子怒沉沉地吼。

"豹子，他是警察。"叔叔解释道。

豹子瞬间就矮了几分，"大哥，有话好好好说，咱没做啥不好的事儿，墓里那些不是……"

叔叔猛一拍豹子的脑袋，"人还没问话呢，你差点就自己供述盗墓罪行了快！"

豹子一沉，了然闭嘴。

周大缯不是吃素当上的刑警队长，当然不会就此放过面前这两个家伙，逃走的李一骏当然绝不会放过，但眼前这两个也一样不是什么好料，尤其是李一骥，如果不是你把可可卷进来，她怎么会受这么多伤和委屈。

俗话说，外贼好擒，家贼难防。

可可在和叔叔对视了两眼之后，无声息地叹了口气，说到底叔叔并没有给她带来什么实质性的伤害，更别说让她发现了这么个掌灯童子的案子，于是在大缯即将扑上去和叔叔肉搏前一秒，可可捂住肚子，痛苦地倒在地上……

“你是故意的，让我分心，放跑了他们俩。”站在医院的病床边，大缯直视着可可的眼睛得出结论。

可可把目光移开了。

“那些预付款要买下掌灯童子的人，都查到了？”可可问。

大缯沉寂了一会，才回答，“查到两个，但因为缺少李一骏这一环的证词，现在只有那些尸体，证据链不完整，还要补充调查，又涉及全国……你没回答我刚才的问题，你是不是故意放他们走？”

可可依旧把视线放向窗外，不由自主地抿起嘴，喜欢一个当刑警的最大的麻烦是无法隐瞒事情啊，可可想。

大缯一把上前捏住她的下巴，逼迫她看着自己。

“回答我！”周大缯的眼神带着可可不明白的愤怒。

“叔叔他……帮了我很多。”

“是他把你拐走的。”

“呃……话也是这么说，但是没有他，这个案子也不会被揭开，还会有更多的孩子……”

“别绕开话题，案子是案子，他把你拐走是另一件事，害你在那种危险下受伤更是……”

“受伤不是他害的，是我自己不好，我擅作主张刺激到了李一骏，叔叔也没料到这家伙会有这么危险，知道他是家族中一直在追查的犯人也是李一骏暴露后的事情，而且他一直在为我留后路，包括给我……”说到这里，可可一滞，下意识地把手往被子里缩了一下。

大缯一眼就瞟到她的小动作，伸手就把可可的胳膊从病床被子里抓了出来。

金珊瑚手链让大缯的瞳孔骤然缩小。

“你又见过他。”肯定的语气。

可可眼神飘向一边，她当然不会承认。

“从井底上来之后我看到你把这条手链还给李一骥了，还有，刚才说的那些事，在井底你都没和我提到过……你见过他，在这个医院里。”

可可咽了下口水，面前人阴云密布的强烈气压让她抬不起头来，她知道自己这件事做得不对，但是她没法和大缯解释，或者说，没法忽悠面前的男人。

她是见过李一骥，在某个夕阳如火的黄昏，李一骥和她解释了其中种种，并把金珊瑚手链交给她。

“我欠你一条命，浔可然，是我害你差点把命留在那个千年的窟窿里，我这条命，你需要，随时拿去用。”李一骥单膝跪在地上，用一种肃穆至极的神情静静地说着。夕阳光从他的背后照来，那具断了指的千年尸体，和漫漫时光中浓烈的仇恨，让可可无法忽略眼前的一切。

“我可以许一个愿望？”可可注视着他的眼睛。

“只要我做得到，命不足惜。”李一骥说。

“你们家族的仇恨，到你为止吧。”

李一骥脸色微变，继而了然微笑，“……好。”

那天夕阳下的简短对话，终结了千年来的绵绵恨意，从此李氏一族，就只是，一个普通的大家族。

当然这些她怎么可能和面前的男人说，就算他不是刑警队长，也好歹是个怒火冲天到可可虽然不明白、但就是让她感到十万分心虚的男人。

“呵呵。”男人放开了手，突然自嘲地笑了，“跑过大半个中国去找你，还以为自己是英雄救美。”周大缯转身走到门口，背对着病床上呆愣的可可。

“原来我才是多事的那个……简直……”大缯话没说完，摇摇头，离开了病房。

门被悄然关上，浔可然觉得自己的心脏狠狠抽了一下。

疼。

16 欠你的告白，加倍赠与你

你不会察觉你有多依赖空气，在你离开空气之前。

可可站在法医科走廊的窗边，换季节的空气闻起来很新鲜，墓道里阴沉的气息已不再，却高兴不起来。

昨天她特地打电话问大缯在不在办公室，然后才去找他，居然只看到一堆脸色尴尬的同事，支支吾吾地说不出队长去哪了。她知道，他故意离开了。可可没说什么，周大缯的反应其实再正常不过，喜欢一个人，不远千里，拼着性命，最后却被她掩护着放走了敌人，是个正常人都忍不了，何况他本来就不是好脾气的人。

剩下的，只有可可怎么做决定而已。

身后传来脚步声，可可回头，看到苏晓哲有点尴尬地笑着。"论文写好了？"可可问。苏晓哲点点头。

她知道苏晓哲突然停下实习的真正原因是他和白翎之间的事儿，她从未问过，至少之前从未问过。"晓哲，你说感情到底是什么东西？"苏晓哲疑惑地看着可可，"浔姐，你去墓里换了个魂回来了吗？""……是啊，我正在了解地球人的情感生活。"

两人相视一笑，然后一起沉了下来。各有各的难处，活着从来不是体验轻松的过程。"我听说了……那个，周队长。""你有和那妹子表白过吗？"可可截住他的话题，换来苏晓哲一僵。"我……我……那个……""畏畏缩缩干吗，多大点事儿嘛，喜欢就喜欢，你一直憋着不说难怪会被别人横刀劫货。"可可和所有女孩一样，说起别人的感情问题，都一脸为师懂你的深沉表情，

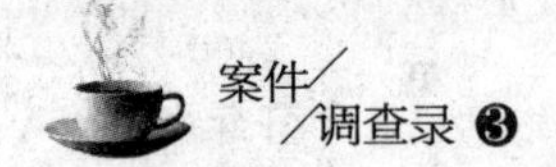

搁着到自己身上都傻掉。

“说的容易，你怎么不去和周队长说这个？”晓哲梗着脖子反抗。

可可一个斜睨过去，胆儿肥了嘛？

“是你先说我的……”苏晓哲嘀咕，“诶浔姐我告诉你，男人其实很好哄，你只要给足他们面子，妥妥地放心吧！”

“嗯，听起来好像你和男人已经不是同一个物种了。”

苏晓哲瘪瘪嘴，哀怨地走了开去。可可失笑，重新看向窗外。

人生几载，得失多少。要不要找回那份早已习惯了的空气……可可在走廊上伸个懒腰，还真是个难题啊。

走回办公室，两周不在，桌上的报告资料和需要总结查看的文件堆得和山一样，可可觉得自己好像蚂蚁工，得慢慢地……

什么东西掉在了地上，可可低头看去，是一摊已经结块不成形的……早饭。

可可蹲下身去捡起、一张贴在包子包装上的纸条缓缓自指缝中飘落。

“别生气了，是我不好。”

潦草而遒劲的字迹，来自那个被可可嘲笑过无数次字如其人邋遢的周大缯。可可曾嘲笑他字难看得还是画手印比较好，大缯气鼓鼓地嘀咕说行啊到时候在证上压手印，然后看着可可，等她反应过来自己说的是什么证……

想到这里，可可忍不住笑了，继而愣住，是什么时候留下的早饭？被叔叔带走之前……自己对他开枪之前……应该是那天在走廊，她发现大缯和父亲一起瞒着自己，找到了当年撞死姐姐的人之后……原来一眨眼，这么久都过去了，与世隔绝的十几天，把一切都改变。

“你不一样，可可，你有自傲的工作，有家有亲人……最少，最少……你还有我……”那时候说出这样的话的大缯，是什么心情。

看到自己被人弄得满身伤痕，自己还偏向那一方的大缯，又是什么心情。

浔可然握住自己手中的纸条，觉得从未如此厌恶自己的懦弱和逃避。

简直是错得离谱。

是人都知道，周队长很暴躁。

一天五包烟，通宵不睡觉，疯狂查案把手上的事儿都结了还不算，居然去别的组抢案子来查！队里的人差点没被逼疯。聪明点的知道是和那谁吵架了，不聪明的还以为周队长一定是身患绝症要在人世间多做好事……

周大缯自己也知道自己快疯了，好像在戒一种毒瘾，几次毫无意识地拿出手机，对着可可的号码都已经按下了通话键，然后瞬间反应过来再取消。自己扇自己一巴掌，没出息的货色，是个男人就拿出点样子来，婆婆妈妈什么劲。不论浔可然是不是喜欢自己，都已不重要。在自己和那个绑架她去古墓的李一骥之间，她选择了反抗自己，放走了李一骥，什么千里相救，他周大缯所做的一切都是一个笑话，还有什么好多说的。

队里的人小心翼翼地看着队长的神情，今天的黑眼圈比昨天更甚，面色发青印堂发黑……

“王爱国，你会看面相？”薛阳嘲讽。

“不会，我要是会看面相，队长的脸足够把我吓晕过去了。”

两人正说着，婉莉像一阵风一样刮了进来，“队长呢队长呢？快快快……”

“干吗啊？”薛阳指了指半掩的队长办公室门。

徐婉莉奔几步，又折回来抓住薛阳和王爱国，“你们你们，和我一起把队长带到小礼堂去，今天那里有欢度国庆的表演晚会。”“诶？那种无聊的东西谁去看啊？”“就是，我刚就是从小礼堂逃出来的呀！”“不管不管，必须，马上，立刻带队长去！否则我生剥了你们！”

徐婉莉一阵龙卷风一样的扫荡，不知不觉就成了一个小分队挟裹着脸色发青骂骂咧咧的周队长闹腾着向小礼堂进发。

“你们这是挟持人质！推什么推，有什么好看的，每年都是那几个无聊节目。”大缯嚷嚷。

“有新节目新节目！”徐婉莉哄到。

“那你们去看就行了，老子昨天都没睡觉。说了别推我，找死啊你们！”

被三四个人夹裹着进了小礼堂坐下，台上还在演着警察们自娱自乐的相声节目，不到三分钟，大缯就起身想走，被三四个人一把按下。

“队长队长，再看两个节目再走，给点面子！”

“对啊，局长在那头看着你呢！”

周大缯深吐一口气，忍了忍了忍了，这群熊孩子，回办公室一人一个案子弄死你们。

相声下了台，换了一道歌舞，歌舞落幕，大缯再也忍不住，起身要走，身上扒拉着三四只手不放。

“放开，否则我动手了。”大缯扭头横眉道。

队员一时不知道该不该放，又怕真惹生气了，大缯甩手一挥，走出了一排排座位，正打算走出门去。

“下一个节目是我们法医科浔可然同志特别加入的……”

步子一滞，周大缯没有回头，捏紧拳头，继续往外走。

礼堂里有人交头接耳，被突然响起的小提琴声给打断。

脚步好像触电给定住，大缯觉得浑身都僵硬了。

这首歌他听过，在可可的办公室里，循环循环放过那么多遍……

清幽地起声，缠绵的旋律。

叫什么来着，很长的英文……《One more time，One more chance》

“什么鬼歌，你都循环放了一下午了，外文歌词只有旋律，能不能换歌？”

在可可办公室里，他记得自己曾抱怨过。

可可笑笑，“歌词不会自己去找啊。”

他从未去找过，只听过旋律怎么找歌词？

和无法控制地拨通电话时一样，周大缯无法控制自己慢慢转过身，看着可可站在舞台中间，对着话筒，低着头，舞动的手从小提琴上划过。

旋律向海浪一样蔓延开来，背后的大屏幕上在缓缓滚动过曲子的原歌词。

【还要让我失去什么东西　我才能够原谅了自己……】

【还要让我痛哭多少夜里　我才能够与你相遇……】

对不起，我作茧自缚，我彷徨而固执。

我守着那个破碎的梦，不敢睁开眼，哪怕你一遍遍告诉我别害怕。

周大缯看着大屏幕，一行行歌词像无声的对白，从认识到现在，一幕幕画面在脑中闪过。

你捧着奶茶对我笑的样子，在下雨的屋檐下告诉你我不是个没脊梁骨的警察，你了然地微笑。

在墓地里吻你看你惊慌失措的样子，深夜看你因为做噩梦而发怒的样子。

经历生死，经历分别。进进退退，都在心底百转千回。

十几步开外的人正低着头，仿佛只是一心拉着小提琴。

大缯狠狠捏紧自己拳头，混蛋，搞什么鬼。

【对面的房间　巷中的窗口】

【我一直在寻觅　寻觅着你的身影】

【熙攘的街头　彷徨的梦中】

【虽然明知你　不在那里】

明知你不应该，不会在，但是你出现了，当我被困在山上，被困在地下室的时候，每一次，都是你出现在我面前……

一直都是在忍耐我，惹你生气，让你担心。我却总笨拙地，连一句回应都说不出口。

和你一起，经历痛苦、迷茫、挣扎着寻找一丝真相。

【已经没有什么　能够令我留恋】

【若愿望能够实现　我要立刻到你身边】

【已经不再害怕什么】

【即便付出一切　也要将你抱紧】

说不出口，我有多想你，皮夹克上的烟草味、赖在办公室等着我却睡着的呼噜声，分析时的眼神、决绝的判断，和在我面前放下一切防备的信赖。

每天面对生死，我们都已足够坚定，只有你，这世界上大概只有你，让我无法想象，如果失去，一切都还有什么意义。

【在一个崭新早晨　抛弃所有过去】

【黎明的街道　落樱的小镇】

【若生命能够轮回　无论几次也与你相随】

【说出那句酝酿已久的　我爱你】

【One more time…　One more chance…】

曲罢终了，席间响起阵阵掌声。

浔可然抬起眼，那个人站在座位与座位中间，竟然有点凶狠狠地瞪着自己。可可忍不住嘴角的笑意，他脸上的表情如此熟悉，每次生气又不知道拿自己怎么办的时候，大缯就是那副表情。

缠绵的小提琴声让礼堂里警员们小小骚动了一阵，鼓掌声中还夹着嬉闹的口哨，只有周大缯还紧握着拳，一动不动地站在原地。

穿越千百人与人之间，只你与我，视线相逢。

主持人上台打算接下话筒，可可抬手止住主持人，左手拿好小提琴，右手拿回话筒，想了想。

礼堂里安静了下来，没人知道这个一贯怪路子的女法医要干什么。

“刚才那首歌，送给一个人。”可可低眉看着手中的话筒，凝滞一会。

男人觉得脑门轰然一热，不会是……

“对不起，周大缯。”对上那个人的眼神，眼眸中皆是无法恣意的明亮。

“还有，我喜欢你。”

可可微微一笑，转身，下台离去。

把目瞪口呆的主持人、小礼堂里轰然而起的口哨声、尖叫和喧闹都留给那个男人。

欠你的告白，加倍赠与你。

第七季

嫩芽深渊

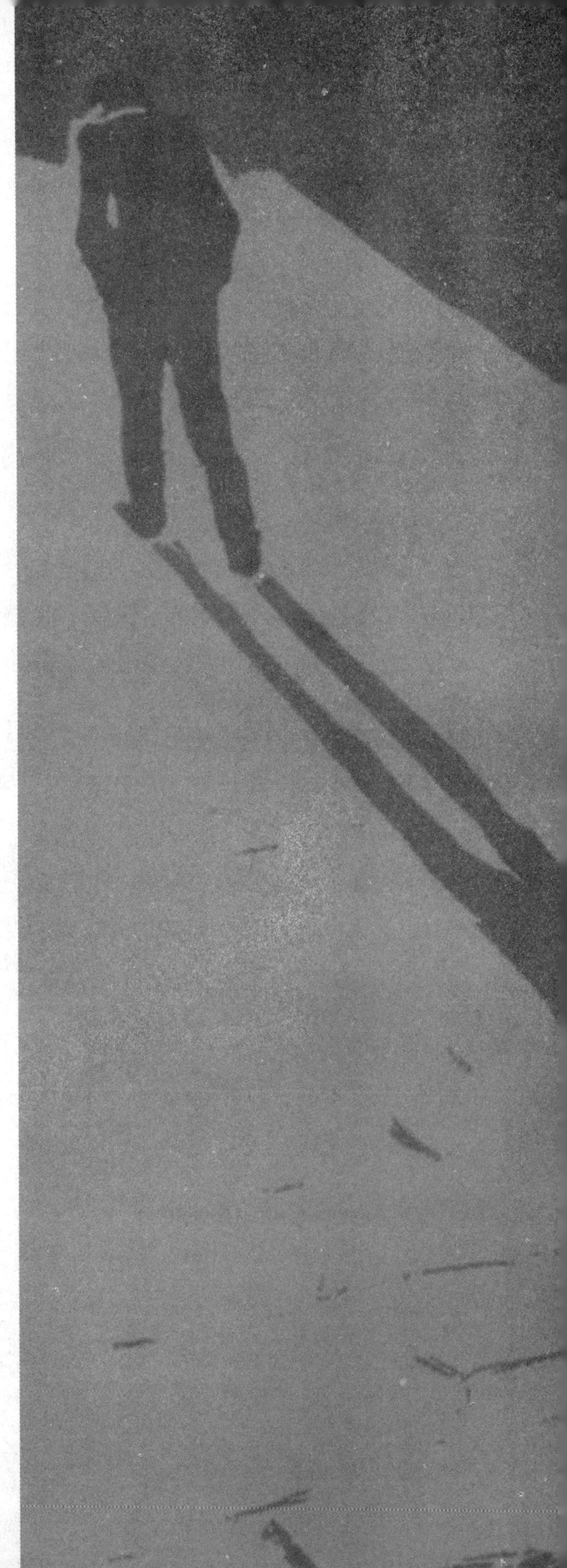

01　从未结束

大缯走进刑警队办公室，刚把车钥匙往桌上一扔，抬头就看到几个脑袋凑在门口。

“干吗？”他抬眉问。

“亲了吗？”徐婉莉问。

“法式深吻？”小白问。

“不要这么小看我们老大，过夜了吗？”薛阳一脸正经。

大缯嘴角抽搐了下。

“诶！进度这么快！”徐婉莉拿出手机开始给某人的妈发消息。

“不愧是老大啊！下手快狠准！”小白感慨。

“啊只是猜测，其实我也不确定。”薛阳说完，几人又重新看向僵硬的大缯。

“亲了吗亲了吗？”

大缯忍无可忍，猛一拍桌，“你们都闲得慌啊！”

“哦——”众人拖长音调，看来没亲着。

“唉大哥不是我说你啊，都三十的人了，谈个恋爱连亲嘴都不会嘛。”——徐婉莉。

“怎么办？传出去会不会很丢脸？我们老大泡妞泡了半天，连小手都摸不上！”——小白。

“唉！”——薛阳。

“老大我有好多小电影，要不要拷你分析一下技巧？各种类型的都有，你喜欢什么样的？”——王爱国。

“太没出息了大缯！我告诉你，泡妞不是靠技巧的，要用气势！用野兽一般的气势！冲上去就对了！”——副组长。

“你那说的是强奸犯吧？”——薛阳。

“不不，追女人还是得智取，他如果直接冲上去，肯定被可可一刀捅死。”——徐婉莉。

“两刀，他皮比较厚，一刀戳不进。”——浔可然。

众人点点头，突然反应过来，可可不知什么时候也站在人堆里，手里拿着可可奶茶，一脸温柔的笑，“聊什么呢？这么热闹，继续嘛。”

所有人鸟兽散状呼啦啦地逃走了。

可可抬头看向大缯，后者两手一摊，不关我的事。

自从小礼堂里热闹的那一出之后，全警局铺天盖地八卦了周大缯和浔可然的恋爱史。从惊天地泣鬼神的女尸失窃开始，到远赴千里到墓中英雄救美。

天晓得徐婉莉在言之凿凿地传出这些八卦的时候都是怎么描述的！

所以当某天可可和大缯边聊着案子边走进食堂的时候，简直觉得周围人八卦而热情的视线快要将人点燃了。

看看就是那个法医！啊啊那个传说中的法医和刑警队长啊！诶诶很有夫妻相嘛！哟哟周队长单了这么多年终于有谱啦！告白哦！小礼堂那么多人面前告白噢噢！不对不对是周队先死皮赖脸追人家来着！

大缯有些不好意思地挠挠头，可可则转身目无斜视地从正门走出去了。

“吃饭？”“不不，坐那儿我觉得我是他们的饭后甜点，非被人用眼神吃干抹净不可。”

两人决定中午休息一下去门口小饭馆吃。

“哟周队，带妞出去吃饭啊？转角有个卖鲜花的，记得玫瑰要9朵99朵的买啊！”门卫室保安们堆着一脸热忱的笑。

大缯笑着打着哈哈。

可可站在马路边，面无表情地看着红绿灯，说，“怎么办，周队长，我有点后悔了。”

大缯一口烟差点呛死自己，瞪大了眼睛，“什么？”

可可歪着脑袋看他，“你觉得我们假装分手，过了这个八卦热潮再说怎么样？”

“不怎么样，不对，不行！不准！我告诉你浔可然，你想都别想！”

于是当可可此时站在大缯的办公桌前睨视着他时，不由发自内心地问，“你是不是很得意？”

“嗯？”

“被当众告白，还被追捧着，很得意吧？”

大缯认真地看了眼可可的表情，敏锐的直觉告诉他有危险，但又不能硬碰硬。

“对了，局长昨天叫你快点把之前他叫你整理的东西准备好。”

“你转移话题。”可可不屈不挠。

大缯抬起头，露出一个自认为温柔的笑容。

“啧啧，有没有人告诉过你，你笑起来真猥琐。”可可转身离去。

留下不知该哭还是该笑的大缯，摇摇头，坐下，突然又吼：“谁他妈把猫屎盆放在我办公室里的！”

还会有谁。

浔可然躺在天台的地面上，睁开眼就看到淡蓝的天空中，飘过碎碎棉花糖一样的云朵。

我不是故意在偷懒。嗯。她自我催眠道。

如果不是去物证处，连王涛都一脸淫笑地拿她与大缯的事开涮，她就不会怀揣着“世间险恶”的心态躲在天台偷懒。

唔……解剖完的报告书还没提交……等夜里大家都下班了再工作吧。她自暴自弃地想。

直到头顶的阳光被遮挡。

精致的妆容，波浪卷的发梢，淡紫色如同宴会时才穿的外套，居高临下的女人看着躺在脚下的可可，露出暧昧的笑容，“好久不见，小可可。”

可可眯起眼看她，“穿得好生风流。”

古吉在一旁的凳子坐下，优雅地翘腿，“相亲。”

“啧啧，你也有今天。”可可笑道。

“是啊，我可不像某些人那么好运，命中自有王子坚守如一。”微风吹起古吉波浪卷的发梢，语带调侃地说。

可可闭上眼挥挥手，“走好，不送。”

然后听见古吉轻声的咯咯笑，“诶，小可可，谈恋爱的感觉怎么样啊？”

可可闭着眼假装没听见，挺尸。

古吉还在笑，“那天你开枪之后，周队坐在车里那面无死灰的表情，我当时真想拍下来给你看呢。”

可可终于忍不住了，猛地坐起身，“古吉美女，你长得又不错，学历又高，性格温柔可亲，为什么还要去相亲？”

古吉调侃的笑意慢慢转为无奈的微笑，她沉默了一会，指指自己，“因为心里的位置，被占掉了。”

可可一愣，开始后悔自己鲁莽的话语，她试图转移方向，“唔，你这条裙子很好看。”

“也很贵，呵呵，你不用太在意，反正我本来就是要和你说这件事。”古吉说着站起身，走到天台的栏杆边。

可可盘起腿依旧坐在地上，视线被轻轻飘逸的裙摆给吸引了过去，有多久没穿裙子了。

古吉优雅地之间点燃一支烟，淡淡的烟味很快飘散在天台的风中，“小可可，我今天要和你说的事情，全世界大约只有三个人知道，我，我的老师，和，那个犯人。”

“犯人？”可可坐直了身子。

“别急，在我告诉你全部事情之前，你先回答我，你是从什么时候开始突然想重新追查你姐姐的案子的？”

可可瞪着古吉看了一会，除了认真严肃没看出其他任何情绪，所以她也只好皱着眉仔细回想。从田思书杀父那个案子开始？不，好像更早。

“在……侯广岩被捕之后开始的。”

“立刻？”

“唔……不是，大约过了几个月，我开始拜托同事翻查以前的档案，才找到姐姐那起事故的……”

“为什么过了几个月之后突然想查这件事？”古吉仔细盯着可可回忆的表情，“想一想，到底是什么时间点，让你萌生了重翻旧案的想法？”

重翻……时间点……回忆在浔可然大脑里翻滚了一圈，让她模糊而碎片化的记忆慢慢被拼凑起来，“是那天一场交流会，市局省厅的刑侦技术交流会，有一个人和我聊天，聊到……”

如果杀人者依旧逍遥法外，死去的人就永远不可能安息哟……

是谁，那个人是谁来着……好像不认识，但是却聊得很开心的一个人。

可可下意识地扶住脑袋，那人大概长得很普通，一时无法从脑沟里找到应有的记忆画面。

古吉狠狠叹了一口气，“我就知道，他找过你。”

“谁？什么？”

“可可，我接下来说的这些话你也许觉得很不可信，但我以我的性命保证，全都属实。”古吉好像怕可可跳起来似的，话一顿一拍地说，“你遇到的那个家伙，名叫方鹤。”

“谁？”

古吉拿出一张照片，照片上一个戴着眼镜的男人站在海边，视线看向远方。

在看到照片的一霎，可可顿时回忆起了那天对话的种种，“对，是他，你怎么会……”

“听我说完，”古吉打断她的疑问，“方鹤拥有哥伦比亚大学三项硕士学位，最突出的专业，是边缘心理学。他比你、比我、比世界上百分之九十九的人都优秀，属于顶尖智商的那种。”

可可隐约察觉到了什么，“他……是不是反社会……”

“没错，比反社会更糟糕一点，他属于高尖分子中最危险的类型，极端拥有自控能力、视生命为草芥。在近三年里，我有足够证据可以证明的案例中就有三十多起仇杀、谋杀、恐怖事件等，源于他的实验。”

盘曲的腿已经麻了，但可可浑然不在意，“实验？什么方面的？”

“心理实验。在达到学术界的尖端之后，他立志于挖掘最边缘的人类心

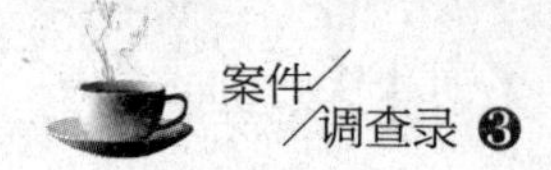

理实验，通过语言、信息传达，甚至是催眠等，让目标心理彻底黑暗化，被负面情绪完全占领直至做出犯罪行为被逮捕，我不知道他是怎么挑选目标，但我知道他的手段。他能在和你非常普通的交谈过程中，勾起你本来已经化解的仇恨心理，或者故意告诉你一些你所不知道的痛苦黑暗的真相，让你以为是发自内心的突然想要报仇，然后他在暗中观察你，看你如何一步步走向杀人犯的道路。他曾经简而概括实验名称：人类转化为魔鬼的心理过程。”

“魔鬼。”可可慢慢咀嚼着这个词。

“向平你还记得吗？”古吉问。

可可点头，秦敏悦尖啸狂暴嘶喊着、栏杆那边向平咧着嘴阴笑的场景，很难从记忆中被轻易抹除。

“你注意到向平的口供里，有一句话，提到一位医生悄悄告诉她，她儿子被车撞到时还活着，是被顶在车窗上拖行最后被碾压致死的。”可可想开口问什么，古吉示意等等，继续道，“我特地去监狱里找到向平，她告诉我那个医生是自己找到她，告诉她这些之后就离开了。还有，在养女被杀之后，侯广岩并没有立刻辞职并决定报复，他做了件高学历高智商的很多人都会做的事情，他在网上找了一位心理医生。”

“你别告诉我……”

“是方鹤。”古吉冷冽的表情是可可从未见过的，“我拿他的照片请向平还有侯广岩都确认过，从我现有的资料里确认的三十多个案子，每一起都是当事人看照片确认过的，是方鹤。方鹤通过告诉他们亲人死亡的真相，通过借助心理咨询等过程，引导这些人，成了杀人凶手。但其实，他的实验应该远远不止这个数字。”

“他想干什么？”

古吉停顿了会，指尖掠过耳边的发丝，“他一直很想知道，一个普通人和残忍的杀人凶手，到底差多远。”

浔可然和古吉在天台的冷风中对视良久，“你认识他。”

古吉诡异地露出一丝微笑，“何止是认识，”她指着自己的心口，“这里的位置，就是给他留下的。”

可可半张着嘴愣着，看古吉低下头，看她皮鞋尖无意识点着地面，突然刮大的天台风吹散了她的长发。

“他是我的未婚夫，曾经。”

她顿了顿。

“但现在，他是我面临的最强大的敌人。你知道么，我每天几乎要浏览全国发生的犯罪报告，有太多案例看起来……像他做的实验，好端端的普通人突然复仇，突然行凶，我甚至都不知道究竟有多少人在他的实验报告上……”

浔可然将视线转回，盯着眼前脏兮兮的地板看了许久，疯狂的向平，矛盾的侯广岩，还有在那场讨论会上和自己聊天的那个看起来很普通的男人。

如果我是你，不管过多久，我都会努力逮住那个害死我亲人的家伙，让他付出代价……

可可突然想起他说过的这句话，想起那天和他聊过之后夜里翻来覆去睡不着的情形，和之后几天疯了一样四处找人翻查当年案子的过程，她又将所有曾与方鹤说过的话在脑海中过了一遍后，缓缓抬起头问，“为什么要告诉我这些？”她不信古吉只是信口直言。

古吉深深地看着她，很久才回答，“因为你可能是第一个，让他实验失败的人。”

02　约会

大缯靠在车旁，点起一根烟。初春的阳光非常温柔，带着江南微微湿气的风，吹得人容易困。

但他此时一点都不困，点烟不是为了提神，而是为了压制莫名其妙的躁动。

星期天，约会，在楼下等可可。

等下去哪里玩，中午吃什么，穿这衣服是不是太正式了……

妈的，大缯狠狠踩灭烟头，都几十岁的人了，又不是刚认识，莫名其妙紧张个什么劲！唔，想点别的，别的别的别的……

心理专家古吉老师教育我们，通常越想转移注意力越紧张。

该死的心理学，大缯在心底默骂了几声。

想到这里，顺之注意力就回到了昨晚。在见过古吉之后，可可立刻就找到他，把事情原原本本地告诉了大缯。按照古吉的分析，可可的境地可以说很微妙，在向平案子之后可可的确买好了枪，也一步步接近找到当年肇事案的司机，但阴差阳错被叔叔带进山里这一遭，反而让她暂时放下了执念，重新思考了很多事。方鹤大约从来没想过有人会在他撒下心理暗示之后，居然没有成为杀人凶手。所以接下来他会做出什么反应，也成了未知数。

古吉说自己是出于某种内疚才告诉她这些，毕竟是她最初在侯广岩的案子里盯上可可，方鹤很可能是顺藤摸瓜，发现了浔可然曾经的心理创伤，才把可可当做了实验目标之一。

大缯仔细回想了下古吉这个女人，他思考的肯定比可可慎重些，古吉是不是真的可信，她所说的有几分是真，或者是否另有目的而有所保留，这些都促使他做出更周密的判断：得找人重新调查古吉提到的几个罪犯，看他们是否真的受到过心理影响，还有……

职业病一般的思考突然中止，大缯从嘴中取下烟的动作也停留在半空中。

浔可然在弄堂口站着四处张望，略比肩长的发丝随意飘散着，小荷叶边的短衬衫，一袭淡紫色的裙摆随风微微飘起，嘴里叼着个大号彩虹棒棒糖，踩着踢踢踏踏的步子向他走了过来。

大缯从未见过这副样子的可可，看起来嫩得让他联想到高中暗恋过的学妹，手一抖差点把烟都掉了。

他终于明白以前苏晓哲为什么在学校食堂里误以为可可是同校的学生了。

烟灰从半空中落在他皮鞋上，他才反应过来，把只抽了一半的烟在脚下踩灭。“哦呀，周队长，好巧哦，星期天站街？”刚酝酿出来的一点害羞紧张都被她一句话给灭了顶，“怎么说话呢！不是你叫我在楼下等吗！上车。”

“去哪？”“去……你想去哪就去哪！”上了车不忘补一句，“今天天好，别去墓地。”回应他的是咯咯的笑声。

车扬长而去，两人根本没留意周围，否则他们会很容易发觉，转角有另一辆车，鬼鬼祟祟地跟着他们。

车里三男一女简直比春游还激动。“拍到吗？拍到吗？”小白把脑袋一个劲往王爱国的单反相机前凑。徐婉莉一巴掌拍他脑袋，“出息！”

“喂，老大这种看女人傻了眼的表情，这回错过下次不知道还要等几百年！”白翎摸着脑袋嚎叫。王爱国抱着单反有点愣愣地问，“我们这照片万一传出去，会不会被灭口啊？”“为什么？”其余人问。“感觉……比冠希哥哥的照片还罕见诶……”天然呆王爱国很认真地说。“嗯，用不着队长动手，浔法医有几百种让我们人间蒸发的方法。”开车的薛阳面无表情地下结论。

车内一片死寂。

真在法式餐厅里坐下来，大缯才切身感觉到如坐针毡的尴尬。第一次出来约会，谈工作的事儿太不合时宜，谈别的，又不知道该说什么。

“你想吃什么？”

“随便，你点吧。”他心不在焉地对可可说，没察觉对面人目光狡黠一闪。

端到大缯面前的菜看起来有点黏糊，颜色也很怪，他皱着眉看着面前这一盘不知名的玩意儿。

“不喜欢吗？”可可有点委屈地看他。

“啊，喜欢的喜欢的。”说着一大口塞了下去，一股腥味扑面而来，让他不知该吐还是该咽，终于怀着“壮士一横心十八年后又是一条好汉”的信念，咽了下去。

抬眼看，对面可可早就趴在桌上无声地笑翻了，肩膀一抖一抖。

“你点的什么？”大缯用最后一点勇气问。

“鱼……啊哈哈哈……肚子里孵化到一半的卵群……哈哈哈哈诶诶别吐别吐，很贵的呢，杂志上介绍又贵又难吃，但是千金难买，于是装有钱人的都挑这个，不行你得摆出儒雅的品味人生的表情来呀……噗哈哈哈……”

大缯隐忍一阵阵恶心感，瞪着对面笑得引人侧目的可可，“有意思吗？玩我很有意思，嗯？”

可可慢慢收敛起夸张的笑意，看着大缯愠怒的表情，“那怎么办，我从小就这样，越是亲近越闹腾，如果我对你礼貌客气，那只能说，你在另一套名单里。”

大缯愣在那里，似乎在深思这句话的意思……越虐表示越喜欢？

可可吃着面前的大份彩虹冰激凌，眼看着对面大缯表情七上八下地扭曲变化，嘴角刚憋住的笑意又浮起。

大缯刚想抗议，口袋里的手机震动起来……

徐婉莉小白趴在隔间的玻璃上看远处桌上那两人，王爱国则翻来覆去地研究相机怎么调整光圈。

薛阳把菜单交给服务员，才空下来看对面，“你们别这么明显吧，万一被周队发现……”

“不会不会，”徐婉莉头也不回地挥挥手，“他俩现在是有一道结界的，与世隔绝！”

小白突然想到什么，“诶小徐，你是怎么知道他们今天约会的？”

“嘿嘿，”徐婉莉终于转过了身，“嘿嘿，周队的妈妈和我妈妈认识，她一早就打我电话，悉悉索索问我周队今天是有相亲还是怎么着，”婉莉卖关子地顿了顿，“她说大缯一早上在房间里换了好几身衣服，还来来回回照镜子，他妈觉得儿子一定变态了。”

一桌人差点笑喷。

“然后我发挥我伟大的包打听能力，发现他和可可两个今天都调休，嘿嘿。”徐婉莉手掌一挥，“你们说，小伙伴们，姐姐叫你们一起来对不对！”

三个大男人翻着白眼想了想肌肉队长对着镜子不断换衣服场景，齐刷刷地对徐婉莉竖拇指，干得好！

“诶诶，队长在接电话诶。”小白又发现了新大陆。

“啧，愚蠢！”徐婉莉也继续趴在玻璃上，“女人最讨厌约会的时候男人三心二意了。”

薛阳默默掏出手机调成静音。

王爱国看着他，扶了扶眼镜，“大哥，我们现在四个人，不算约会。”

薛阳瞪他。

“叮铃铃铃铃——叮铃铃铃铃——”

突然响起的手机铃声吓了众人一跳。

“哪个蠢货不关手机！监控行动守则懂不懂！”徐婉莉拍着桌道。

薛阳双手高举，不是我。

小白则嚷嚷，“轻点儿轻点儿，看我干吗，我这种常年监控嫌疑人的会犯这种错？”

王爱国手忙脚乱地在口袋里一阵好找，才翻到还在尖啸的手机，然后当即愣掉，“是周、周……”

“哟。”周大缯的身影出现在桌旁，在四人面前投下好大一块阴影。

四个小伙伴愣住，随之一阵干笑，“啊哈，队长好巧，你怎么也在这里啊？哈哈。”

大缯锐利的眼神扫过四人，面色阴冷如冰，发出一声冷哼，吓得小朋友们眼神一阵飘忽，看天花板，不好，看，看桌子吧。

“走了，有案子。”活阎王说罢转身就出了门。

03　砸向窗户的愤怒

周队长很不高兴，难得第一次的约会被打搅到拖回犯罪现场不高兴，想到四个小混账刚才一直在监视自己也不高兴，发觉可可对案子的兴致高于对他之后，简直分不清到底哪个更让他不高兴一些！

活阎王隐忍的怒气直接撒向炮灰们，白翎徐婉莉都躲在薛阳身后贴着墙根走路，王爱国就差没躲进后备厢里。

出事的是一栋独门独院的小别墅，位于市中心僻静的一个老小区中，旁边不远处就是本市出了名的高中，升学率顶尖。

“喏，就是那高中的老师，据说是三十年数学老师，带出过无数考上名校的高中生。”副组长指着趴在书桌前的尸体，对大缯说。

大缯一边戴上手套，一边环视着，“难怪，房子挺大，地段还这么好。”

副组长瞟了眼可可的裙子，一脸淫笑地捅捅大缯，“是不是刚从宾馆里赶过来？”

大缯斜睨着副组长，“知道我休息还打电话来？”

“啧，”副组长撇嘴，“又不是老子杀了人把你招来的，要怪怪凶手去。”

可可穿好鞋套戴好帽子进了书房，四四方方的木室房间两侧都是巨大的书柜，正中间是一套榻榻米的小茶桌，似乎是平时给学生补课用的，而死者坐着，正趴在北面的书桌上。

“窒息。”王涛站在尸体旁，面无表情地对可可说。

可可点了点头，看到尸体座椅下的地毯上，一摊已经干涸的痕迹，“还有失禁。”

“脖子上没有勒痕，鼻腔黏膜已经取样。诶那谁，死者家属问好了吗？”王涛直起身，对门口的警察喊道。

“问过了，”一名小警察匆匆走了进来，“死者名叫杨树同，是对面S高中的数学老师，发现尸体时间是在中午12点半左右，妻子叫他吃午饭时候，据说其早上九点开始进书房工作就没出来过，也没人进去找过他。”

大缯扫视一圈，书房只有一扇高处的通风小窗，除了小孩子，其他人应该无法从那里进来。

“死者家里就他和妻子两个人，女儿出嫁，平时偶尔在书房给学生辅导课程。另外，妻子说死者最近一周一直身体状况不好，头痛、气喘什么的，本来准备明天去医院查看看。”

“头痛？突然有的？”王涛皱起眉头。

可可仔细查看了死者周围，书桌上摆着教学的文件，台灯，还有似乎是学生送的玩偶，趴在案头上的脑袋下，还压着学生的作业。

“呃……根据他妻子说，的确是突然出现的。”

可可不安分地凑近尸体，左嗅嗅右闻闻。

“干吗呢，穿裙子的‘旺财’？”王涛笑话她。

“旺财”却神情很认真地瞪他，“王涛，有杏仁味。”

副组长也走了过来，“什么杏仁味？这家伙还用香水？”

王涛的脸色却很难看，“不会吧，很久没出现过这种杀人方式诶，又麻烦又不一定致死。诶哟我的天，如果是用毒不知道这里有多少物证得带回去检验，来来小张，水杯，书桌上的东西，都得打包带回去。”

“也不一定是吃进去的中毒，可能皮肤接触或者气……”可可说到一半停住了，扫视一圈整个书房，“有没有人闻到杏仁的味道？”

刚才汇报的小警察犹豫着举了手，“进书房就闻到了，我以为错觉呢。”

大缯的脸色随之也一变，“都出去，全都撤出去！”

还没等小警察弄明白怎么回事，就被大缯一股脑给推了出门。

原先在书房里的人全都退到了小别墅门口，王涛和可可嘀咕几句，匆匆回到车内去拿大套的打包工具。

看到小警察不知所措的表情，可可解释道，“氰化物是一种剧毒的化学物品，其中一部分在潮湿空气中会自然挥发气体氰化氢，带有苦杏仁味道，但是大约有四成的人天生闻不到这种味道。”

“那让我们出来……为……啊哟！”小警察脑门被副组长拍了一把，“笨，就是房间里的空气有毒，叫你们出来呼吸新鲜空气懂吗？来，跟老子一起，深、呼、吸……”

小警察懵懂地真的深吸一口气，然后被副组长的烟味呛哭。

“哈哈哈你还真深呼吸了……嗨！干什么的！”突然副组长一声吼，几人顺着视线看去，有些昏暗的角落里，一个身影正翻在别墅的围墙上，一动不动，似乎在思考该继续翻墙还是退回。

黑影咻地一下退回，消失在围墙后。

反应最快的还是大缯，可可只觉得身旁一阵风起，大缯为首的几个警察都冲了出去。

可可脑海里闪过一群雪橇犬狂奔的画面。

大缯拔足狂奔绕道围墙后，不远处那个黑影向别墅群间的夹缝里溜蹿。

“站住！”

身后别的警察一声吼，让大缯看到了黑影回了下头，随即立马狂追。

“猎犬”随着目标一路越墙转弯，撞翻的大垃圾桶被大缯灵活翻过。他一边飞奔一边思考，这小子很熟悉小区环境，甚至知道哪里有大垃圾桶可以弄翻阻路。渐渐地，身后其他人的脚步声渐离渐远，而眼前的人影逃跑的速度也变慢了。大缯看准时机，随手抄起路边谁家装修扔下的木条就直扔了过去，一击即中人影的小腿。

摔倒在地的人影还想爬起来，背上即刻被大缯踩下一脚，此时才发现，这个夺路狂逃的家伙，居然还是个毛没长齐的小子。

脚下的小朋友大喘着气，反手就对准大缯的腿狠戾一击，大缯嘶一口冷气，下意识摸向后腰……

糟！约会没带手铐！

地上的小朋友挣扎得愈发狠起来，大缯又不敢使劲，怕真给踩伤了，情急下一把揪下领带，把人给反捆住。

“老实点！”他压着气喘威胁道。

“你、你凭哈、哈、凭什么抓我！”

“你跑什么？”

“……我、我锻炼身体！”小子不甘地吼道。

大缯简直被气笑了，“在犯罪现场翻墙锻炼身体？”

小子愣住了，连喘气都忘了一拍，“死……人了？”

“你猜！”大缯一把将他从地上揪起，不远处其他警察也看到了两人，正快步奔过来。

副组长和薛阳都赶到了，副组长看到大缯用领带捆的结，暧昧地吹了个口哨。

薛阳则看着眼前的小子皱眉，“高中生？”

小子被抓着手臂，倔强地回头瞪大缯，“杨树同死了，不，他被杀了，对不对？”

几个警察互相对了下眼，谁都没回应他。小子看到了他们的表情，突然放声大笑起来，“哈哈哈，被杀了哈哈哈！他死了啊哈哈……”忽然又收拢了笑，用少年人难得一见的阴沉语气……

“活该！”他说。

一时间场面骤冷，众人都愣着。大缯挥挥手，示意把他先带走再说。

几人把小子抓回警车聚集的小别墅门口时，王涛已经带人把书房里的东西都收了个干净。

“行了，基本上可疑的东西全都收好了。等我回到实验室会直接分析毒物，尸体怎样，直接运你那里？”王涛摘掉防毒面罩，问。

可可点点头，王涛随即抱着一大堆东西走开了去。

小子双手被捆在背后，副组长似乎正在和他讨价还价，“不给你戴手铐了，但是你听话点别再跑，听见没？”

可可站在别墅门口的台阶上，看着不远处那小子被领带反捆住的双手，露出若有所思的笑意，她对着走到身旁的大缯笑言，“如果我不听话，是不是和他一样下场？”

大缯背对外面，刚才的追捕让他微微有点出汗，他解开衬衫两颗纽扣，回头看了眼那小子，又看看似笑非笑的可可，挑眉一笑，靠近她耳边压低了声音，“我不介意把你绑在床上，如果你喜欢。”

可可耳朵微红，装模作样做出淡然微笑的表情，右手握拳拍左掌：“决定了，另投明主。”

“你敢！”大缯怒瞪。

可可对着不远处现场检验的车辆挥手，“王涛王涛，给我留个座……”

话还没说完就被大缯揪着衣领拖走了。

王涛好气又好笑地对驾驶座上的同事说，“快开快开，别理那两个打情骂俏的妖怪，回头又牵连我等无辜群众。”

逮住的小子果然只是高中，还是高三生。

“你说你啊，马上要高考了，搞什么？嗯？你们学校老师说你成绩还不错，不好好准备高考，对得起你爸妈养你这么大吗？”已经有家有子的副组长教育起人来一套一套，简直课堂典范。

名叫张靖韬的小朋友抬眼看看副组长，踢踢桌脚，不吱声。

一直站在审讯玻璃对面的大缯对薛阳示意，“去拿父母同学威胁他，问他是自己说还是我们把他周围的人全都问一遍。”

“不行！”薛阳话一出，张靖韬果然像炸毛的小动物一样噌地站了起来，“你们不能乱问……你们不能这样……破坏我的生活……”

副组长指指椅子，“坐下坐下，我们不问也行，你看看你，多大点孩子，有什么大不了的仇恨非堵在心里，直接跟叔叔们说。”

黑脸翻白脸，副组长翻得一手好牌。

小子愣愣地看看抽烟的副组长，又看看旁边微微颔首的薛阳，居然一眨眼，眼眶红了。

“他他妈的狗屁模范教师！畜生！”小子一手砸着桌，一边揉眼睛，噎了许久，才爆出一句，“……他摸我。”

“什么？”副组长没听清，掏掏耳朵。

“我说他摸我！”张靖韬激动起来，“在他家给我补课的时候把我当女人一样乱摸，我揍了他一拳，他居然在学校给我穿小鞋，到处乱说我男女都搞，几个好兄弟都不理我了。还在考试时候诬赖我作弊，我没有作弊！根本没人相信！他还摆出一副为我求情的圣母样子，我爸妈还给他鞠躬敬烟。”

张靖韬一口气说了一堆，把副组长和薛阳都给听愣了。

好半晌薛阳才迟疑着说，“你是说，杨树同对你性骚扰，你……确定？”

张靖韬露出一丝冷笑，“我确定？谁他妈补课的时候要把手伸到学生裤子里去的？你告诉我，谁他妈补习数学要揉着学生那玩意儿的！”

“你告诉你父母了吗？”副组长把烟掐灭，正色道。

张靖韬的脑袋又低了下去，“说了……我妈说你忍一忍，只要高考结束就好了，我爸……我爸说肯定是我不对，人家是名师，教过多少学生考上北大清华，难道就对你一个这样？”高中生眼角又红了起来，“我爸说苍蝇不叮无缝的蛋，肯定是我有病，去招他了……”

副组长和薛阳对视一眼，平淡地问，“那你翻墙打算干吗？”

“我……砸窗户……”嗫喏的声音。

“什么？”

“拿石头砸他家窗户！”张靖韬脖子一梗，理直气壮地说。

“都洗干净了吗？”可可再度探了个脑袋进来，问。

苏晓哲愣愣点了点头，不明白为什么浔姐今天这么谨慎，要求清洗两遍所有检验用具。

“验尸台？”

“昨天下班前洗过啊。”

“重洗，保证完全干净。”可可说完，看晓哲皱着眉看她，笑着补充，“送来的尸体很可能是毒杀，必须保证所有接触的东西不会造成二次污染。”

苏晓哲领悟地点点头，原来是这个原因。

“骗你的，我就是想让你多洗两遍。”可可说着又飘走了。

苏晓哲一脸黑线，“呜呜呜，我要换师傅。”

可能中毒致死的尸检非常麻烦，因为所有毒物在尸体中都会多少代谢变化，所以必须第一时间进行尸检，而且比起别的检查，毒杀的尸检必须全副武装。

“从头到尾，包裹严实。”王涛穿着严实的检验服对紧张兮兮的苏晓哲讲。

“安全第一，保证不侧漏。”可可补充。

王涛脸一黑，问苏晓哲，“要不要换到我部门工作？”

苏晓哲下意识点点头，然后立马又摇摇头。

在完整检查过尸体表面后，可可和王涛都认同杨树同是因中毒致死。

“氰化物。”

“你猜是氰化钾还是氰化钠？”

“只有氰化钾才有苦杏仁味道吧？”

“不不，也可能是氰化物在潮湿空气中产生的氢氰酸所以有苦杏仁味。”

“说半天，王老师，你们物证的一化验不就知道是氰化钾还是氰化其他了吗？”

“所以先让你猜呀。”

两人一边眼看着血浆流入采集设备，一边讨论，旁边打下手的苏晓哲不断在小本子上记着笔记。

“采集的样本都好了，王老师你还有何贵干？”

王涛一瞪眼，“干什么干什么，几年才遇到一个氰化物的毒杀，多稀罕，让我参与一下，小气嘛浔可然，你欠我的薯片还没还清呢。”

可可一刀给尸体胸口开了一个Y，“行啊，看完全程抵消十包薯片。”

“你什么人啊你……五包！”

“十包。”

“五包。”

“苏晓哲，送客。”可可附身盯着尸体胸腔。

苏晓哲拿着小记事本，瞅瞅可可，又瞅瞅王涛，决定装聋子。

“不不，我呆在这里是有道理的浔可然，引发中毒的东西还没找到，你解剖得出结论究竟是固体还是液体或者气体氰化物引起的中毒，可以大大缩短我找凶器的时间。”王涛一板一眼地解释着。

可可仔细查看着胃内容，皱着眉不出声。

“浔姐？有什么问题吗？”

浔可然想了一会，指着胃内容找王涛，“你来看，胃里仅有轻微的肿胀，氰化物不是吃进去的。”

“气管检查过了？”王涛抬头问。

“之前检查了，有一定量吸入氰化氢的现象，也不到中毒猝死的严重程度，所以我才以为是吃入毒物附带气体吸入毒性。”

“但是胃里的中毒现象也不足以致死。”王涛反应过来。

“只可能是皮肤接触毒物了。”

王涛翻翻白眼看着天花板，“真这么玄？”

“皮肤中毒很少见吗？”晓哲凑过脑袋。

“很难实施，你想要一个人不断和有毒物质肌肤相亲还不自知，多麻烦。”王涛边说边往后退了一步，如果皮肤吸进毒，那说不定皮肤上还有残留。

“所以一般都是意外致死。”可可一边说，一边到旁边柜子里拿出一套奇怪的设备，“王老师，你躲什么，多罕见啊！”

王涛正贴着墙想溜走，被可可一把揪住，塞了一把棉签在他手里，“来，给罕见的尸体先生做全身按摩吧。”

在给几乎全身皮肤做完试纸检验后，苏晓哲和王涛都觉得累坏了，中途偷懒数次的可可面对着一堆试管露出了等待的表情。终于在一大堆试管中，有一支慢慢变了色。

可可凑近看到试管上的标签：右手中指。

她回头看了眼验尸台上的身躯，想了想，拿起电话，“喂，是我……我觉得案子，大概和性有关。”

04　你没有做错什么

张靖韬的父母出现时，张靖韬还低着脑袋坐在一边椅子上，副组长刚起身打了个招呼，张父亲就笔直走到儿子面前，抬手就一个耳光。

张靖韬脸上浮现的惊讶慢慢转而成了愤怒。

“你他妈有没有出息，这还没成年就进了警察局！怎么，你还不服气了你？你给老子……”

再度扬起的手被副组长一把抓住，张父看了看面色严肃的警察，一时无措。

“在警察局打人，你够嚣张的啊。”副组长放开张父亲的手，声音却冷冷的。

“我、我这是教育儿子。”

“怎么，你儿子就不算人？打了不算打人？”

“我……他、他不是犯错误嘛，所以……”

“犯了错误就能打？我小时候也爬墙偷地瓜，你要不要打我试试？”

这下张父亲才愣住，咽了咽口水，知道眼前这警察的意思了，一时不知所措地尴尬着。直到白翎凑过来打圆场，“小子没犯什么大错，就是碰巧出现在了命案现场，对吧小子？”

张靖韬阴沉着脸，无声息地点了点头。

他爸的表情这才缓了过来，问需不需要赔偿等等，好半天才弄明白情况，离开时打算伸手拍儿子的肩，居然被张靖韬一侧身，给躲开了。父亲停在半空中的手愣了几秒，才默默地跟上儿子步伐。

“小子！”副组长隔着大半个办公室对张靖韬扬了扬拳头，“勇于反抗，保护自己，你没做错什么！但是砸窗子下次就别干了啊。”

张靖韬眼神一闪，微微点了点头。

可可对大缯竖起右手中指。

大缯把菜单交给神情诡异的服务员，眯起眼看可可，“找死？”

可可一脸纯真，“嗯？我是在给你演示啊，皮肤检测结果只有右手中指的指头上含有高浓度大量的氰化物毒物。”

大缯看看她竖着的中指，又看看她一脸无辜，“你如果不想放下，我会觉得你是在暗示我什么，嗯？”

可可眨眨眼，猛然收回手低下头，诶那什么菜单上怎么没有可可奶茶呢。

“行行好，别装了，”大缯放下茶杯，“对了，杨树同可能对自己的学生性骚扰。”

“谁？”可可愣了下。

“你冰库里那位大叔，骚扰的还是男生。”大缯皱着眉说。

可可双手环胸，向后靠着沙发，“你们找到证据？”

“不，我们有证人。”

“……翻墙的那个？被骚扰了还想翻墙入侵？”可可不解。

大缯等服务员上菜走开之后才继续说，“小子翻墙是打算拿石头砸他家玻璃，杨树同的妻子也确认过，最近偶有玻璃莫名其妙被砸碎的情况，她以为是意外，就没在意。我在想……这小子应该不是第一个。”

可可皱着眉，拿筷子不断戳着面前的菜，却不吃。

“诶，别拿吃的撒气。”大缯阻下可可的动作，抬眼却看到她瞪着自己，“干吗啊？又不是我骚扰学生。”

“谁叫你也是男人，连坐同罪，听说过吗？”

“好好，我有罪，你先放过麻婆豆腐行吗？都成豆腐渣了。”大缯悄然又抢救下一盘菜，“毒物的由来确定了吗？”

“没。”可可转而戳碗里的米饭，她就是无法挥之而去厌恶的感觉，只要一想到恋童这个词。

“那你电话里说可能和性有关？哪来的依据？”大缯不解。

可可竖起中指。

“……你够了啊。”大缯语带威胁。

“认真说，从中指的指尖皮肤上接触到的毒物，你不会直接联想到一些不堪入目的画面吗？”可可咬着勺子口齿不清地说，“但是转而一想，不可能是从下身那里……根本不可能从人体表面接触到这种毒，否则对方也死了，如果对方死了，杨树同难道不会警觉？……啊总之，王涛在排查所有书房里扫荡来的第三批物证，可能是平时手里捏的笔啊，或者奇奇怪怪的东西反正。”

“第三批？你们到底从书房里拿了多少玩意儿？”

可可自豪地咬着勺，“除了墙纸以外的一切！”

大缯替王涛默哀了一下。

“那你们接下来要排查所有杨树同的学生？”可可问。

大缯无声叹息一下，想到杨树同的社会关系可能涉及面挺广，就觉得同情王涛简直五十步笑百步，“应该是从学生或者同事开始排查，我初步怀疑一些高学历的社会人士，很可能教化学或者从事相关行业，才懂得怎样用氰化物。”

“同学校的化学老师？”可可不甘心地重新翻菜单，可可奶茶可可奶茶为什么没有可可奶茶。

“杨树同的妻子说进出家里的只有学生和自家人，没有邀请过同事来。”

哼，可可啪地合上菜单，邀请同学到家里一对一补课？这么单纯的事到了某些混账那就变成了修罗场。

大缯沉吟一会，“还没证实的事情，别乱猜测。”

“啊这事儿很容易证实，他又不是第一个把学生带到自己家干坏事的，日本早有这样的多起案例，这些混蛋还会等没人的时候一个人在书房里回味犯罪场景……”可可的话一滞，搅拌奶茶的动作都停了下来。

“……怎么了？”大缯问。

“你、还记得书桌上那个玩偶……啊啊，我怎么才发现！”可可慌乱地从口袋里摸出手机。

“什么玩偶？”大缯还想继续问，看可可的架势，看来这顿饭得提早结束了，伸手招招，“买单，打包。”

王涛瞪着面前桌上透明物证袋包好的玩偶，这是一个带着棒球帽的小孩，仿佛刚打完球累坏了，坐在地上咧嘴大笑着，两腿呈 M 型弯曲着，脑袋朝天，嘴巴夸张地几乎占着一半脸的大小。

可可旋风一样冲进了门，“朕来了！王爱妃呢！”

王涛斜眼看她，“出去。”

“诶诶别闹，玩偶呢？”可可问，“手套手套，棉签棉签……”

王涛差点掀桌子，“谁先闹的啊？”

站在门口的大缯发出一声冷哼，王涛和可可瞬间摆出一脸正经。

“你男朋友在居然都不收敛一点，你个妖怪！”王涛压低声音。

可可带好手套和口罩，嗫嚅，“我以为他去办公室了。”

大缯又哼一声，附带冰冷眼杀。

王涛扶额，碎了碎了，觉得自己快被某些人射过来的眼刀切成碎片了。

“诶这个浔法医啊，我已经对这个玩具表面采样检验过了，表面没有氰化物啊。”王涛努力保持一脸严肃正经。

“那是你没找对地方，”可可戴着口罩的声音有点闷，她用白手套打开物证袋，然后突然想起，“诶诶都带好口罩！”

直到三人都全副武装了她才继续，玩偶看起来像是全部塑料做成的，分量却很沉，可可猥琐地将棉签在玩偶的两腿中间擦拭了一会，扔进检验试剂。

三人眼见着试剂快速地变了色。

“这也……”王涛瞪着试剂一脸哭笑不得。

“太猥琐了。”可可点点头。

大缯瞟她，“能想到的人也够猥琐的。”

可可白他一眼，“谢谢领导夸奖，我猥琐我自豪。”

王涛重新拿起玩偶，试着模仿动作，“这么说杨树同是这样去摸这个玩偶的胯间……啧真恶心、然后沾上了剧毒的……”突然间王涛觉得一股苦杏仁的味道扑面而来，就算戴着口罩都没能避免，他一口气被呛得，手上的玩

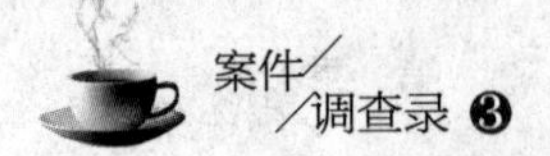

偶也落了地。

“怎么了？”大缯和可可一脸疑问。

“唔……呼……那玩意儿喷气体……氰酸……”王涛边说边察觉到呼吸困难。

可可和大缯只愣了一秒，立刻跳了起来。

“快，把他拖到外面去呼吸新鲜空气！”可可话还没完，大缯就把王涛带出了门，可可转身飞速跑去办公室找来氧气面罩给王涛戴上。

还好之前的保护措施还算够，王涛误吸入的毒性很轻微。可可将玩偶从地上捡起，小心翼翼放进完全密封的透明检验箱，再试了一下，三人眼看着诡异的玩偶，只要在胯间的部分稍加用力按下，裂开的大嘴就会喷薄出一些气体。

“氰化氢。”可可的表情从未有过的严肃。

“这样不仅在触摸时会从皮肤吸收，呼……”王涛摘下氧气面罩说一句吸一口氧气，“还会因为喷出的氰化氢气体吸入中毒，呼……”

大缯皱着眉在房间里转了半圈，“这么说……这人是打算置他于死地。”

“我觉得恰恰相反，设计这么精巧，也许还带有另一种意思……”可可看着玩偶的眼神很复杂。

“如果杨树同已经不再对小孩子动邪念，也就不会死。”

05 聊天群

杨树同的妻子看看白翎手中的照片，又看看白翎的表情，神情冷漠而疑惑，“这个……玩具，有毒？”

“对，所以我们想知道这东西的来源。”

妻子看起来犹豫了下，才道，“我……和老杨……他除了吃饭睡觉，其余时间他几乎都躲在书房里，备课或者给学生补课，所以并不是什么都知道……”

白翎转眼一想，“您平时不进书房？”

“偶尔进去，帮忙扫扫灰。”

“这个玩具就摆在书桌上，应该就是最近才摆上的，您记得最近有没有什么人来访？或者……有没有什么快递？”

妻子侧着头似乎在努力回忆，“哦！对！月初，就是一周多前，是老杨从教27年纪念日，他不想去学校应酬就在家呆着，然后有一个快递。我们家啊就我们俩老人，哪来的快递，是给老杨的，他直接拿到房间里去了。”

“您没看见是什么快递吗？”

妻子缓缓地摇着头，“没，但是下午我给他端茶，就看到他桌上有这个玩具，他当时正在看自己教的学生名册，还拿起这个给我看，说瞧，学生送来的纪念，还笑得很开心……”

眼见人说着要哭，白翎赶快转移了话题，“那快递的盒子包装什么的，您还有留下来吗？”

“哦，哦包装，我留下了带有气泡的塑料纸……我找找……”

“薛阳，来考你，这里面一股什么味儿！”白翎拿着物证袋包裹的气泡纸，兴致盎然地看着薛阳。

薛阳正对着电脑屏幕，只瞟了他一眼，“苦杏仁味。”

“诶诶你都不闻闻看怎么妄下判断，这不符合刑侦的严谨性！”小白抗议。

薛阳看都不看他，“一边玩儿去，哥哥在排查监控，忙。”

白翎不吱声了，沉默地走回自己座位上，又起身，拿着物证袋直接送去物证科。

物证的人都在外出办案，白翎的脚步在走廊上踢踏了两圈，咬咬牙，走到了法医科。

“浔姐，那个，那个玩具可能是通过快递包送来的，薛阳正在查小区的监控录像，这是杨树同妻子提供的快递包裹纸，也许沾有氰化物。”白翎说着，将袋子放在桌上。

浔可然看他眉目下垂直盯地板，笑言，“怎么，苦杏仁吃多了？说话都磕绊。”

白翎无声息地走开两步，“那就先这样，谢了。”转身逃一样快步离开。

可可回身看了眼一直把脑袋埋在电脑后的苏晓哲，眯起眼，“你们俩为了妹子的事儿，到现在还没和好？”

晓哲低着头，假装自己没听到。

可可想了想，“晓哲啊……”

“浔姐检查的东西我做好了，”苏晓哲跳起身，“还有别的事吗？没有的话，我今天得赶回去，这几周要交毕业论文了。”

“毕业论文你上学期不是请假了一个月写吗？”

“啊对，所以这几天要答辩了……答辩。”苏晓哲看起来理直气壮，眼神却不敢与可可对视。

可可想了会，笑着挥挥手，“答辩大便滚滚滚。”

无处安放逃避纠结的青春啊！

白翎回到办公室时，一群人正围在薛阳的电脑屏幕前。薛阳却正站在一旁，看到他来，招了招手，“找到那个快递员了，小区门口的监控还有转角的监控都拍到了他。”

出现在屏幕上的男人一直低着头，身穿很普通的衬衫夹克，进入小区的时候手里抱着一个盒子，大小类似于鞋盒，在小区里熟悉地转弯，再转弯走到了杨树同家门口。

“熟悉地形，来踩过点。”副组长在一旁点着头。

薛阳却不同意，“也有另一种可能，这家伙以前来过杨树同的家。”

“那就是熟人作案了。”

“这家伙……左腿走起来有点瘸？”大缯凑近了屏幕，“这里，他走到这里时看得比较清楚，左腿比右腿稍微扭一点。”

“诶小薛，你排查过正面照吗？”副组长问。

薛阳有点无奈地摇头，“我一帧一帧查过，没有正面照，这家伙戴着帽子还低头，摄像头根本拍不到正面。”

“出了小区后沿路的摄像头呢？”

“小区外隔一条街才有摄像头，但没有出现这个人。”

“快递一般都骑助动车，这家伙应该不是真的快递员，所以出了小区，会不会上了私家车。”

“那我把小区外两头的马路探头拍到的车牌号都查一遍。”薛阳边说边打开了记事本，准备抄下所有车牌号。

副组长摆摆手，“这个你让王爱国来吧，他小子电脑好，排查一遍车牌又快又准，对吧小王……诶？王爱国！”

“啊？啊啊在！”王爱国好像刚从别的星球上听见母星的呼唤，猛地从自己的电脑桌前站了起来。

“你忙什么呢？”大缯也注意到了他不对劲，问道。

技术死宅王爱国挠挠头，有点不好意思，“我怕给你们添乱，没说、那个……我好像发现了一个聊天群，和杨树同有关。”

“杨树同参与的聊天群？你从哪查到他的网络账号？”大缯直起身就向王爱国的桌边走去。

“我本来是在找他的账号，我想他一个老教师，应该是与时俱进的，不过查到了别的地方，有个聊天群有多次提到过他的名字，我从聊天记录里发现的……”

“说重点。”大缯习惯性打断王爱国的唠叨。

“哦，重点是，这个群里好像都是被……被杨树同那啥过的，学生。”

王爱国领命混进了聊天群，一步步获得了大多数聊天群里人的信任，最让刑警队的人意外的是，帮他们做信任保障的，居然是之前抓过的小子——张靖韬。

“那些警察，不是不讲理的坏人。”张靖韬在群里这样说，才让其他人放下了防备。不过同意出来和警察聊一聊的，也只有寥寥数人。

杨树同案发第四天，晴天，午后。

大缯和可可推门走进包房的时候，圆桌上坐着的几个男人都愣了一下。

目光流转中可可发现，大约是因为自己是女的，所以对面几人不太好意思？

“你是小张说的那位……”坐在中间的男人看起来很普通，首先开口。

大缯摇摇头，“不好意思，我同事有其他紧急任务，你们放心，答应的条件一样，只是了解情况，绝不会将你们的信息泄露。”

中间男人微微颔首，和两旁另外三人悄然对了下眼神，“你们……想问什么。”

“杨树同是你们老师？”

“对，数学老师，有些也是班主任。”中间男人说。

可可忍不住插话，“你们是同班同学？”

“不，”依旧是中间男人，“我们不同届，都是……那人的学生，都是所谓‘优秀潜质’的学生，去他家……补过课。”

大缯了然点点头，“我接下来问得直接一点，希望你们别介意。”

“没错，不要在意我是女的，其实我和你们一样喜欢女人！”可可试图调侃的行为被大缯狠狠瞪了下。

其他人依旧面无表情，可可认得那样的表情，忍耐、忘记自我、试图麻木……

大缯也察觉到了几个男人表情的深冷，“杨树同对你们每个人都有过，骚扰行为？”

中间男人露出一丝愤怒，“那不叫骚扰，直接说，是性侵犯。”

“嗯……每个人都有？没有人说出来？”

中间男人从口袋里掏出烟，几个人面无表情地分了一根点起，朦胧的烟雾似乎掩盖了尴尬，其他人也开始断断续续开口。

“那年代谁懂这些，那王八蛋只说这是单独补习的代价，如果不听话，有的是别人想让他单独补习。”

“哼，老子到大学毕业才明白当年发生的都是些什么事儿。”

“如果不是遇到……你们，我一直以为是我、因为我的错才让杨老师那、那样对我……”

“你居然还叫他老师！”

“当然不止一个，我也是这么多年折磨后才反应过来，说不定我不是唯一的。”

几个男人你一言我一句地回答着。

大缯看着中间男人，“你们是，怎么找到……”他指了指几个男人。

中间男人掐灭烟，“我发起的，我偶然中发现了我不是唯一的受害者，觉得这些年痛苦找到了口子，那几天我发了疯一样找私家侦探查到了每一届杨树同带回家补习的学生名单，然后一个一个发短信问，然后才组织了这样一个群联络组织。”

共同的痛，共同的伤，看看彼此，苦笑着一步步往前走。

“你们大约有多少人？”大缯问。

“不少于 60 个。”另一个男人说。

这下可可也难忍惊讶的表情，“真的假的？”

“觉得多吗？”中间男人深呼吸、叹气道，“哼呵……模范教师，从教 27 年共教过 41 个班级，其中男学生总计过 800，还不算外面迎着名气主动找上门求补课的家长。私人侦探给我的资料中，被他挑选曾去家里补习过的男生，能明确证实的就有 84 个。”

大缯皱着眉也掐灭烟头，“我们需要那份名单。”

包间里的烟雾浓郁而沉烈，似乎连空气的颜色都变蓝了。

中间男人面沉如水，“不可能。”

气氛瞬间僵硬。

可可看看左右，缓缓说，“我……明白你们的感受……但是杀人就是杀人，不管你们是否交出名单，我们都会查到最后。如果你们帮忙，事情会更快地结束。”

旁边三个男人，一个低着头，一个犹豫地看着中间男人，另一个把表情掩盖在浓浓的烟雾缭绕后。

中间男人沉吟了会，“我一个个发消息联络这 84 个名字时，有三个电话是老人接的，那三个号码的主人已经自杀了。全中国的自杀率为百分之 0.023，我们……”他指了指彼此四人，“百分之 3.6。所以，算我请你们高抬贵手，放过我们这些有家有工作的人，别再让这个数字往上升。”

男人们没再多说，中间男人一起身，其余都纷纷站了起来。

大缯盯着他们离开的背影，发觉中间那个男人每跨出一步，左脚都轻微踮起一点。

走到门口，另一个男人突然回了头，“警察同志，不怕说实话，不管是谁杀了杨树同，我都发自内心感谢他……他终结了太多人这辈子的噩梦。”

男人们离去，烟雾缭绕的空气依然混沌。

可可安静地坐在车里，目光穿越眼前的一切，飘向很远的地方。

大缯打完了最后一个电话，坐进驾驶座。

“你还是安排跟踪他们了吧？”可可目光没动，问道。

大缯递过来一个明知故问的眼神，启动了车，“小白他们分头去追了，在保护他们的隐私之前，我们更要优先破案，可可，你明白道理。”

车窗外的风景在变，可可依然没怎么动，安静得似乎变了一个人。

沉默了许久后，大缯才想起，“你刚才说明白他们的感受，是什么意思？”

可可不言，连眨眼都没有。直到好久，久到大缯都放弃等待回答的时候，她才温温地开口，“我遇到过。”

大缯差点一脚踩下刹车去，但常年锻炼出的镇定起了作用，他处变不惊地继续开着车，心里早就转过千重山。

"……没那么严重的，只是被陌生的叔叔调戏了一把，在儿童乐园里玩的时候。"语气如同在讲述听来的温吞故事，"他骗我说做游戏，把我抱在腿上，伸进我衣服里乱摸了一通……直到我大哭着叫姐姐，他才仓皇逃走。"

留下懵懂而恐惧的小女孩站在乐园里，衣衫凌乱，放声大哭，太阳慢慢下山，直到喉咙已经嘶哑地发不出声音，直到被家人找到。

大缯深深皱起眉，"什么时候的事？"

"四岁一个月的时候。"她刚过完生日，她记得妈妈说她是个大姑娘了。

"这么小！你会不会……记错了？"

浔可然这才慢慢转过头看他，"我也许记不得四岁穿过哪些衣服鞋子，也许都记不得我小学老师的名字，但我很清楚地记得那个人穿蓝色工作服，灰色运动鞋，右手虎口有一道疤痕，还有，在我耳边喘息的每一口气都带着机油的味道。"

大缯没有发觉，自己握着方向盘的手指用力到关节都发白。

"我只是被调戏了一下而已，你能想象，那 84 个人是承受了多少东西一路走下来的么？"

大缯又一次想起曾听老队长讲的那句话：有些作恶，远甚杀人万万倍。

06 何萧易怒

一个人的童年，究竟对个性的形成有多大的影响，这个问题最近一直在大缯的脑海里徘徊。他仔细回想了下自己的童年，似乎都在打架、抄作业、打篮球中度过了，也考试不及格挨过打，也暗恋小姑娘结果连表白都没有，考警校，当兵，拜了老队长做师傅，一路走来说有什么特别的地方，似乎也说不上。没有经历过别人的痛自然也无法理解一个人年少的痕迹，会对人的一生有多大的影响。

就好比他现在抽着烟，对着桌上的资料分析了半天，也想不通这个罪犯的思路一样。

做出那样精致的玩偶，外壳无毒，内部充满固体氰化钾，只在胯间露出氰化钾部分，而且按压胯部会从嘴巴中喷出少量氰化氢气体，这两种物质都属于一级剧毒，公安一直严密监控，不可能有人随随便便就拿到，除非这人自己能合成氰化物。而且不论是哪一种，此人都心思缜密，手巧，化工知识丰富。

但是如果是因为小时候被性侵而复仇，为什么是现在才开始呢?

指尖的烟快烧到尽头，大缯还凝固在原地，静静地用思考等待着。

桌上的手机震动响起，他快速地接通。

“周队，是我薛阳，你猜对了，那个左腿有伤的男人、就是你说的中间那个，名叫何萧，是那个聊天群的发起人。”

“职业？”

“设计汽车配件的工程师。已婚，没有孩子。关键在，”大缯听到电话那头的人咽了下口水，“这家伙的车牌号，出现在了那个快递员消失之后隔一条马路的监控上。”

“就是说，快递员可能出了小区之后，上了何萧的车离开。”

“或者送快递的就是何萧本人！”就算通过电波，也难掩薛阳兴奋的调调。

大缯忍不住提醒他，“别高兴太早，先请过来谈一谈，毕竟现在没有任何证据，只是车牌出现在小区门口，有各种意外的可能性。”

掐灭烟，拿起沙发上的外套，大缯就听到踢踢踏踏的脚步声。

母亲从厨房里探出脑袋来，“诶诶，怎么现在就要走？”

“嗯，”大缯应付着开始收拾桌上的资料，“你和爸自己吃吧。”

母亲露出欲言又止的哀伤。

正巧门开了，父亲拿着一大袋菜，笑呵呵地：“诶诶老太，这些虾活的，快烧了烧了。”转身看到大缯站着，硬是一愣，“你……不吃饭了？”

大缯看看一左一右的父母，突然心口一阵酸，他扔下手里的资料，“不急，吃完饭我再去。”

前一秒还愣着的父母，一时间都笑开了。

“诶诶儿子啊，你啥时候带女朋友回来啊，听说也是公安里的？”母亲擦着手还想问，被父亲推进了厨房，“烧虾烧虾，儿子忙得什么似的，你就关心这点事儿，虾死了就不好吃了，快烧好吃的！”

大缯无奈地笑笑，坐回沙发，看了眼手机。

“何萧？”可可摘下手套，她刚从协助另一场验尸台上下来，耳朵边夹着手机，“哦就是那个代表发言的啊，唔……的确看起来在几个人当中比较主动强势些。”

电话那头大缯问，“你现在有找到什么指纹啊 DNA 什么的吗？”

“玩偶我用熏蒸法试过了，表面除了裆部杨树同的 DNA，没其他的，气泡纸一面都是气泡没法采指纹，另一面有零碎的掌纹，和两三个不同的指纹，但是表面有积灰，我估计是以前别人留下的。”

“那就算我们找到了可能是快递员的嫌疑人，也无法验证身份？”

可可的回答迟疑了一会，“……大概，只能靠搜索那人的家，找到氰化物相关的证据才行。”

“嗯……你要来我家吃饭吗？”

可可翻报告纸的动作一滞，“好……啊？什么？”

“来我家吃饭。”手机里传来的声音一字一顿。

“……为什么？”

“嗯……我爸妈一直想见见你。”大缯决定直来直往，不给那个擅长逃避的家伙留有余地。但电话那边却也直接地给予了沉默，长久的沉默。

“可可……”

“还是等忙过这一阵吧。先不说了，我这里还没检查完，拜。”

嘟……嘟……大缯对着迅雷般挂断的电话皱起了眉。

被瞄准的兔子咻一下，逃出了猎人的视线。

啧啧，枪放早了，猎人龇牙咧嘴，继而自嘲地笑笑。

不过不急，来日方长。

何萧来得很爽快，他一言不发地进了会议室，大大咧咧地坐下来，“找我干吗？”

大缯递上烟，何萧摆摆手，“我这人直来直往，警察同志，有话直说好吧，别浪费我时间。”

“你好像一点都不在乎被我们叫来。”大缯笑笑，自己点起了烟。

“哼，我又不是那个做了见不得人事儿的，干吗怕你们。”

大缯点点头，“听说你修汽车？”

“设计汽车。”

“设计？画画图纸？”

“对，画画图纸。”

“哦，不用下工厂去？”

“在办公室画图纸，然后把图纸弄到电脑里，工厂那块和我没关系。”

“哦，那你脚怎么瘸了的？”

“……不愧是警察啊，观察这么仔细，前两天扭了下……怎么？杀人犯脚也一瘸一瘸？”何萧的冷静，甚至可以说冷漠而高高在上的感觉让大缯很疑惑。他似乎非但不反感，甚至略带得意，“不会这么巧吧？哈哈……”突然又沉下脸，“我以为你们是把我们聊天群里的一个一个请来了呢。”

“不，我们就请了你一位。”大缯不动声色地试探道。

何萧浮夸的表现沉了下来，冷了一会才道，“因为我是聊天群的发起人？”

大缯不回答，反而摆出一张照片在桌上，“何先生，这辆车是你的吗？”

何萧看一眼照片，又看一眼对面的警察，终于开始露出些担心，“是我的。你们真怀疑我？”

“上周末你在哪儿？”

何萧愣了会，突然松口气，“……出差。真的！你们不信问我单位，我从上周三开始去外地出差了。有发票，有宾馆记录，还有……啊还有同事一起，周四学习，周五开会，周六交流会议，周日聚餐，多得是同事证明。”

大缯抬眼看了下站在一旁的薛阳，后者点点头了然离开。

“而且那车挂在我名下，但平时都是我老婆开，再说这牌照也可能是套牌，你怎么证明是我的车，怎么样，没招了吧哈哈哈、哈哈……”何萧脸上又出现了那种浮夸的神情，自顾自张狂地笑了两声，突然又沉了下来，表情的阴晴转变毫无由来地飞速，让人背脊梁觉得寒冷。

大缯察觉到了这一点的时候，何萧自己也察觉到了，他没由来地自言自语，“不好意思让你看笑话了，警察同志，我啊，经常被人说有时候疯疯癫癫。大概是疯狂的事情遇到太多了。”

“你上次说你们共有除了你以外 83 个人，但是聊天群里好像只有三十多人。”

“哼，那又怎样，有的人被过去坑了一辈子都忘不掉，有人决定忘记那些事儿，好好享受人生，有什么不对？大家现在都是成年人，有家有儿子女儿，大多数啊，都不愿过去的破事毁了现在辛辛苦苦得到的。”

“那你呢？”

何萧一愣，“我么……我就是气不过啊！”

说得很认真，大缯却从中听不出任何愤怒，他突然想到古吉，话锋一转讥讽，“是不是你的婚姻幸福，受到了过去什么影响？”还附带要笑不笑的神情瞄何萧下方一眼。

砰！

何萧猛一敲桌，“你什么意思！”

哦哦，这回倒是真的愤怒了，看来何萧的生活未必如表面那么平静，“何先生生气什么？我不过随口一说。”大缯淡定地说。

何萧压抑着瞬间的爆火，“还有什么问题吗警察同志，没有我就回去了。”

“最后一件事，何先生，请把那 83 人的名单……”

“免谈！”何萧干净利落地起身。

“你知道我们可以直接从你的各种信息渠道搜查到，我不过是客气地先和你商量一下。”

“那也没门，我告诉你，你如果没有搜查许可就乱查我的信息，我就去告你们！”何萧飞扬跋扈地走出会议室，还不忘狠狠地摔上门。

大缯看着被震下蓬灰的门，手指敲着桌面，这家伙的不在场证明多半是真的有，明明一样左腿有瘸，车还出现在小区门口路段，但却有该死的不在场证明……

大缯仿佛听见线索断裂的声音。

07 哑笑田华

咕嘟冒着气的热水冲入茶包，加上巧克力粉，搅拌中腾升而起飘逸的巧克力香。

“那如果是何萧雇凶杀人呢？”可可拌着马克杯，脑子和杯中的漩涡一般旋转。

大缯斜赖在沙发上，法医科的办公室很小，但可可早先不知道从哪折腾来了一长条沙发，躺着还非常软乎，搞得大缯不停打哈欠。“我也想过，但是我总觉得，何萧这份仇没法交给别人去报，如果让别人动手杀了杨树同，根本不能解开他的心结，所以这事儿要么就是何萧有诡计，要么就是凶手另有其人。”

可可没有应声回答，她抱起笔记本坐在沙发前的地板上，屏幕上浏览着近几年少有的几起氰化物案件，“氰化物都是化工厂的意外事故，还真没什么人用这玩意儿杀人。”

大缯居高临下正好盯着她白皙的后颈，眯起眼没吱声。

“不过好像网上有卖这东西，靠不靠谱啊，要不我买点来对比看看？你说会不会那个诡异的玩具是网上直接有人做好的？”可可端起马克杯，抿了一口，“诶你们到底查到玩具……”突然后颈被一拉，可可只觉得面前的光被遮住了。

大缯的吻粗暴而漫长，可可伸手捏住他鼻子才将之终止。

“感觉怎样？”大缯坏笑。

“啧啧，深切地感受到了烟草的浓郁气息。”

“扯！今天没抽多少。”

“哦，原来还是昨天的二手烟。”

大缯眯起眼，伸手就来捏可可的脸，被可可一晃躲开，“诶，我警告你，工作场合，严肃正经！”可可边说边站起身，一腿压在沙发上，居高临下地看着他，“还有，科学地说，别以为抽了烟晚上刷了牙就好了，烟渍会留在你的牙齿缝隙、舌苔等……”

大缯根本不等她说完就直接扑了上去！

兽性大发的结果就是两人谁都没注意可可手上还拿着一大杯的可可奶茶……

浔可然看着湿漉漉的沙发，缓缓抬眼瞟向大缯。

大缯 ：“我有遗言。”

可可 ：“给你三秒。”

大缯 ：“我爱你。”

可可一愣，脸颊上露出温柔笑意 ：“给本王圆润地出去。”

门被砰然关上，被赶出来的大缯挠挠头，最近怎么老是被人摔门，然后抱起地上一同被扔出的沙发罩，吹着口哨走了，这么大个玩意儿怎么洗好呢？

屏息听着门外口哨声渐远，可可靠着门板缓缓地呼出一长口气，然后猛地蹲下身来捂着脸。啊啊啊啊啊那个该死的随口就能说出那三个字的流氓应该关进冰库里去！啊啊啊杀千刀的本王才没有脸红呢去他的！

男人踏上机场专有的地面电梯，任由脚下的传送带将自己送向机场的出口。国外的风光很好，但他的心情却很沉重。

“田华！”不远处穿着机场制服的人跟他打招呼，“嗨，不是说你出国旅游去了吗？刚回来？不会吧，你出国就带这一个小包？你可够潇洒的哈。”

田华微笑着点点头，扶梯不断前行，那人很快就擦身而过。他转过头，看着落地玻璃窗外的风景。偌大的白色飞机正一点点挪出轨道，就好像他的生活轨迹一样。总有人说他，“田华，你真是个老实的男人。”连网上找到的相亲对象最后也是这样拒绝他的。老实，或者说无聊，几乎从来不笑，刚进机场工作时被前辈们欺负，也完全不会生气。渐渐地大家都达成了共识，田华是个勤劳、认真而木讷的男人。每年到生日那天时，收到的顶多是各种商店发广告一般发来的祝福短信，公司里热心的阿姨们常常给他介绍些女孩子，他总是去见一次面，然后就不再联系。

他这种人，哪有资格娶老婆呢，岂不是害了人家——夜深人静时，他经常这样想着，然后辗转反侧到天明。

同事们听说他居然要请假用一用公司出国旅行的福利，都拍着他的肩膀笑道，你小子也开窍了懂得享受生活了哈。

窗外的飞机慢慢滑出了对接口，准备上跑道。连飞机都有起飞的一刻，不知道他起飞的那一刻，还要等多久。

扶梯到了尽头，一个熟悉的前辈突然点点头向他走来，身旁还跟着一位不认识的警察。

“田华，欢迎回来，这位警察有事要找你。”前辈有点不知所措地看了看身旁的人。

“你好田先生，请这边坐下来冷静地听我说。”警察指着不远处的长椅。

田华习惯性地面无表情，他早就在多年前就练出了这份冷淡，“有什么事直说吧。”

警察迟疑了一下，“田先生，我们今天上午发现您父亲在自己家，去世了……”警察观察了下田华的表情，后者只是低下眉，“警方正在调查现场，所以……”

“他是怎么死的？”

“这个正是我们要调查的，您现在是要回家去吗？或者要去现场，警车就在外面等着。”这家伙看起来，真是少有的镇定，警察心想。

“你们要调查……他不是自然死亡，对吧？”

警察看着他，没有说话。田华突然捂住嘴，蹲下身，身旁的两人以为他这是突然要哭了，忙安慰着，“田先生，你如果不舒服我可以送你去医院。”

不料田华一抬头，两人震惊地看到他居然无声地在大笑，咧大了嘴扭曲的笑容，让前辈甚至吓得后退了一步。

田华慢慢才恢复了面无表情，站起身，拍拍衣摆，“前辈，麻烦替我请两天假。”

被叫前辈的男人僵硬着点了点头。

田华转而看向警察："我不需要去医院，该去哪去哪，还有……"

飞机起飞的轰鸣声中，警察觉得自己大概听错了田先生说的话。

"那畜生只是法律上的养父而已。"

田华转头，看到天空中，一架飞机正冲向云霄。

天气很好。些许飘浮在空气中的柳絮打着圈，落在可可眼前的马路地砖上。

可可站在门口等里面的人沟通，其实她很想直直地冲进去观察尸体状况，无奈这里不属于他们的管辖区。

同行之间要礼貌，要友爱。副组长像教育闺女一样对她说，然后就把她晾在了门外。可可抬头看看天，又低头想了想，从口袋里掏出珍宝珠正打算拆，副队长的破喉咙就叫上了，"诶诶吃糖的那个法医进来啊。"

一时间周围站着的都看向了她，可可决定回去送他一盒上好的苦丁茶，苏晓哲喝一口就被苦哭了的那种。

"死者名叫宋政，算是个无业中年吧，没结过婚，以前从孤儿院领养过一个小孩，现在小孩长大了就搬出去了。"副队长一边领着人走进这间昏暗的老房，一边解释情况。

"为什么叫我们来？"可可最不解的主要是管辖不属于自己，很少有同事会把自己辖区的事情交给别人插手。

"因为氰化钾。"不远处一个白大褂用闷闷的声音回答道，顺手还递给可可一个口罩，"发现人死了的是邻居，现在在医院治疗，应该是也吸入了少量氰化物，有呼吸困难症状。不过房间通风现在已经好多了。"白大褂一路带着可可走近卧室，尸体正斜趴在床侧的地板上，床上凌乱，地板上不远处地上有个碎了一半的杯子，水都撒了出来。

可可观察了一圈，卧室很乱，唯一的光源窗户却很干净。

白大褂在自己手上的笔记本上写着什么，"我估计他是睡着的时候中的毒，立刻感觉到不舒服，打算喝水却没力气站起来，从床边滚下来，还伸手去拿床头柜上的水杯，导致杯子也落了下来，最后就这样趴着死在地板上。"

可可从窗户往外打量着，马路上围观的人群密密麻麻，都伸长了脖子，还有年轻人拿着手机不断拍照，时而被管秩序的警察阻止。

白大褂看她都没留意到自己的分析，好像有点生气，“浔法医。”

“嗯……嗯？”可可回过头，“哦，我听见了，那个，你确定是氰化物中毒？”

“确定，我进来的时候还有明显的苦杏仁味。说实话我也从来没遇到过氰化物的毒杀案，所以上周系统里你们局上传的案件简报我多看了两眼，所以这里一出事我就叫人找你们去了。”

可可点点头，露出一个善意的笑，然后反应过来，戴着口罩微笑个什么劲。她指指窗外，“为什么那么多人？”

白大褂看一眼手表，“现在还算好的，等过半小时对面的小学放学了，你才知道什么叫人多。”

一种跳跃的直觉出现在脑海里，“对面是小学？”

“小学初中合在一起的，绿的是小学的楼，紫的是初中的。”

脑海里突然产生了一定的联系，可可又回头看了眼干净的玻璃，厌恶地皱了皱眉。

“你们那案子的氰化物从哪儿来查到了吗？”

“嗯，一个桌上放着的玩偶，同时有固体和气体两种氰化物。”

“啧，都是剧毒，够狠的……玩偶？这家伙死亡时间大约在凌晨，谁会在凌晨去碰一个玩偶？再说，这也没看到什么玩偶啊。”

可可绕回到卧室门口，门把带着常年残留的油腻，指纹清晰没有被擦掉，“外门没有破坏？”

“没有，等下他们会去查门口马路的监控探头，据说照着学校门口的摄像头能拍到这家的正门。”

两人站在卧室门口，戴着口罩，目光一遍遍流连于这混乱的房间，到底哪一样东西是带有一级剧毒的呢？看起来灰不灰白不白的衬衫扔在床架上，床头柜上烟灰缸外还撒着不少碎烟灰，单人沙发上窝着毛巾，杂志，空调说明书一堆杂物，简直不知道他怎么坐得下去，还有那张看起来就乌漆墨黑的床……空调说明书！

可可一把拿起空调说明书，猛然转身瞪着墙壁上方，“空调是新装的！”

两人的视线一同上瞄，崭新的空调并没有在运行，但排风口的叶片没合拢。

白大褂一拍脑袋，“怎么忘了这个，小张！快去空调外接口取样！”

08 嫌疑人？我！

因为跨越区域较大，而毒杀的尸检必须尽快完成，以免毒性分解改变，于是尸体被就近拉到了白大褂所在的分局做解剖检查。可可顺其自然就跟着，白大褂和她走在分局的走道里，有一句没一句地聊着，却突然发现身后的人不见了！

一贯目无纪律的法医才不管谁的地盘，在她瞟到副队长带着一个面无表情的年轻人走进审讯室后，她瞬间就漂移着跟了过去，无声息地跟进了审讯室。

副组长瞟了她一眼，可可贴着墙角往后缩了缩，你看不见我看不见我。

“田先生，你确定不需要休息一下？”坐在田华对面的就是从机场接他来的警察，不知道为什么，他总觉得始终平静如一的田华是个可怜的家伙。

田华依旧低着头，粗犷的副组长才不理这些，“那我就直接问了田先生，你和宋政的关系是？”

“我和这位警察说过了，法律上，他是我养父。”

“你们关系不好？”

田华低眉想了一会，“我很感激他每次都留我一口气，让我能活到成年。”

审讯室里几个人不由地对视了一下，副组长看到可可一脸果然如此的表情。

“能……详细点说吗？”对面的警察有点小心翼翼地问。

田华掀起袖口，一个丑陋的疤痕出现在众人视线中，“八岁，因为我不肯用嘴和他发生性行为。”微微掀开衣领，一长条刀痕出现在侧后颈，“十一岁，因为我对他的强暴反抗。身上其他地方还有十几处这样的疤，就不必多看了吧。”

审讯室里一时寂静无声。

过了好一会，副组长才转开话头，“听说您最近几天不在国内？”

“对，我在机场做事，工作满三年之后，可以每年免费乘公司的航班出去旅行一次。最近天气好，于是我就出去旅游了。”

副组长露出恍然的神情，“一个人啊？”

田华点点头，“我这种人，怎么会有女朋友。”

“那可不一定，”副组长习惯性讪笑，“田先生长得挺帅的啊，不像我们这种粗汉子。”

田华又低下了头，死寂。

感觉到旁边警察看了自己一眼，副组长才稍有察觉自己说的话不太合适。

“除了你，宋政还对别人有兴趣吗？”可可突然这么直接地问，让周围的人都尴尬起来。不料田华还是那幅沉如死水的表情，“据我所知，他对年纪小的男孩子感兴趣，从我十三岁之后就不再碰我，只是随时随地打一顿撒撒气，后来我力气也大了，他就不再惹我。至于其他人，我很怀疑他有没有那个胆。”

可可张嘴还想问什么，审讯室的房门突然被打开，白大褂探进来半个脑袋，“你在这里哦，解……检查要开始了，要我等你吗？”

不守规矩的法医正在犹豫，副组长挥了挥手，“把她带走。”

某人不情愿地被揪走了，心中默念着大包苦丁茶、超大包苦丁茶，混颗巴豆进去。

“不好意思，我们有些警察说话不经脑子，”副组长讨好地笑，“不过你知道，有些例行公事还是要问的，你上一次和你养父联系，是什么时候？”

“去年过年。”

“你去他家？”

“不，打了个电话。”

“呃……那你最后一次见到他是？”

“五年前。我跟他说，‘你最好这辈子都别出现在我面前。’我打电话去，也不过是看看他还活着没。”

“你在机场具体是做些？”

“地勤，各种费力气的活儿。”

“哦……说实话啊，田先生，你觉得会是谁谋杀你养父宋政呢？”

“我。”田华面无表情地下结论。

周围的人都愣住了。

“如果你说世界上还有谁天天期望着他死，死得越惨越好，那大概就是我了。”

说完，田华脸上淡淡地，露出一个满意的笑。

“我不知道，这家伙的确很有动机，但是他9天前就出国玩去了，而且王爱国从档案里查的资料也不符合啊，大学读的工商管理，毕业就在机场从最低的劳动力一直干到现在的技术工人，哪来的本事搞氰化钾这种玩意儿。”

副队长站在无人的走廊尽头，边打电话边抽烟，“嗯，反正这事儿还得查查，并不并案我也说不好，说不准这个宋政和杨树同有什么联系，那就很可能还有共同的被性侵受害人现在成年了……嗯，啊？哦，你说你家那心肝宝贝啊，当然在切尸体玩儿咯，她还能去哪儿，哈哈……”

解剖室里可可打了个喷嚏，还好带着全副武装的口罩，而且站得离尸体远远的。

“怎么，不过来一起吗？”白大褂的声音从闷闷的口罩后传来。

可可摇摇头，只是看着他如同教科书一般正经的解剖过程，开什么玩笑，这么累的活，干吗要去抢。

“你刚才蹭审讯室去干吗？”白大褂很好奇，做法医的大多数根本不和刑侦一块多啰嗦，按照要求老老实实做好分析，一份报告发出去到刑警那里就能下班了。不过显然，这个法医不是。

“我怀疑这人，”可可指了指解剖中的尸体，“有恋童癖。”

白大褂手上的动作停了下来，“为什么？”

“你还记得他的卧室？到处都脏兮兮的，只有那扇玻璃窗，干净得仿佛每天都有擦过。”

白大褂想了想，“所以？”

可可忍了忍恶心感，“他透过玻璃窗，每天看孩子们上下学，津津有味。”

那些蹦跳着鲜活的小生命，在他眼里仿佛散发着香气的甜品，诱惑着他肮脏的欲望。

白大褂手上的动作不停，有一搭没一搭地问着，“你们那个模范教师的死者，也是个恋童的？”

“嗯，还不止一个受害人。”

“哦……你们找到纪念品了？”

“什么纪念品？”可可疑惑。

白大褂停下动作回头看她，“你们不是通过纪念品确定受害人不止一个的？”

“他那些受害人自己组成了一个组织，才被我发现的。你说纪念品是什么意思？”

“哦，我以为和前几年的一起连环强奸案一样，一开始以为只有两个受害人，后来抓到了那家伙，在他家居然发现了十几条女性内裤，每一条都是他作案的‘纪念品’，这种家伙啊，根本不会停下来，他们抑制犯罪的冲动只有两种，轻的用纪念品回忆一下之前犯罪经过，压制不住了就再去犯罪，啧啧，有时候我觉得国外化学阉割强奸犯的方法也挺好的嘛，有助于阻止他们自己都控制不了的冲……诶？人呢？”

白大褂回头，发现不守规矩的法医又不见影了！

09 学生纪念册

王涛左右看看，物证室里除了他以外的都下班了，才从抽屉里拿出零食，开始啃啃。照规定物证检验室怎么能吃东西呢，但是在这里面吃东西的绝对不是他头一个啊，不过平时不是有同事就是有实习生在，如果自己明目张胆地开吃薯片，以后威严何在！

于是夜里巡逻的警察常常兜到物证法医这一层楼，会听到咔哧咔哧的诡异声响，老一辈的巡逻会告诉下一辈：这是冰柜里那些冤死的啊，不甘心啊，啃着金属啊，想出来报仇啊……恐吓故事年年传，是因为没人打开物证的房门，也没人看到严肃正经的王老师在啃薯片。

所以浔可然猛冲进物证室时，王涛差点被一口薯片给呛死。

“大娘的！敲门不会飞！”满嘴薯片渣导致王老师语焉不详。

浔可然只扫了他一眼，就扑向了堆着最近物证资料的角落。

“诶诶，戴手套，手套！”王涛在身后喊。

可可快速戴好手套开始翻找一箱箱东西，当时因为不确定毒物的来源，几乎把杨树同书房里的东西全都搬了过来，书，不是，奖杯，不是，考试卷，不是……

“你到底找什么啊？”王涛终于忍不住了。

“学生纪念册，我记得那谁说过杨树同的老婆进书房时，看到他在翻自己教过的学生手册，里面应该有每个学生的……啊找到了。”可可说着把一大摞厚实的纪念册堆到检验桌上，“隔壁区那个法医提醒了我，他说以前遇到的连环强奸案，罪犯都会带走一些纪念品，我就想到了这本学生手册，说不定有什么标记，关于他曾经动过的学生……”

学生手册是按照每一届班级的学生名排列的，每人一张照片，男女混搭……

两人傻愣愣地撅着屁股一本本凑在眼前仔细查看，甚至扒出照片看看背面有没有做什么标记……

时钟慢慢走到深夜。

王涛累翻了往地板上一坐，可可合上最后一本纪念册，刚迈开一步，就龇牙咧嘴地捂着腿，麻了麻了麻了……

“残疾人，你欠我的薯片再加十包。”王涛有气无力地说。

“残疾人”可可一蹦一跳地到了饮水机边上，猛灌了一大杯水，“我觉得可以告你敲诈勒索了。”

“欺诈！”王涛指指桌上成堆的学生册控诉。

可可不禁笑了笑，抖抖腿试图恢复知觉。

角落里的物证依然堆得满满当当，可可喝着水心里不断盘量，按照规矩大概过两天这些被排查过无毒的东西就会被还给杨家，如果现在不找到想要的，也许就要自此错过了。但是话说真的会有“纪念品”吗？84个受害人，整整两个班级啊……

想到这里，可可还是觉得自己没有错，她努力忽略残废腿的感受，重新坐在了物证堆前翻找、每本书都大致看一遍有没有记号，每样东西都拆拆开看看有没有什么玄机。

“你还不死心啊？”王涛磨迹着从地板上爬起来，“啊哟年轻真好，查案子也这么积极，秀恩爱也这么积极……我不行，我得回去休息休息。”王涛伸展着身体往门口走。

可可手中的动作停了下来，“秀恩爱？”

王涛正走到门口，扭头暧昧一笑，“下次要秀恩爱记得直接发微博，不必让某些队长拿着‘弄脏的’沙发罩横穿整个公安局哦。”

说罢，扔下呆愣的浔可然，王涛吹着口哨，扬长而去。

过了好几分钟，物证间里才传来一声大声的咆哮，“那是奶茶翻了而已啊喂！”

白翎开着车，眼神瞟了下旁边的大缯，又瞟一下，终于忍不住了，“周队啊，那啥，女孩子啊平时要哄的啊，要发短信说些好听的啊。”

大缯斜睨他一眼。

“唔，不是我说的，小徐逼我说的。”小白瞬间就卖了队友。

“挺会说的啊？”大缯冷哼一声，“你那从苏晓哲手里抢来的妹子呢？”

白翎眨眨眼，目不斜视，开车要专心，嗯。

到加油站时，大缯趁白翎下了车，飞速地掏出手机，发现居然有一条可可的短信，嘿嘿……迫不及待地点开。

你！去！死！死啊混蛋！

大缯面无表情地收起手机，看窗外，嗯，今天月色不错，很适合远距离狙击。

队长大人突然很想开个枪什么的。

两人开着车绕过大半个城市，找到了一栋有些陈旧的老商务楼，根据从何萧的通话记录里找到的线索，大缯他们才确定了何萧提到的私人侦探是谁，这家名叫“唐人街”的小公司在私家侦探这个夹缝生存的行业中也算小有名气。

“找哪位？”开门的男人叼着烟，胡子拉碴，一脸痞气。

“找你调查点事儿。”小白一脸人畜无害的微笑。

男人眯起眼，“今天不开张。”说罢就想关门，小白迅速伸脚卡住门，“同行，聊聊，聊聊。”

男人再度打量起来者，扭头又盯着不声不响的大缯，取下嘴里的烟，但也不开门，“同行？”

大缯直接拿出警官证。

“哦，同行啊……还是公家的，真好。”随即转身进去，白翎跟着大缯也毫不犹豫地跟进门。

办公室里烟雾缭绕，有长条沙发有大木桌，如果不仔细看也就是个装修豪华但邋里邋遢的办公场地而已，但懂行的人会发觉，小小的地盘里深藏着各种玄机，书挡后隐蔽的高清摄像头，字典里夹着不同排列的密码纸，还有随意扔在茶具旁的眼镜，两镜片闪着不同颜色的反光……

“你们要问我哪个案子？”男人直截了当地问。

“怎么称呼？”白翎问。

“我姓刑，刑天的刑。让我猜猜……杨树同？”又点起一根烟，在飘逸的烟圈中，男人得意地看见小白眼神中露出惊讶，“刚才的警官证写的是周大缯对吧，虽然听说过你，不过倒真是第一次见面，周队长。”

大缯想了想，才开口，“何萧提醒过你。”

“没错，我的客户何先生要求我毁掉所有他买走的数据备份，并对我重申了合同中的保密条款。”

“你知道在刑事调查中，保密条款是没用的。”

“我知道，所以我只做了前半部分，我毁掉了所有数据备份。”男人摊开双手，一副无可奈何的样子让白翎暗暗咬牙。

“何萧要你保密那 83 个名字下的所有资料？”

男人点点头。

大缯沉吟，“但他没说要保密他自己的事情。”

男人沉默了，盯着大缯，缓缓吐出一口烟。

“别告诉我你不会调查你的客户，这是你们做事的基本规矩，知己知彼，防止被客户背后捅刀子。”

男人露出一个意味不明的讪笑，“和懂行的沟通就是麻烦啊。我这点资料，大概也帮不了你们什么。”走到书架旁拿出一个薄文件档，“因为他也没什么背景。”

大缯翻开资料，一页页关于何萧的成长背景，过去这几年中发生的特殊事件都被一一记录在案。

“他倒是没撒谎，杨树同收到那个快递时，他真在出差。”

“你知道快递的事？”白翎有点惊讶地看着男人。

男人晃了晃手中的烟，“我靠‘知道’吃饭。”

突然大缯察觉到手机震动，看了一眼短信，便合上文件夹，“谢谢你的协助。”

“哦，有新案子了？”男人揣摩着大缯脸上的表情，“不对，是有新线索了对吧？”

大缯不语，面沉如水。

白翎则来来回回地看着两人的神情，也想看出点什么道道来。

“走了。”

男人看着两人笔直走出门去，不忘喊一声，“欢迎合作啊，九折优惠！”

两人沉默地下电梯，沉默地走出楼，上车，倒车，一直开了十几分钟后，大缯才开口，“可可发现了新的……”

“嗷嗷队长你终于说了，真憋死我了！”白翎嗷叫着。

“什么？”

“没没什么……”总不能说刚才差点被好奇心憋死吧？

“……我刚才不说是因为那家伙的地盘，可能在走廊电梯等地方都有监控设备，也可能在我们的车上装了。”大缯解释道，“不过开出这么远，就算有，信号也超出他办公室接收的范围了。”

白翎默默在心里给队长跪了一圈，居然想得这么远，“新的线索？”

“可可发现了杨树同收藏的……纪念品。”

10　一百零三

两人赶到物证房间时，发现王涛也刚赶到，“他娘的我躺下你就连环夺命call，干什么！”

王涛和周大缯白翎一进检验室时就愣住了，浔可然站在宽大的检验桌前，桌上摆满了一支支圆珠笔、钢笔，不同颜色不同款式，一眼看去密密麻麻的让人起鸡皮疙瘩。

“你……这是什么？”小白是唯一开口问的人，大缯与王涛都狠狠皱起了眉。

“笔。”可可两手撑在桌沿，抬起头看着三人，“每一支，都来自不同的学生。”

“你从那堆东西里找到的？”大缯看了眼翻得乱七八糟的物证角落。

王涛戴好手套，拿起两支笔观察了一下，没有熏蒸过指纹，那是怎么判断这些笔来自不同的学生？

浔可然眼神无焦地看着这些色彩各异的笔，仿佛自言自语，“我在那个骨灰盒一样的木盒子里发现的这些，一开始以为是他把用完的笔都收集起来，但是没有一支是笔油用完的，所以随便挑了个拆开……里面有东西，每只笔里面都有……”浔可然突然停下话，皱着眉，走到饮水机旁，倒了一大杯水咕噜咕噜喝了起来。

大缯走到她身旁，轻轻拍着她的背。

王涛不声响地拆开一支笔，白翎带着兴奋凑过去看，只见旋转开的笔筒中空，里面卷着一小撮纸条，王涛用镊子小心翼翼一点点展开卷着的纸条，生怕不小心弄碎了，有些陈旧的字迹显示在卷纸的内部：

岳远：细长，手感好，会哭，会湿，8.5 分

还附带着一根人的毛发。

“这是头发？”白翎问。

可可阴冷地沉默着，王涛替她回答了问题，“应该是下面的体毛。”

等白翎明白毛发和纸条的意义时，脸上也失去了笑容，他慢慢抬头看向满满当当的大桌子，这片五颜六色的汪洋代表着多少不堪的痛苦。

可可对大缯摇摇头，示意自己没事，转头看向那一大桌的五颜六色，嘴角扯出一丝冰冷的笑意，“不愧是模范教师，在他眼里，这么多学生身体和精神上双重的痛苦……不过是供他打分的试卷。”

王涛合拢手中的笔，神色凝重地扫视了一遍，“每一只都有？总共……”

“一百零三只。”

大缯发觉可可脸色很苍白，可可再度对他摇了摇头，呼出长长的一口气，她正在努力，压抑想要吐出来的恶心感，满桌的笔如同热带暴雨般将可以想象的痛苦、折磨、哭泣、自我怀疑、仇恨、自卑等过程倾巢而翻地摆在她面前，没有人知道她在发现纸条、看着那一堆笔的时候心里有多高兴，杨树同死了。

王涛看了一眼可可，“周队，你先送她回去吧，我这里会连夜记录这些名字。”

大缯点点头，让小白留下帮忙，很快就拉着可可走了。

白翎一边穿戴着王涛交代的检验服，一边疑惑，“浔姐好像很难受？”

王涛指指满满当当的桌面，“你不恶心？”

“恶心啊，但是她连尸体化成油乎乎的一堆东西都不恶心，对这个反而……”

“……你看韩国电影吗？”王涛跳跃的思路让白翎有点跟不上，“啊？电影，看啊。”

“有空的时候去看两部韩国的电影，一部叫《素媛》，一部叫《熔炉》。”

“哦，然后呢？”小白歪着脑袋问。

“然后你就会懂了。”。

这一片五颜六色的海，代表着什么。

王涛拿出厚厚的记录本，打开记录摄像，不再多言。

回去的车上，浔可然一言不发。大缯试图和她聊些别的，比如素素最近有没有长胖，有没有出去招惹别的小野猫之类，但都无法成功吊起平时的那个可可，于是大缯干脆沉默了。

回到家，关上门，一个人在地毯上坐下来，可可愣愣地看着对面的白墙，然后突然哭了出来。

素素不知从哪个角落悄然跑过来，跳上她的膝盖，用脑袋蹭了蹭可可的手臂。

吸着鼻涕的可可抱紧黑猫，继续无声地哽着。

她也不知道自己为什么哭，事实上她并不认识那些学生中的任何一个，但她稍微知道一点那种感受，从四岁那段抹不掉的记忆里。很多次她光怪陆离的噩梦中，都会有这么一个画面，如漆黑的乌云一样高大的男人，遮住了阳光，带着可怕的大声喘息，越走越近，遮住了一切光亮。

素素的脑袋上沾了泪，但她没动弹。

11 愤怒

第二天，局里就召开了联合会议，将两个案子的情况联通在一起做了汇报。

“鉴于作案所使用的毒物都是氰化物，死者都有明显证据表明曾猥亵过儿童或青少年，所以我认为两个案子有一定基础，可以视为同案。”大缯在椭圆形的大会议桌前，对四周的同僚解释道。

老狐狸局长坐在椭圆桌的一头，“有共同嫌疑人吗？”

“我们交叉对比了两个案子的数据，暂时没发现。”副组长说。

“你们说发现了多少支笔？”

“103 支。”大缯不断转动手中的笔，借此打消抽烟的念头。

老狐狸局长深吸一口气，“啧，排查量很大啊。”

“对，但是我更觉得如果两案有关联，很可能凶手不在这 103 个人里，凶手针对的目标人群，他通过某种方式确定被害人目标，比如……私家侦探，从他们那里得到消息，杨树同是个连续多年的恋童犯，而宋政是个多年性虐养子的男人。然后凶手观察目标，了解杨树同家的住址，得知宋政独居还有新装了空调，在这些基础上判断出作案方式。”

椭圆桌的另一边坐着隔壁辖区的警察们，之前在现场叫副组长来的白大褂也赶来了，他在椭圆桌上搜索了好一会，才找到躲在后排打着哈欠的可可，“那个，浔法医……”

可可咽下打到一半的哈欠，憋得眼泪汪汪，“啊？”

“你从尸体里采样的毒物标本有吗？我想对比你们那里的氰化物和我们

这里采集到的，”白大褂拿出一张报告纸，通过一个个警察传到可可手中，“我们从空调里发现的残留氰化钾，固体，小颗粒，似乎是直接从空调外机倒进去的，用量很精准，我觉得这家伙其实非常聪明。”

“仔细点讲。”老狐狸局长扶了扶眼镜。

“氰化物固体颗粒导致死亡的量其实很难控制，他放空调里，如果十几天宋政不开空调，现在这天气氰化物就会自然消散到空气中消失。你知道宋政那房子，直接对着马路外面，如果放太多难免会引起外面走在马路上的人吸入潮解的氰酸气体。我不相信杀人靠什么运气，所以我更相信这家伙是经过精细的计算，才知道放多少量，什么时候放，能达到现在这种杀人而不节外生枝的结果。”

大缯突然想到可可之前说的话，“一样，如果他不是精准确信杨树同会摸那个玩偶的胯裆，也就不会用这么邪门的方式。”

可可撑着脑袋看看白墙，是聪明，或者一切自有天意。

会议正开到一半，外面走廊传来的吵闹声越来越大，局长皱眉看了大缯一眼，后者立刻会意地和副组长低语两句，副组长点着头就出去了。

正在刑警办公室吵闹的是杨树同的妻子，与杨树同的弟弟杨树德。

“树德，这样不好……吧？”杨树同懦弱的妻子正轻轻拉着杨树德的衣角。

“干吗？有什么好怕的，我们又不是犯人！对吧？警察小姐！”杨树德一脸横气地嚷嚷，还是对着笑容尴尬的徐婉莉。副组长走过来时看到的就是这副奇怪的情况，“怎么回事？”

徐婉莉刚想开口，却被杨树德抢了先，“你是这儿管事的？你们是不是觉得我大嫂子好欺负？拿了我们家一屋子的东西到现在都不还？案子到现在都没破，你们什么效率啊？还人民公仆呢。”

“杨先生是吧？”副组长打断杨树德唠叨，“物证检查是有规定时间的，在完成检查之后必定会按照手续归还给你们，这些都是为了能破……”

“少来这些虚头巴脑的道道啊，说什么规矩规矩的，行啊，反正你们是警察你们说了算，那你们说不还就先不还，但是那个事儿你们得负责到底。”

副组长给了徐婉莉一个疑问的眼神，徐婉莉也回之莫名其妙的眼神。

“最近有些恶毒的记者说我哥死有余辜，写了些混账报道，什么他对学生性骚扰的，简直是诽谤，不，比这个还罪加一等，我们家属强烈要求立案调查！”杨树德激动地挥舞着手，差点甩到徐婉莉脑袋上，吓得徐婉莉往后一缩。“我哥勤勤恳恳做人做老师这么多年，名望在外！在国外，都是知道他的！结果被人这么恶毒地污蔑，这种事情绝对不能姑息！你们一定要狠狠地治一治这些记者！”

“杨先生，”副组长示意他冷静，“这里是刑警队，如果你要立案请到办案大厅……”

“不对的，这个诽谤罪是因为我哥的案子来的，应该算是一个案子，那个叫什么，一并调查！”

一旁的徐婉莉翻了翻白眼，忍着脾气笑着，“两位，这样，我带你去楼下办案大厅好吧，你说的这种诽谤不属于刑事案件，不归我们管。”

“你们什么意思？看不起人啊？你知道我哥的学生遍布全国，有些都到北京去当干部了，你知道吗！”

“那你去找干部学生问问是不是诽谤呢。”几个人身后，不知什么时候站着面无表情的浔可然，她的视线扫过杨树德，却落在一旁总低着头的杨夫人身上。

杨树德气得鼻翼一扇一扇，“你！你什么态度……你们警察就这样，这样做人民公仆的吗？”

可可根本不正眼瞧他，只是盯着一旁的杨夫人，“你知道的吧，那个书房里发生过什么。”

杨树德也随之发现了她并不盯着自己，转而看看身旁的嫂子，又看看对面的浔可然，“你什么意思？”

可可一直盯着杨夫人，刚失去丈夫似乎对她来说除了面色疲惫外没什么其他影响，她视线闪烁了一下，露出有点凄惨的淡笑，“树德，别闹了，人家还要查案子，我们回去吧。”说罢自顾自转了身，打算离开。

可可有些激动的话却并不因此停下，“你一直知道他这些年做了些什么，但是你假装没有这回事，那些事情眼睁睁发生在你眼皮底下，在你隔开一个房间的距离……”

一只粗糙的手掌捂住了可可的嘴，周大缯一脸严肃，只这一个动作，止住了办公室里回荡的声音。

众人一片寂静。

“不好意思，杨先生，物证会在检查完毕之后全部归还，请你别忘了你哥哥死于毒杀。如果要报案请按照规章到派出所。另外，这里是刑警队，我们靠破获凶杀案来做人民公仆，而不是靠调解人民纠纷，如果你觉得在这里大吵大闹有助于破案的话，欢迎你继续。”周大缯的语调平稳而冷沉，字字严肃，把不远处的杨树德说得硬是愣住了。

杨夫人拉了拉他的袖子，无声息地看了一眼可可，先走出了门。

“诶，大嫂！”杨树德有些惊慌地跟上。

其余人有呆滞，只听得大缯低沉的声音又说：“浔可然，你进来。”

大缯面无表情地走进了他的小办公室，身后跟着可可。

砰然关上的门显出一股风雨欲来的气息。

12 浔可然的错

“你在干什么？”大缯站在办公桌的那一头，窗外照射的阳光从他背后打出一圈阴影。

可可瞥了他一眼，不屑地随处一坐。“我就问问，她作为同一个屋檐下的女主人，什么都不知道才有鬼了。”

大缯看她的模样，用脚趾都猜得到对面人心里在想什么，“那又怎样？你凭什么审讯杨树同的老婆？”

“你觉得我越权？”可可有点不可置信地看着他，“大缯，你什么时候计较这些了？”

周大缯深呼一口气，一脸严肃地走到她面前，“首先，公私分明，在这里，你是法医，我是刑警队长，级别上讲，你服从我。”

可可脸色一变，紧抿起嘴。

“浔可然，记得你是谁，身为一个法医，你不是第一次犯这个错。”

“……愿闻其详。”

周队长轻皱起眉，一副破罐子破摔的语气，“很久之前我就想和你说这事，从徐丽的案子开始，你纵容苏晓哲把事情捅到网上不算，还自己临门一脚去参加什么该死的采访，把事情全面扩大。侯广岩的案子、李一骥带你去墓下的事情，哪一件不是你把自己绕进去……总之，你把自己太多情感投射在案子上，为死掉的人鸣不平，跟活着的人斗智斗勇，把自己的安全都搭进去也在所不惜。”

浔可然腾然起身，双手交叉抱胸，“有什么错？”

“没有错！”大缯的声音突然高了几分，“但这不是你的工作！你的工作是检验、解剖、出报告！而不是去同情受害人，去站在一个道德的立场判断对错，或者用言语对谁谁攻击！”大缯抬手指着门外，“你看看你刚才在干什么？你觉得对杨树同的老婆说那些会对破案有什么帮助？”

可可张口想说什么，却突然发现自己什么都讲不出。

“虽然这话很难听，但你做的很多事，不过是在满足自己的英雄主义。”大缯盯着可可，缓慢而有力地说出这句话，然后明显看到后者眼神一颤，心里又心疼一下。他拿起桌上的茶杯，缓了口气，“我知道这是你办案子的一种方式，的确有时候了解案子内在的情感会帮助突破思维，但这里面有一个度。”

浔可然的脸色渐渐变得惨白。

大缯无言地叹口气，走到她面前，“可可，我不想你再被卷进这些事情里，你只要好好呆在办公室里。”他说着伸出手，在即将触上浔可然的脸颊时，可可猛地往后退了一步。

一言不发，浔可然转身离开了。

大缯伸出的手还停留在半空中，握紧，垂下。他并不打算追上去，也许话的确说重了，但于公于私，他都希望可可能改变风格，如其他技术人员一样尽量待在后方。

浔可然大迈步走着，她觉得生气，但更让她不爽的是，讲不出任何反驳的道理。没错，她知道自己特立独行，很早以前师傅就提醒过她，理解案子和过度同情的界限很模糊，她当时觉得师傅多虑，当此时同样的话被大缯说出来时，可可只觉得一阵焦躁。

当然是人都会犯错，但究竟自己一直引以为豪的做事方式，是不是真的……只是愚蠢的个人英雄主义。

可可面向走廊上的窗户，揉揉脸，无语良久。

健身房门口围满了人，警车在红绿色的微光中缓缓靠近大门。

可可和王涛拿着沉重的检验箱推开健身房的门时，王涛还在开玩笑，这里离局里挺近的啊，明年我在这里办健身卡不知道能不能优惠？

可可应付地嗯嗯着，注意力都被旁边站着的小警察给吸引了过去，那人正扶着墙，一副要吐不吐的表情。

“电话里没告诉你什么情况？”可可一边戴手套一边问走在前面的王涛。

“还真没有，就说带好工具要检查很多东西。”王涛视线流连到不远处的周大缯身上，他正在和副组长低头说着什么，只抬头看了一眼可可，就又回过头去。

“诶，你们吵架了？”王涛八卦道。

可可装聋。

绕过健身房的前厅，转弯就是大型的健身器材区域，整个区三面如长方形，对着马路的一面玻璃凸出一道弧形曲线。玻璃前放着十几台跑步机，很多器材面前高处挂着电视机。

尸体就被吊在房间中心的一根柱子上，面朝玻璃墙。

当可可绕到尸体面前时，突然明白了门口小警察的反应。被吊着的是一中年男子，身穿深色的保安服，可可往下看去，腰部以下斑斑驳驳皆是血迹。

生殖器被切下，塞入了被害人自己的嘴里。

“这还真是……”王涛啧啧摇着头，果然能不出现场还是不要出的好，多糟心的画面。

周围的警察都站得远远的，偶尔向不得不直面这些的法医们投来同情的一瞥。

“猜拳。”可可说。

“啊？”王涛一脸莫名地被迫和身旁的人猜了个拳。

“你输了，负责下半身。”可可面无表情，叫你八卦。

“诶诶诶！为什么！猜之前你没说过啊！”王涛狠狠在心里怨念了一下，拿出检查的工具。尸体并没有被挂得很高，一根跳绳绕过他的脖子将他挂在了柱子上的钉子上。可可在男人的手上看到细小的新伤痕。

“反抗过。”可可说。

王涛将自己切换到不带感情的技术模式，完全忽略眼前面对的是男性的某些器官的残留。“嗯，生殖器上的切痕也不连贯。”地板上溅出的血痕有些触目惊心，“活着的时候切下来的。”

“那可真疼。”副组长晃悠着走到了两人身旁，“这仇够深的啊，大缯觉得要么情杀，要么也是和感情有关的仇杀。”

“那不一定。”可可注意力从尸体手上转移到头上。

王涛和副组长挤眉弄眼，“吵架了吧？多久没见两人意见不同了……”

可可凑近尸体的嘴巴，被几乎整个切下的器官一半在嘴里一半在外，已经干涸的黑红色血迹发出血腥的气息。

“他口袋里有东西。”王涛的话吸引了大家的注意，只见他小心翼翼地从保安服的裤子口袋里拿出一个电视机遥控器。

副组长突然想起忘记和两人说了，“哦对了，还没人和你们介绍过情况吧？这人是健身房的夜间保安。早上负责清扫的师傅八点到，打扫了里面男女更衣室，打算开始擦健身器材的时候发现的他。”

“保安夜里看电视，所以把遥控器随手塞进口袋？”王涛说着，随手点了遥控器上的电源键。

突然间所有的电视机都亮了起来，吓了所有在场的人一跳。

“抱歉抱歉。”王涛手忙脚乱地打算按钮。

“别关！”可可几乎是下意识地喊了一句。

所有的电视屏幕上出现了相同的画面，看起来像是美剧的一部分，一个黑人警察模样的人正走近记者，说着什么。

怎么回事？包括大缯的其他警察闻声也走进了器材区，十几台同声同画的电视播出的场面颇为壮观。

“真他妈诡异。”副组长嘀咕。

王涛不解地看他。

“你什么时候看到过健身房都播出一样的东西了？”

王涛转头一想，的确，健身房大家几乎只看自己跑步机面前的屏幕，各有所好，所以所有电视机放的内容都不相同，有的看新闻有的看电视剧频道，也有人将自己的平板电脑接上电视机播放。

画面中的警察念的台词从十几台电视机里同时发出。

【绝大多数儿童性侵案的受害人，长大后都不会成为性侵者或罪犯。】

可可心中有个念头一闪而过。

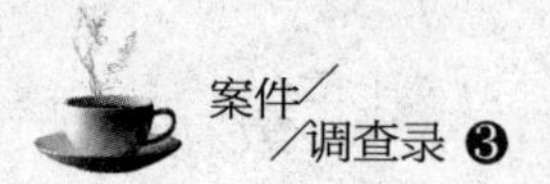

副组长在喊着，“那谁，去看下信号来源！”旁边的警察应声开始查看电视机后的线路。

【也许会让你觉得孤立无助，或是怒不可遏，也会痛苦不堪。】

【但一切终会过去，你会变得更强大。】

可可缓缓扭头，看着柱子上的尸体，扭曲的表情，黑红色血液浸透的器官，耳畔是清晰的美式英语。

【不要因此放弃你的人生。】

【你可以奋起反击。】

【你也会因此愿意毕生致力于保护他人。】

“找到了，全连在一个 DVD 机器上。”有警察喊道。

屏幕上的画面消失了，王涛跟上前去，小心翼翼地从机器里取出一张刻录光碟。

可可无意识地看向大缯，发觉他也正看着自己，立刻明白两人想到了同一个方向。她快步走向尸体，不顾周围人发出恶心的啧啧声，戴着手套的右手直接取出了尸体嘴里的生殖器，凑近尸体嘴里一闻。

“啊哟我的天，浔法医，你不恶心啊？”副组长的声音从身后传来，几乎代表群众心声。

可可慢慢后退一步，看向大缯，话却清晰地传达到了房间每一个人的耳朵里。

“有苦杏仁的味道。”

13 美剧台词

“死者名叫郭玉峰，57岁，离异多年，没有孩子，独居，在金宝健身房做夜间保安。”副组长敲着黑板上的照片向会议室里的人们解释，“在现场的检验中，发现死者与凶手有过打斗，手上有反抗伤，然后被凶手制服，被割下生殖器并塞入嘴中。”

副组长说完，视线就看向了大增，后者无声地呼出一口烟，“局长已经同意这几起氰化物毒杀并案调查，所以首先要调查出郭玉峰和前几个死者的共同处。”

“我觉得这次和之前的杨树同、宋政的案子还是有很大区别的啊。”副组长毫不客气地从大增面前经过，偷走根烟，点起。

徐婉莉给几个人泡了茶，无奈地看着浓雾般的会议室，忍不住打开了窗。

“很明显犯罪升级了，比起杀人，表现仇恨的意思更多。”大增的话让众人忍不住想到那一排屏幕上同时播放的录像。

“不不，”副组长摇摆着手，“哪有人这样升级的，一开始连见面都不敢，发快递送毒，从空调外面投毒，一下子变成面对面搏斗，然后硬给人塞毒还割那玩意儿这么狠？”

一时间场面上形成了两种观点，大增主张氰化物毒杀历年罕见，而且案发时间接二连三，应该属于系列犯罪。而他同时也承认，副组长为代表的另一种观点也有道理，极少有罪犯的犯罪方式发生突变像这样厉害的。

“我们还是一项项来，录像怎么说？”

回答大增问题的是薛阳，“录像是刻录在一张空白光盘上，表面的指纹都擦糊了，这种光盘很多打印店都能买到，所以查找源头很难。但健身房的人都没见过这张光盘以及里面的影像内容，所以排除是健身房的东西，应该属于罪犯自带的。里面的视频……”如接力棒一样，薛阳看向了王爱国。

“哦视频，我查到了是一部犯罪心理美剧里的一段，这一集的内容大致是，”王爱国拿着纸上的简介念着，“‘曾性侵过多名学生的体育教练没有想到，当年被自己欺辱的学生之一在成年、失去孩子抚养权之后变得情绪不稳定，任意选择他认为可能是恋童癖的成年男人，用殴打的方式将对方致死’，我们看到的那段，是最后那个警察抓到了罪犯，而警察本人其实也曾经是体育教练的受害人之一，他在记者面前站出来说，并非所有受到欺负的孩子都会成为罪犯，但大多数他们都深受其害，荒废人生，但这不是他们的错之类的。”

王爱国的话说完，会议室里几乎一片沉寂，所有人脑海里都在转着不同的念头，却谁都无法说清到底哪种情绪更清晰一点。

和现实太过相像。

“郭玉峰有什么案底吗？”

白翎掏出小册子，“哦，我查过了，这家伙没有进监狱，但是半年前他还是一家幼儿园的校车司机，我去打听了下，也是在半年前，这家幼儿园出了个事故，有个名叫郑欣欣的小姑娘早上在校车里躲着没下车，司机和老师检查了一遍没看到有孩子就锁门了，不料小姑娘一直憋在里面，后来到下午窒息死了。之后郭玉峰就辞职了。但奇怪的地方在这里哦！”白翎有点激动地翻了一页手上的记录本，“尸检报告里说，小姑娘有曾经被猥亵过的擦伤痕迹，不过是旧痕迹，不是当天的事情。”

“家长没有追究？”

白翎挠挠头，似乎也很疑惑，“从报案记录上看，没有。”

有人质疑父母为什么不追查，有人怀疑到这事和郭玉峰有关联证据吗，一时间会议室讨论的方向偏移了。副组长稍微用力地敲了敲桌，吸引回众人的注意力，“诶，技术那边怎么说？郭玉峰的尸检应该早好了吧？”这话一开口问，会议桌边的人环顾了下彼此，才发觉到不对劲。

平时那个总在刑警队晃悠的法医呢？几个好事的都已经看向了大缯，后者青着脸，沉默。

大缯自己也是这才发现这个问题，他没有去问法医和物证要过调查进度，因为太过习惯，平时都是可可在走廊上、食堂里、回去的车上给他一段段介绍着今天检查出了什么结果，然后在第二天的会上由他解释给所有人听。但是自从上次……总之他已经好几天没有见到那个人了，他也试着去法医科找过，仿佛真的能发现自己的行动路线一样，每次去都让他扑了个空，不是“浔姐去吃饭了”，就是“找浔可然去法医科关我们物证什么事”，以至于到了此时此刻，他只能青着脸一言不发，受着那些隐隐烁烁的视线。

幸好有个天然呆王爱国挽救现场，“诶？没有人看邮箱的吗？浔姐昨天凌晨就把报告发到你们邮箱了啊。”

“啥？”副组长挖挖耳朵，“啥邮箱？”

“工作的电子邮箱。”旁边年轻人给副组长提醒道。

“哦……小浔什么时候开始用那玩意儿了，老子邮箱的密码都不知道记哪儿了。”副组长嘀咕。

白翎笑道，“副组长你肯定没换过原始密码，不用找，123456。”

在座的一片哄笑，大缯才缓和了脸色，挥挥手，叫王爱国直接念了邮件。

报告的内容很言简意赅，包括郭玉峰的解剖报告和根据尸体情况做的现场顺序分析。他是先与凶手进行了搏斗，手上、手臂都留有轻微的擦伤和淤伤，然后被凶手制服，被现场所见的粗尼龙绳绑在柱子上，嘴巴上留有胶带黏痕，应该是在切除生殖器之前做的准备，防止他大声喊叫引来注意。接着在人还活着时切下了生殖器，塞入被害人嘴中。分析中直接死因还是氰化物中毒，但同时也提到，即使没有中毒，被害人也很可能因为失血过多，或者血液呛在气管中窒息死亡。

“喏！这个就是我说的意思！”副组长指尖敲击着桌面，语气比刚才更肯定了，“都做到这一步了，投毒简直是多此一举，就好像，怎么说来着……”

“为了显示这是同一系列案件而故意做的。”反应快速的薛阳替他把话说完。

“对！就是这个意思！”副组长激动地一敲桌。

大缯沉思地皱着眉，“我明白你们的意思，但我还是那个意见，优先考虑他们属于同一案件，所以最先要排查的还是被害人之间的联系，如果能找到为什么是这么几个互相没关联的人被杀，就能找到凶手的目标思路。”

“那个……”王爱国举着手弱弱地插话，“报告还没说完，上面说虽然电视机等地方指纹都被擦干净了，但是在被害人衣服上，发现了疑似凶手留下的血迹。”

可可拿着手里一大叠的DNA数据，旁若无人地走过法医科的走廊，郭玉峰衣服上的血迹其实很小，如果不是因为位置在其背后，显得与其他衣服上的血迹格格不入，也不会让可可质疑到要特别检查这一块。

果然，血型和郭玉峰的血型不符合，虽然不能说百分百，但很可能是在打斗中凶手留下的。应该能用来和嫌疑人的血型对比，但是嫌疑人……

“浔小姐。”一个软软弱弱的声音叫住了她。突然反应过来的浔可然止步，回头，看到杨树德的妻子正站在几步远，对她点头示意着。

可可也回应着点了个头，想起大缯说过的那些话，转身就想继续走。

“等一下，浔小姐。”杨夫人居然几步跟了上来。

可可不得不快速合起手上的文件夹，“有事？”

“你们通知我来拿书房里的那些东西。”仔细看，杨树德的妻子保养得挺好，除了些许眼角的皱纹，基本上看不出年过半百应有的其他衰老特征。

“哦，你该找物证科，如果不认路，去楼下大厅咨询就行。”

“我想和你聊聊。”杨夫人像是鼓起百般勇气说出了这句。

可可一时无语，心想这不是我要找她麻烦，这时她自己找我的，到时候别又被大缯训一顿，但这人和自己有什么好聊的？是来套话问调查进展的？

想法在脑海里转过几圈，此时可可已经把人请进了自己办公室，杨夫人一在沙发上坐下就语出惊人，“我知道，你看不起我……”声音有些哑，可可并没有回应，只是漠然地看了她一眼，然后自顾自地去泡热可可奶茶。

“我有时候也觉得自己不是什么好人。当年我是通过介绍人和老杨认识的，一过去，都这么多年了。”她无意识地摸了摸自己的脸，无视身旁人的反应，自顾自地说着，“等我发现他需要的只是一个妻子，烧饭洗衣服的妻子时，我都已经三十好几了……如果离婚，我还能去哪儿呢，还有谁会要我这样一个老女人呢，所以我才没有离开他。”

可可搅拌着杯子里的热可可，忍不住还是嘀咕了句，“洗衣做饭的不叫妻子，叫保姆。”

妇人的身体僵硬了下，“……对，我算不上是个完整的妻子，因为妻子的一部分功能，被那些人……替代了。”

搅拌的动作戛然而止，可可压制心底若有若无的愤怒，毫不客气地打量着面前的女人，名义上，她是杨树同的妻子，是周围人眼里模范夫妻的一半，但心底，她到底是怎么想的？

“我也是很久很久以后才发现的。一直以为那些从书房里出来的孩子表情怪怪的，是因为补课动脑子太多太累了，所以我还好心给他们中间送点果汁……才发现了，那些事。”一把年纪的妇人绞着衣角，“很荒唐对吧，每天睡在一张床上，居然都没有发现自己的丈夫……我还宁愿他是有点病，所以才不和我生孩子。”

“我记得你们有一个女儿。”杨夫人露出一个怪异的笑，“当然不是他的。”

可可干脆丢下搅拌勺，觉得眼前温热的奶茶也毫无吸引力，“他装作不知道，你也装作不知道？”

妇人神情挣扎了会，点了点头，“每当他补课，我就借口出去买菜、买衣服，就算坐在马路边什么都不做，也要等到天黑透，再回去做饭。他从来不怪我，连对我大声讲话都没有过，浔小姐，我知道你不相信，但他真的是个好丈夫，就算我故意冷落他，故意找茬，就算女儿都不是他的，他也只是笑笑，从来没有对我不好过，所以我……我也没有……说过他的事情。但其实我知道我不好，我只是想生活不会被，破坏。”

妇人抬起头，发现可可似乎根本没注意到她的话，“浔小姐……”

可可抬眼看她，沉吟一会，“你没有做错什么，谁都有保护自己生活不被破坏的想法。”

可可看到她露出欣慰的淡淡笑意，才继续说，“如果真要说你犯了什么错，大概就是在助纣为虐这么多年后，还以为仗着自己年纪大了，说几句可怜话，就能得到原谅。”

妇人的脸色瞬间苍白，让可可觉得自己好像成了什么恶人。

“我有说错吗？杨夫人。你以为我是谁？我是法医，不是神父。我这里只有尸体和谋杀，我不负责给任何人忏悔，不管你年纪有多大，看起来多可怜。”可可抬手指着门口，“我没有打断你，是以为你有线索要说，如果你想说的不过这些，麻烦出门左转下楼。”

杨夫人张了张嘴，呼吸变得急促，“我总不能报警让人把我丈夫抓起来吧？”

“哦，你觉得明知你丈夫犯罪也不能报警，而是应该出门去买菜假装自己不知道，那你有什么错？当然没错了。不过杨夫人我真的有点好奇，你就不担心你自己的女儿也……？”

瞬时，可可看到对面妇人的脸一片惨白，“他……他不会……”

“他不会对女孩子感兴趣，对吧？”可可自己都觉得自己的声音听来非常残忍，但却无法止住自己的话头，“我以前听过一个笑话，张家用敌敌畏加工伪劣金华火腿，李家用硫磺熏制毒豆芽，两家人还互相是邻居，都不吃自己家做出来的东西，但是逢年过节就互相送礼，送的无非都是自己家做出来有毒的玩意儿，一边吃着别人家的东西，一边想着只要不吃自己家的就一定没事儿。”

杨夫人的眼神飘离起来，端在手中的杯子颤抖了两下，生生洒了一点出来。

“你先生喜欢猥亵男孩？外面有多少和他一样的人喜欢的是女孩？你生的是女儿？那你女儿生的也是女儿？还是儿子？”看着桌上洒出的那水光，可可叹口气，“很多因与果是一个圆，不要以为假装看不见，就永远不会落到你的后代身上。”

杨夫人顶着一张惨白的脸，一言不发，几乎颤抖着步伐消失在门外。可可打开窗，深深吐出一口气。

总有些这样的人，明知是错的事，明知别人在自己眼皮底下受着伤害，没有勇气去阻止。时过境迁，或者年暮老矣，顶着一张可怜面孔说自己的不是，骗得几人给她安慰“你也不想这样的，你也不是故意的，你也是无奈的”，然后落几滴泪，这事儿在心里就算过去了。自己对自己说，瞧，大家都说这事儿不赖我，多好。

别人受的万千苦，在她眼里不过就两滴眼泪。

可可自嘲地笑笑，本王切洋葱落的泪都比这个多。

14　网络小王子出手

可可的黑眼圈收到了来自王涛愉快地嘲笑。“怎么？周队长不让你睡觉？”

“素素不让我睡觉。”可可将头发束拢，在柜子里看了又看，放弃喝热可可的念头，决定泡咖啡。

王涛翻着白眼回忆，“素素是谁？新欢？”

“素素是我的猫，”可可把咖啡壶往王涛桌上一扔，“求咖啡，我昨晚发烧了，我现在是带病上岗。”王涛两手一摊，“我不会泡。”可可微笑，“你说我晕倒在你们物证科会怎么样？”王涛起身去泡咖啡，“你的猫最近发情？”

“没有，”可可打了个大哈欠，“我昨晚有点发烧，没吃东西，我的猫感动天地，觉得我快死了大概，嘴里叼着死蟑螂来喂我。”王涛笑得差点打翻咖啡壶。“我不敢张嘴，摇摇头不吃，它还拿爪子扇我耳光。”可可坐在检验台边，上半身都趴着，哀怨地摸摸自己的脸，被猫毁容了会上新闻的吧。

王涛笑得几乎抽筋，可可抬眼看了看他，从一旁的抽屉里拿出一包薯片，拆开，不吃，摆着看。“诶诶诶，姐姐那是我这礼拜仅有的一包了，高抬贵手，高抬贵手，你说你一发烧的孩子到底来干吗的啊？”

“物证……DNA……报告……”可可奄奄一息地说。

王涛翻了个白眼才想起来，“哦对，郭玉峰衣服上那块血迹的DNA检验报告还没出来，好吧好吧，我现在就去弄，保证你今天第一个拿到报告行了吧！看在你生病还赶来上班的可怜份儿上。”

“嗯！”目的达成的浔可然精神奕奕地开始啃薯片。

同样一大早就被工作给催醒的还有天然呆技术员王爱国，他被通宵没睡的薛阳直接拎着扔到了办公室的电脑面前。

“这是物证科拿来的杨树同的笔记本，这个，是你说的必须要的宋政在网吧里经常用的电脑。”薛阳指着面前脏兮兮的台式机说。

王爱国还没完全清醒，但他不敢和刚通宵完的薛阳硬碰硬，那黑眼圈下的冷酷可不只是装饰品。王爱国只好动用他仅有的一点点周旋能力，“大哥，就算你要我全盘分析这两个机子里的文件和记录，就我办公室用的那台电脑速度也不够快，最起码也要一两天。”

薛阳眨眨眼，抬手招呼白翎，两人在王爱国反应过来之前就咔哧咔哧拆开了王爱国御用的电脑，把警队里他们能找到最好的内存配置都给塞了进去，王爱国站在一旁扶着脑袋心想今天是逃不掉了，只好无力地指了指旁边，“最好给我加个屏幕。”

于是三屏幕环绕高端配置电脑出现在刑警队办公室里，王爱国直接脱了警服，撸起袖子，拿出抽屉里的烈性烟，点燃。

“诶！你小子原来也抽烟的啊？”白翎也搬了个小板凳过来围观，反正他的电脑被王爱国的电脑“合并”了。

王爱国没理人，他像换了个人般沉入了技术狂的世界里，飞舞在键盘上快到白翎都看不清的手指动作，视线在三个屏幕间不断游离，一个个黑色底绿色代码的窗口层出不穷地叠化出现。

白翎有些吃惊地张开嘴，看向一旁的薛阳，“这小子，一直在隐藏实力吗？”

薛阳也挑了挑眉，“至少对我没有隐藏。”

其实薛阳早就知道王爱国的真实情况，但那张离开了电脑就天然呆萌的脸实在骗过很多人。薛阳也是在一次偶然情况下发现这些，有次薛阳的学妹被人在网上骗了千把块钱，求薛阳帮忙，他找到王爱国家，进门就发现一整个像电影里黑客们的机房，王爱国就着家里这台六个屏幕的计算机窜进了对方的网络服务器里，不仅追回了薛阳学妹的千元钱，甚至偷出了骗子团体整个行骗的记录以及被骗钱财在电脑硬盘里的账号记录文件，然后打包将这些一起转发给了负责网络犯罪的部门。这些总共花了他不到十分钟。当薛阳低头玩了不到一局植物大战僵尸时，王爱国就伸着懒腰说好了。

本性还是个呆萌的王爱国完全没想到，自此装傻偷懒的生涯算是终结了。

比如此刻他在办公室里，对着三台屏幕的电脑剑指如飞，对比着杨树同和宋政电脑里的文件夹和网上各种记录，时不时自己嘀咕两句。

“额，这小子弹出的这些绿框框，是什么？代码？”“应该是什么搜索程序吧，把文件名用代码的形式直接对比搜索。”“看不出嘛薛阳，你也挺懂这个的？”“不懂，他以前和我解释过……解释了也不懂。”

身后的两人你一句我一句的啰嗦在王爱国耳边简直是蜜蜂嗡嗡，他突然折断了手上的铅笔，回头恨恨地瞪他们，“吵死了，滚远点。”薛阳和白翎一愣，对视了眼，然后立马讨好地道歉，端茶，给王大人扇扇子。

大缯和副组长进门的时候就看到了这一幕，挑眉，“嚯，高档啊！”

左右护法薛阳白翎快速转头、怒瞪、举起手在嘴前，“嘘！”

大缯嘴角抽搐了两下，副组长笑得都蹲在地上了。

左右护法继续挥着扇子，观看指尖小王子王爱国飞快的动作。

“卧槽！”王爱国蹦出来的感叹词把整个办公室的注意力都吸引了过来。

“发现什么了？”薛阳问。

王爱国掐灭烟头，转头看薛阳，“你记得嫩芽这个词在哪里看到吗？”

薛阳皱起眉，“的确有印象，在哪里……”

“啊啊啊宋政那个狗窝一样的房间日历上！日历上写了好几遍嫩芽这个名词！”一旁的白翎跳了起来，刷刷地翻起了现场的照片，抽出一张重复道，“看！在日历上写了好几遍。”

“杨树同的电脑上也有，”王爱国指着右边屏幕上的一个地址，“这个文件标题叫嫩芽，里面只有一行字。然后我用嫩芽做关键词找到一个很隐秘的链接，链接代码指向一个经过多国服务器的论坛。”

随着王爱国的指尖敲下回车，三个屏幕上同时出现了一个论坛界面，淡绿色的背景，封页上是成排成排的照片，仔细一看，都是年幼孩子的裸照，被摆出了各种情色的姿态，大多没有拍到脸，但足以令在场的人都屏息皱眉。

副组长更夸张地倒吸了一口冷气。

大缯拍拍王爱国的肩，深沉的眼神带着黑暗的怒意，“把它整个挖出来，什么都别放过。”

15　浮出水面的嫩芽

在王爱国将名为“嫩芽”的论坛抄底调查之后第二天，局里打击儿童拐卖的特别调查组就找上了门，带头的人大缯也认识，是一位姓曾的女干警，工作风格非常利落，曾经在几起涉及到青少年犯罪的案子里也合作过。

“你们手下这个入侵网站的小朋友叫什么？我们试了一个月都没从那些绕路的国际服务器上找到终点，你们这儿就一晚上就破了人家的道儿？”曾颖双手叉腰，似怒似笑地看着大缯。

后者摆摆手，“不是一晚上，是十分钟。”

曾颖深呼一口气，“很好，既然你们打草惊蛇了，那就得负责到底。”

于是在非常紧急的情况下，两个部门联合，直接扑向了查到的“嫩芽”论坛所在公司办公地点。

联合行动出发在即，可可在停车场左右看了下，简直像是大家都心有灵犀一般，唯独剩下大缯的车上还有空位，其余车都坐满了不肯开门或者堆满了抱着枪一脸肃杀的特警。可可叹口气，走到那辆熟悉的车边，打开车门时可可和驾驶座上的周大缯对视了几秒，然后无言地坐了上去。

大缯一如既往刚伸手想帮她系安全带，但可可比他动作更快地系好，并且无视旁边人直愣愣瞪着的目光，翻出从王涛那拿到的报告仔细地看。

十几辆车从局里出发，悄然在路上形成一道红蓝色的长龙。

报告上显示得很清楚，郭玉峰衣服背后那点血迹和他本人的血型不符，但是因为技术原因，不一定能比对DNA。可可仔细回顾了下整个案子发现的所有资料，毒死杨树德的玩偶上没有任何线索，寄来快递的气泡纸上也提取不了残碎的指纹；宋政房间空调外机上曾有过指纹，但被擦拭得乱七八糟，且这两具尸体本身和凶手可能并没有直接接触，更谈不上找到对应凶手的DNA。反之郭玉峰在健身房里这次不仅是和凶手有所搏斗，而且还可能的确留下的是凶手的血迹，那还有没有别的地方可能查到凶手留下的……鞋印只有地板血迹上散乱的痕迹，好像小心翼翼避开了踩到血，那张光盘指纹都擦干净了，割下生殖器的小刀被带走了……凶手当时应该衣服上沾了郭玉峰的血迹，毕竟喷射得到处都是，也许能试着分析一下是什么刀具割下的生殖器，啊还有氰化物的来源，说不定这才是关键，到底是哪里得到的……

“你就打算一直憋到现场？”大缯出言打断了可可的思考。

“没……”可可头也不抬，“我打算憋到世界末日。”

周大缯一噎，开口又不知道该怎么说，干脆也就沉默了。他觉得自己没有做错什么，从工作的角度考虑，他对可可的批评全部出于事实，与对可能发生的危险的预断，如果旁边的这个人以为身为自己女朋友就能为所欲为，那是她看错了自己。

浔可然突然从报告中抬起头，看了看车正经过的路段，“我们去哪？”

“你连出什么任务都不知道就来了？”大缯有点没好气。可可眨眨眼，她不想说破，因为是跟着他周大缯的车，她从来不担心自己去哪儿。

有些尴尬的沉默持续了几分钟，大缯随着前面的特警车转个弯，“王爱国在宋政和杨树同的电脑里发现他们都上一个名叫嫩芽的论坛，那上面，都是些孩子不穿衣服的照片，还有……标价。”可可点点头，懂了，不必再说。

大缯深呼一口气，“可可，工作归工作，我说你是因为工作，不是因为……”

“那郭玉峰的电脑呢？”浔可然打断他的话，她现在不想谈工作之外的事情，不管旁边的人怎么说。大缯狠狠用力扭着方向盘，“王爱国还在查！”

警车与特警车悄无声息地开进了这栋23层商务楼的地下停车库，很快特警带头就从电梯里冲入了论坛公司所在的13层，电梯门打开时，隔壁公司的员工吓了一跳，在警察的示意下安静地关起门不出声。特警队有序地贴墙站满了这间挂着“嫩芽文化网络”公司标志的门口，几个手势后，特警和紧跟而上的刑警们几乎同时从公司的前后门冲了进去。

一片空白。

办公室的正门是一大堵墙，绕过墙面就会看到背后开阔的大空间，整个办公室几乎前后通透，干净的办公桌隔开了偌大的空间，墙上被大块麻布遮住，看上去仿佛从未有过人在此办公一样。

在确认里面一个人都没有后，穿着警服的男人们彼此对了下眼神，儿童拐卖组的曾颖拿起手机就走出去接电话了，这里是她再三确认过的地址，从嫩芽网络公司注册点到网站的服务器信号收发，还有以公司名义签署的租办公室合同，都清楚地指向了这里，所以她也对现在一片空白的办公室疑惑不已。

苏晓哲探着脑袋左右张望，“能进去了吗？里面真的没人？没尸体？那进去看什么啊？”

可可一边戴手套，从他身旁经过走进了满是桌椅的地方，在经过办公桌时随意用戴着手套的指尖划过桌面……没有积灰。

可可有些疑惑地环顾了一圈，身旁的刑警们在窃窃低语，特警们都持枪没动弹，等待着下一步指示。办公室面积不小，大约一百多平方米，四面都是白墙，普通的木色办公桌具。

副组长从门外走到大缯身旁，“刚和物业聊过，他们说签合同是半年前的事情了，平时经常锁着门，反正钱给够了物业也不在乎，连物业费都是提早一整年交完的。”

大缯看着面前空无目标的办公室，“难道就这么一直空关着？”

“不对，应该是最近才逃走的，”曾颖正站在角落里的打印机旁，“这玩意儿打印过不少东西，但是盖子上都没什么积灰。”

“桌上都没有积灰。”可可正走过另一排办公桌，竖起带着的手套干净的指尖示意道。

突然一记刺耳的电话铃声响了起来。

众人的视线很快就汇总到了一起，就在可可身侧的办公桌上，一只不起眼的白色电话机正在一声声发出叮铃铃的鸣叫。

没有人动弹，在有人下指示之前，可可下意识伸出手，按下了免提键。

铃声停下，取代的是电话接通后的沉寂，可可正歪着脑袋犹豫要不要开口喂，一个不男不女的声音出现在众人的耳朵里。

“真不好意思，让你们扑了空……”

16　面孔

电话那头的声音让所有人都为之一凛，大缯快步走近电话机，特警们习惯性地靠近窗边，用望远镜打量着附近街道。

副组长疑问地看向可可，后者两手一摊，我也不知道什么情况。

大缯双手撑在电话机所在的办公桌上，“你是谁？”

“嫩芽论坛的管理者。”声音带着明显变声器的痕迹，不急不慢。

副组长转身一个手势，本来就在门外的技术员快步奔进来，试图通过网络来找到电话信号来源。

“你是周队长吧？”

大缯翻眼想了想，“怎么称呼？”

“咯咯……”诡异的笑声随着兹兹电流声传来，“你们居然花了这么多天才找到这里，真让我失望。不过毕竟算是努力了，凭你们警察的水准来说。”

窗边的特警回过身，对大缯摇摇头，附近没有可疑目标。

“所以，我还是给你们留了礼物，在那面墙的幕后。”电话里的人说完，众人的视线就盯上了门口的巨大墙壁，这是整个房间最显眼的墙壁了，特警们习惯性绷直了身体，充满防备。

副组长就站在旁边，有些小心地看了眼布面后的墙体，其余人因为角度关系都看不到幕后是什么，就只见到副组长的神情一变，然后抿紧了嘴，回头看了眼大缯，手上一使劲，狠狠拉下正面大幕布。

整块巨大的幕布哗然落下，仿佛在空气中带起一阵蓬然的风，出现在众人眼前的，是几十上百张照片，一列一列，些许歪扭，排列着，每张上都是不同的画面，有些脸庞，有些身体，有些特写，还有些拍下的病历卡。

每一个，都是孩子的。

有些照片大缯、曾颖都在嫩芽论坛上多少看到过，但其余特警都是第一次见识到这些。明白其中意味的人很快都黑了脸，一时间整个办公室都沉寂得只剩下压抑的呼吸声。外面的警员进门先看到的是一张张神色各异的表情，再是顺着众人相同的视线转向背朝门口的那堵墙，然后一样愣在那里。

孩子们的面孔看起来并没有什么特别，但怎么看都让人觉得不舒服，如果仔细看就会发现，每一张的表情都阴沉着或者麻木着，有些面黄肌瘦，有些白嫩但面无表情，有些身体上满是淤青，或者疤痕，有些甚至直对着孩子们稚嫩的下身……

“没有一张带有笑容，对吧？”电话里的声音像魔咒般，在空旷的办公室里如水波蔓延开来，“这些都是被性侵和虐待的孩子，因为你们的无能、无视，他们一直就这样，用血淋淋的身体接受着这个残酷的世界。”

大缯慢慢转过身，看着桌上的电话机皱眉，如果没记错的话，嫩芽论坛里尽是些讨论恋童的恶心事儿，那为什么这电话的声音听起来，似乎充满对恋童的恨意？

“他们中有些人一辈子都不能再怀孕，有些人被虐到精神失常，有些大人害怕小孩说出去用热水烫伤他们的喉咙……”

房间里一片寂静，除了正在追踪电话来源的技术员在键盘上剑指如飞外，没有人动弹。

大缯走到电话旁，“你到底是谁？”

“我是嫩芽网的管理者，周队长，我没有骗你。”不男不女的声线浸透着诡异的愉悦，“我管理这些人、我消灭这些人。如同你们该做的一样，只是你们就算接到报警，看看以为是大人打骂小孩的家务事，就当做没看见。而我，替他们消灭这些畜生。”

技术员抬头，皱着眉做了个手势，示意没法找到信号来源。

“我问的是你的另一个身份，你是不是，也在这些照片里？”大缯对着电话机一字一顿道。

回之以的是长久的沉默，“……不管我是谁，你们都是一群没用的、睁眼瞎的警察，说你们是人都算是客气……”

那头的话还没说完，旁边一直没反应的可可突然伸手按断了电话。

辱骂的声音戛然而止。

一时间所有人的视线都集中到了可可身上，大缯皱眉，用眼神逼问她原因。

可可面无表情了几秒，才道：“激怒他。”

四周传来几声窃窃私语。

大缯微微眯起眼，他心里明白，比起这种心理战术，可可更可能只是因为一时愤怒冲脑手快去挂了电话，不过脑子一转，激怒这人……

可可回之以“怎样你不满意啊本王就是挂了电话”的挑眉眼神儿。

叮铃铃——叮铃铃——

随着电话声再度响起，周围人都是一凛。而正站在电话旁的大缯居然死盯着却不接！

副组长性急，上前两步，却看到大缯抬手制止了他。

叮铃铃——叮铃铃——

大缯按下通话键。

“你们这群该死的警察，别又假装看不见！”这回语气中满是不加掩饰的愤怒。

大缯反而语带笑意，“不好意思，我们听你骂人对调查案情没多大作用。”

“胡说八道，我是唯一……”

啪嗒。

大缯按断了电话。这回周围的人真有些目瞪口呆了，更多的则是互相看看，搞不清状况。

大缯抬眼扫视了下才解释，“激怒他，打乱他的计划，很可能让他口不择言。”

叮铃铃——叮铃铃——

大缯按下通话键。

“……周队长，很好玩是吗？很好，你很好！”通过变声器转来的声音夹带着愤怒的喘气。

“不怎么好玩，我们这里很忙，还要调查现场的各种指纹和细节。”

“哈，你以为我会给你们留下那种东西？”

可可脸上又露出不耐烦的、手痒的神情，大缯严肃地瞪了她一眼，可可咬着腮帮，转过身去。

“我们也没见你高明到哪里去，从自己管理的论坛里找目标，而且只敢远远的投毒，其实你真正想报复的那个人，你根本没勇气面对吧？”

一声阴冷的哼声从电话那头传来，“那个混账，是第一个尝到氰化钾滋味的，我亲眼看着他生不如死地挣扎了两个小时。就凭你们这群警察以为能把我怎样？你知道我氰化钾哪来吗？你知道我接下来要杀的那三个畜生是谁吗？你们什么都不知道！就查查指纹，做做样子，然后打卡下班，等下一个尸体再下一个尸体出现！”电话里变了调的声音越来越尖锐，停下了话头还带着喘息。

大缯慢慢弯下腰，对着电话机，“我知道就刚才几句话我所得到的信息，比之前十天调查到的还多。”

一阵寂静之后，那头把电话掐断了。

大缯慢慢直起腰，“是个女人。”

白翎从外面冲了进来，劈头盖脸道，“队长，隔壁公司见过这家进出的老板，是个浓妆的女人。”

“你确定她是女人？”局长弹着烟灰，看向大缯，“有证据？除了隔壁公司的八卦证词以外。”

“直觉。”大缯面不改色地说。

局长很想揍他，忍了，转头去看坐在远处沙发上的浔可然，“你说呢？”

浔可然手里拿着一沓沓现场的资料照片，思绪都回到了那个满是照片的墙前，好像一大块乌黑的阴云给她带来的压抑感。试想着凶手一个人一遍遍将照片钉上墙，一张……一张……除了阴冷的疼，还会有什么情绪。

“喂，小浔！”

“啊？”局长的叫声让她回过神。“叫我？”

局长不出声地盯着她看了会，才灭了烟，“你也觉得电话里那个，是个女人吗？”

“我不知道，”可可说话显得很慎重，“我觉得很矛盾，如果你说凶手是个女人，很难想象她有这么强的执行力和自控力，女人一般都感情用事更多，而且……说实话，死在健身房的郭玉峰的生殖器被割下，刀口并没有来回拉锯的痕迹，这人是一刀到底割下的，女人的话，除非愤怒至极……”

“但又不是没有，”大缯打断她的话，“前年就发生过女人将熟睡中男的那玩意儿割下来的刑事案子。”

“是，但这几起案子中女人没有事先和人搏斗过、再将人困在柱子上，你知道这有多耗体力？在这种情况下，还要拥有清晰的理智给所有电视机接到一个信号源上，放好光盘，给郭玉峰下毒。”

大缯察觉可可惯性般皱起眉，看了眼自己指尖的烟，站起身打开办公室的窗户，“我觉得这人本身就不是普通人，不论男的女的，你知道的吧，电话里一直重复着对我们警察的愤怒，很可能是小时候有被虐待过，然后报案没有受到重视。”

“受到重视多半也没用，”可可合上眼前的资料夹，“如果是亲父母，只要不出人命，多半都会被还给父母继续抚养。”

局长在柔软的沙发椅上直起身子，“不管怎样，现在凶手已经开始露出面目来了，大缯，除了你刚才说的排查小时候有过被虐记录的成年人以外，更要注意从受害人的角度去查，这家伙不可能没有挑选过受害人，一定……”

局长的话还没说完，传来两声咚咚敲门声。

“进来。”

应声开门的居然是依旧扑克脸的薛阳，“局长、周队，王爱国找到了郭玉峰为什么被杀的原因了。”

自从前天王爱国飞速入侵了嫩芽论坛那个环绕多国的狡猾的服务器之后，大缯以垫付现金的方式，以光一般的速度给他申报了最高端的电脑，于是局长第一次领略到了“价格论万算”的电脑长什么样。

嗯，屏幕挺大的，还三块屏幕，连主板长什么样都分不清的局长心里默默赞赏。

“我刚刷了一遍所有嫩芽在网络上留下的踪迹，得到了一些碎片资料，就是这个论坛在其他网站上被备份和窃取的一部分数据，里面有一些是付费会员的资料，不一定是完整的，所以……”

“阿哼。”薛阳咳嗽一声。

“啊啊抱歉我又啰嗦了，”王爱国指着中间屏幕，“因为之前两个，杨树同和宋政都是嫩芽网的高级付费会员，所以我在这名单里细化搜索，发现了匿名躲在其中的郭玉峰。”

随着王爱国的话，屏幕上弹出了一个个照片框，横的竖的都有，七八张照片看得出是同一个小女孩，地点在类似巴士一样的车厢内。

“这家伙在健身房做保安之前，曾经在一个幼儿园做司机兼职保安，他借着自己工作的便利拍了幼儿园的小女孩的照片，还放在嫩芽上，很多跟帖的人为了看到小女孩下半身的照片而付费给他。”王爱国解释道。

“真畜生。”围观的一群人中有人说了句。

王爱国指尖在键盘上飞速掠过，“还有关于他离职的那起事故……”

“《幼儿园校车意外闷死女童》。”

出现在屏幕上的报纸新闻标题让众人一时表情各异，常年历经各种案件的他们立刻就想到了最糟糕的那种情况：性侵、毁灭证据……

最先反应过来的还是薛阳，“诶刚才我让你查事故鉴定书呢？”

“哦对，”王爱国几下鼠标点击，跳出一张鉴定报告书，“这上面说的确经过了法医和公安的正规检验，小姑娘是因为在炙热的校车内因空气密封而窒息死亡。死前似乎大哭过，加剧了氧气消耗，身上没有外伤，没有检验出任何安眠药成分或其他异样……除了阴部有陈旧伤外。”

“检验归检验。”副组长不知道什么时候也凑了过来，“谁晓得是不是故意被留在车上的。我记得报道里，司机和老师都说肯定是意外，老师带着大多数学生先离开校车，以为走完了，到了教室少了一个孩子以为是没来上课。幼儿园里家长允许小孩子旷课的现象挺多的，同时司机没有仔细检查，疏忽了校车里还有一个小姑娘就锁了车门离开了。停在后院仓库里的校车一整天都没人留意。后来老师打电话也没联系到家长，一拖就是大半天，最后发现不对时已经来不及了。”

薛阳顿了顿，才接上话，“这个司机就是郭玉峰。小孩就是那个郑欣欣。”

“父母没有追查孩子下身的伤？”

“有，媒体说父母疯了一样地四处追问，怀疑是司机郭玉峰所为，因为老师说郑欣欣有好几次比其他学生晚出现在教室里，但她其实应该和其他学生一样是坐校车来的，很可能因为反应慢又太小了害怕，被司机留在了校车上侵犯也没说，但是横竖没有证据，而且4岁的孩子，就算还活着，也没有作证的能力。”

围着电脑的警察们一个个思考着，父母先是知道孩子突然死了，这还不够，还会知道孩子活着的时候还遭了这种罪，最后发现，自己什么都做不了，连证明自己孩子被欺负了都做不到，想想任何一对普通的父母，大概都会几近崩溃。

“去查一查孩子的父母吧。”局长话落，周围的人都点了点头，“但这事儿真有点怪了，我总觉得这几起毒杀，每一个都像是复仇，又每一个都不可能和这么多人结仇。如果是一个人为了代表正义给这么多人复仇……”

“又很难做到这么多事。”大缯补上了局长的话，一时间都陷入了思考。

局长难得挠了挠本来就没几根的头发，“大缯啊，你还要多盯紧点技术那边，到现在关于氰化物的来源都没个进展，一点都不像平时没事儿就冒点主意、横出点枝节的法医科嘛。”见周大缯沉默，局长更是不依不饶，“不要因为你跟人家小姑娘吵架，就耽误了破案的进展，小姑娘嘛，哄哄就好了！速战速决听到没！”

哄然众人都笑了起来，大缯翻着白眼又不好顶嘴，这才明白可可说的同在一个局里谈恋爱的痛苦之处。

17 旋转，交换，你看不见

浔可然闭上眼睛，依然想得起站在那堵巨大的照片墙前的感受，那是比一百多支圆珠笔面前更直观的伤痛，不管什么时候，对孩子出手的性犯罪，都不应被原谅。

耳边传来吱吱的机器声，可可睁开眼，氰化物的资料正通过传真送往师兄大学专业的研究所，虽然已经夜里了，但对方很直接地告诉她，先把成分发过来，给最优先级的分析处理。

可可回到办公室的电脑桌前随手拿出一张空白纸开始乱涂鸦，这是她最近突然养成的新习惯，思维混乱的时候她就试着在白纸上放空，自从投毒案开始到现在，她似乎觉得自己是只面对混乱毛线堆的猫，心急却找不到线头。

1. 死者杨树同、氰化物中毒、摸玩偶下身——疑似性侵过上百名学生，最可疑：何萧

2. 死者宋政、氰化物中毒、通过空调空气——性侵虐待养子，最可疑：养子田华

3. 死者郭玉峰，保安，氰化物中毒 + 被割下生殖器——疑似性侵且造成女童郑欣欣死亡，最可疑：郑欣欣的父母

4. 然后是嫩芽论坛、如果凶手真的是打电话的那个人，从嫩芽论坛的付费高级会员里挑选目标……也不对，付费的会员有 80 多个，为什么是这几个……为什么是用投毒的方式……还有那一整面的照片……

太多的线索凌乱混在一起，让可可觉得从未有过的棘手。

白纸上被写上了种种关键词、画着圈、五角星和凌乱的线条。

桌上的手机嗡嗡震动着亮起，闪烁的提示灯吸引了她的视线，屏幕上显示着“流氓”的字样，可可眯起眼迟疑了会，掐断电话。不到一分钟，电话再度响起。浔可然扶额，眼看着“流氓”字样一闪一闪地发着光，桌面随着手机轻微震动着，不想讲话的心情，慢慢耗尽电话的时限，终于归于平静。

可可松一口气，将注意力回到电脑屏幕上，不出几分钟，突然又是一震，短信直接跳显在屏幕上：门口，礼物。

法医眯着眼想了一会，走到门口又迟疑了下，猥琐地趴在门上听外面，好像的确没人。这才小心地开了门，面前的地上还真放着一个小盒子。可可进门打开花哨的礼盒，发现是个旋转木马模样的……烛台？真的是烛台？这五颜六色奇形怪状的东西是蜡烛？

翻看了下包装，真是高大上，全是法文，一字都看不懂。

电话再度及时地响起，可可皱着眉犹豫再三，终于叹口气接起电话，第一句就是满含深意的冷笑，“看不起我不懂法文吗？周队长。”

电话那头传来轻笑，“这不打电话来给你真人解说了吗？卖的人说点起那些小蜡烛就行了。”

“然后呢？”可可坐下来，看着面前的旋转木马慢慢……开始转动。

电话那头的人似乎在抓耳挠腮，“应该会动。”

“所以？”“呃、没，就是……会转。”周大缯有点着急，总不能直说他走进商店只问了句“哄女人买什么”然后就掀了三张毛爷爷买了这个吧。

“周队长，你以为给我一个木头的转盘，就能抵消你说的那些话？”浔可然通过话筒一飞刀扔了过去，呛得大缯一滞。“好了，是我不好，我说错话了。”好汉不吃眼前亏，大缯边说边左右张望了下，反正旁边没人。

“哪里，周队长你别客气，你说的没错，我不是个合格的法医，我不肯老老实实呆在检验房，跑现场也就算了，还会跑去接触相关人员，简直自不量力，胆大妄为……”“可可。”大缯打断她连珠炮一般的反话，“你是我认识最敬业的法医，没有之一。”

这下轮到旋转木马面前的人愣住了，蜡烛微笑的光芒照耀着她的双眸。叛逆般的愤怒全都烟消云散，有时负面情绪会积累很久，但消气却只需要一句话，直达心底，如修好的灯泡亮起的那一刻，照亮全部黑暗。

但是……一会骂人一会哄人的算什么招式啦！玩心情过山车吗？

那头开着心情过山车的人继续说：“但正是因为你对工作的认真，所以我才会担心，我怕你接触被害家属，怕你把自己的情感陷得太深入案子。以前我就和你说过，可可，做警察，我们看到的故事结局没几个是好的，如果你投入太多情感在一个案子里，最后世事难料，你却抽离不出来。”大缯停顿了下，听着那头轻微的呼吸在耳畔延续着，他才继续说，“可可，我想你每天都开心，但你做这职业很难，所以我只能尽量让你少接触那些……”

“但这是我的做事方式。”浔可然终于忍不住止住大缯的话，她怕他接着说下去的话，自己真的会被说服。“这就是我，大缯。我知道每个案子里都是痛苦，法医科，从来都是剖析伤害的地方。我做不到像别人一样只负责出白纸黑字的报告，旁观一切，事不关己。好和坏不论，我改不了我自己。”

大缯沉默了，他开始认真地想自己所考虑的事情，是不是皆是多余。

“所以，你帮我掌握尺度。”“什么？”大缯一时反应不过来。

旋转的木马在可可脸上投下移动的阴影，她闭上眼睛，深吸一口气。“以后你帮我把握这个度，像上次那样，在你认为我越界的时候，阻止我。”

电话那头沉默得只剩轻微电流声，良久大缯才慢慢明白这句话的意思，他轻轻笑了下，“你这么信我？”

“专业上，我相信你，不低于你信我的程度。”可可抬手关掉台灯，轻轻拨弄了下旋转的烛台，烛光在墙壁上投下木马的影子，缓缓走动，仿佛满墙的黑色木马在溜达，一个追着一个。

“你晚饭吃了吗？我饿了，正好今晚不用值班。”大缯的声音变得轻松了许多。

“周队长，现在应该算下班时间，我没义务陪你吃工作餐。”

大缯一噎，心想不是好了吗？这又是哪一出？

仿佛猜到他在想什么，可可又带着冷笑道，“专业上，我承认你是对的。但我又没说我气消了。”

“嗯……我们刚才不是把道理都讲通了吗？”

“周大缯，你以为道理讲通了凡事就能好了吗？那为什么还会有人打架？为什么会有人复仇？要警察干吗？”

那头一连串的逼问句式，让大缯心里绕了个弯，好吧女人要哄要哄。

“那你说怎么办吧。”

“凉拌。”

“可可……”求饶的语气。

“周队长你很闲嘛，我还要工作，没事挂了。”

“诶别，聊聊嘛小同志，聊聊。”大缯再度打量了下周围，没人，被听到的话以后就没脸混了，“你在忙什么啊，其他队的案子鉴定？”

可可语带挑衅，“你管我？”

“是是是我不敢，我就关心一下。”

闹脾气的可可自己都觉得这话说得无聊，其实手头的事情都不算紧急，复核别的局里的报告、准备给检察院起诉用的材料补充。她拨弄着眼前的旋转灯台，微微晃动的烛光让思路很容易就飘远，等可可反应过来时，大缯早就自言自语般聊起了案子的进展。

“昨天在城郊又发现一起无名尸，送到分局去检验了，我挺担心这个案子会这么就被别的案子给淹没。”

旋转的木马一个个投照在墙上，仿佛墙以反方向在转动。

“如果我们想错了呢……”脑海里有这么一句无意识的话，可可自己都没察觉为什么要说出口。

“哪里想错了？”

“……不，没什么。”一时间她也说不清，刚才那一刻的念头是什么。

“说说看。”

“嗯，如果不是一个凶手，团队作案……也不对，”有些烦躁，她顺手吹灭蜡烛，旋转的木马慢慢停下。

在与之前不同的位置，停了下来，每个木马都错了一格位置。

错位。

可可猛地直起身，她终于明白刚才脑海中模糊的念头是什么，“如果他们错开！错位大缯！所以每个人都有不在场证明，因为每个仇人都不是他们自己下手的！我是说，不是打电话的那个嫩芽的人啊不是……”可可断开话头，因为激动一时说的话有些混乱，“我是说，他们错开动手，你去杀我的仇人，我去杀你的仇人，这样做每个嫌疑人的不在场证明就全都有了，杨树同死的时候何萧在出差，宋政死的时候田华出国旅行等等。”

与可可兴奋的语气不同，大缯沉默了一会，“我一开始考虑过这种情况，也和局长讨论过一次，但是说实话可可，这种事情在现实中不太可能成真，首先，交换互杀仇人，需要两个凶手互相抱有足够信任，而且这还不止两个人，这几个人甚至互相都不一定认识，更不要说信任基础。”

“但你不能否认这种可能性对吧！”可可抑制不住微微战栗的手指敲着桌面。

“对，有这种可能性，但是太微小了。世界上哪有人愿意冒那么大的风险去杀一个和自己没仇的人？又有几个人愿意自己的仇由别人动手来报？”大缯的回答很直接，也很在理，但无法让可可放弃这个脑海里的念头。

“是，很不现实，但它解决了很多困惑。首先，所有人的不在场证明都废掉了，还有还有，为什么郭玉峰明明可以有更多方法致死，一定还要给他下毒，明明都绑在柱子上了，因为必须统一死亡的方式！只有都死在氰化物上，警察才会把这几起案子当做一个凶手并案调查。”

大缯此刻正站在公安大厅里，偌大的厅里几乎没什么人，顶灯照耀着地上的瓷砖正泛着清冷的光，安静的环境迫使他思路飞快地运转着，当时他找局长商量时，被经验丰富的局长三两句话就打断了这种可能性，而此刻经由可可这么一说，臆测的念头如同春草一般疯长，如果这个推测成立，整个调查的方向将截然不同。

“可可，你忘了还有嫩芽论坛的那家伙。”

浔可然深呼吸一口气，指尖重重地在桌上敲了一下，“反正都猜了，我就大胆一点，嫩芽论坛的那个人是主谋，其余人都是听他话的，几人根据共同的一个计划，互相错位下毒杀人，然后故意都把线索引向‘独立作案’这个陷阱，如果最后抓到了嫩芽论坛的人，也会发现不在场证明等等，这样一来……”

“这个案子就彻底证明不了任何凶手了。”大缯接着她的话说完后，自己都愣住了。

18　字迹陷阱

徐婉莉捧着刚买的热咖啡走近办公室的时候简直吓了一跳，本来现在的时间只有清晨7点多，整个办公室里应该没什么人，但徐婉莉一进门就看到令人崩溃的一地混乱，简直像是夜里刮过龙卷风。徐婉莉小心翼翼地走过地上的狼藉，却一脚踩到什么有点软乎乎的东西……

……嗷！

白翎猛地弹起身，把手掌从徐婉莉脚下抢救回来。

“啊哟对不起，你怎么睡在这里啊，”婉莉一边道歉一边后退着，才看到了在电脑桌前僵尸一样的王爱国，“啊哟这里还有一只，你们俩都通宵了？”

“我们仨，”薛阳拿着早饭走进门，“王爱国，都排完了？”

网络小王子仰起头伸懒腰，脖子发出清脆的喀吧骨头脆响，“是啊催命阎王，所有的付费高级会员的身份都在打印中了。”

徐婉莉这才发现办公室两台打印机都在滋滋工作中，从桌上打印机里飞出的纸张直接飘下地面，才盖住了在地板上睡觉打呼的白翎。

太阳慢慢升起，窗外马路上起来晨练的老人渐渐多了起来。

薛阳踢了踢地板上的白翎，后者眯着眼挥手，“大哥让我睡会，白天肯定要去一个个排查这些会员，我现在睡会等下好……开……呼……车……白翎一边打呼一边说话的技能又深了一层。

徐婉莉看着有点同情地说，“要么让副组长带别人去排查吧？你们到休息室睡一下。”

薛阳走到咖啡机旁，“不用，我觉得离抓到这家伙很近了。”

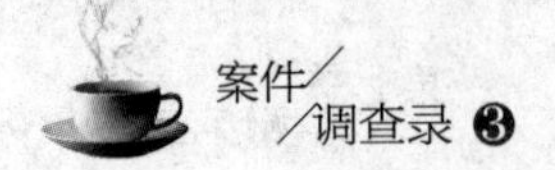

“怕别组抢了功劳？”徐婉莉直接拿过他手里的咖啡杯，这几个男人除了清咖啡其他什么都不会泡。

“那倒没事，”薛阳憋下一个大大的哈欠，“努力这么久，最后如果不亲手抓到人，不甘心。”

婉莉笑着看了看他，减少了一些咖啡豆的量，她如果知道接下来24小时会有多混乱，一定会后悔此时没给够他们咖啡因。

王涛甩着手里的DNA报告，还有某大学一清早就发来的氰化物分析报告，罕见地出现在刑警队门口。

“听说这里有好玩的实验？”王涛凑着脑袋对大缯的办公室里面探望着。

出乎他意料，大缯的办公桌前凑着三个人，可可，大缯，还有少见戴着眼镜的老狐狸局长。

可可抬头看了王涛手里的东西一眼，“报告放下，谢谢，出门不送。”

王涛撇着嘴，他是听说有好玩的实验才会破天荒跨出物证科的人，被可可这么一挤兑，碍着局长的面子又不好发作，只能磨磨唧唧蹭到茶几边，把报告放下。

心怀苍生的老狐狸局长开口了，“诶诶小王别走，这也算是你们物证科的一部分，来嘛。”

王涛不顾可可嘴角的抿笑，摇着尾巴就凑上去了，“这啥，啥啥啥？”

桌上分摊着三堆纸，每一堆的页数一样，内容顺序也一致。

第一页写着：请问4月3日你在哪里，做什么？

第二页写着：请问空调外机的出风口在什么位置？

第三页写着：请问健身房保安夜间巡逻几次？

四页五页……将近十多页的纸上写着各种奇怪的问题。

“这啥啥？智力问答？”王涛有点莫名。

“记忆问答。”大缯在旁边把自己电脑用数据线连接上墙上的电视屏幕，同时解释着。

4月3日快递送到杨树同家，4月8日杨树同中毒身亡。

4月14日宋政半夜毒发，在这之前几天有人把氰化物倒入他家新装的空调外机。

4 月 19 日半夜郭玉峰在健身房当保安时被人攻击、毒杀。

王涛放下手上这一堆纸，看看旁边那一堆，居然是一样的问题，只是写答案的字迹显然来自不同人。“我还是没明白，你们找了不同人来回答这些问题？”

“不同的嫌疑人，”可可终于还是没忍住搭上了腔，“杨树同案子里最可疑的何萧，宋政虐待的养子田华，郭玉峰之前导致死亡的小孩郑欣欣的父母，看他们面对这些问题时的反应，和字迹。”

“字迹？”王涛想了想，“你们要做笔迹性格分析？”

“是，也不是。”可可一如既往的玄乎。

王涛有点不屑，“你少忽悠人了，整个案子里没有什么笔迹上的物证，你就算有对比的笔迹也没……”

话还没落，徐婉莉拿着话筒出现在门口，“周队，省厅的何老师在 2 号线电话上。”

老狐狸局长眯眯笑着按下了桌上的座机按钮，“啊哟老何啊，你还没退休啊。”

“哼，老娘身体比你好，你没退休哪轮得到我？”

话筒里传来冷硬的女声，让大缯抬了抬眉，压低了声音问，“省厅的笔迹专家不是男的吗？”

“干吗！看不起女人吗？哪个混小子！”座机那头的听力似乎特别好，隔着话筒就训了过来，大缯一愣，可可撇着嘴看天花板，不关我事不关我事。大缯只好收声，看着局长。

“老何你都几岁的人了，还老嚷嚷，更年期还没过啊。”局长拿下鼻梁上的眼镜，看似斗嘴，但嘴角却挂着笑。

“老娘青春期都没过呢，过什么更年期！”

“啊行，扫描的东西你都看了没？”

“看了，我先和你说好，这玩意的分析我不会给你上法庭的，你休想拿着老子的分析当令箭……”

“啊知道知道，就是个鸡毛，说说当个参考嘛。”

“说可以，诶你个老东西什么时候把借走的那几本大字典还给我？”

可可等人都候着听分析，不料青春期老太太话锋转得太快，令人目不暇接，直接把局长给逼上了梁山，局长往真皮椅子上一靠，也有点毛了，“说了会还的嘛，你急个什么劲！就几本破字典！”

“那是开国第一套珍藏版的！谁晓得你个老狐狸什么时候会突然带进棺材里……”

终于大缯也忍不住打断他们俩的互相呛声，“何老师、前辈、何大师，我们先聊这个……字迹鉴定好吧？”

“哼，不用抬举我，我就是帮你们看一下这几只笔的性格而已。”提到专业性的东西，电话那头的声音立马专注起来，“一共四份文件，一个个说，第一份抬头上写着何萧的，这人大多笔画向下走，性格悲观厌世，笔力遒劲，点画都很长，思考容易钻牛角尖，但时不时有些字风格突然大变，性情应该不太稳定，适应力差，说难听点，是个有点疯疯癫癫、胆小易怒，但是行动力颇强的家伙。”

大缯忍不住深吸一口气，何萧在审讯室里絮絮叨叨、又瞬间暴怒的形象简直如出一辙。

“然后写着田华的这个，蛮有特色，几乎所有的字都形成一个标准正方形，是个十分拘谨，有极强自我控制力的家伙，连每一撇都不是自然收笔，是用力画出相同的弧度，这人……小时候家长要么根本不管他，要么家教极其严格，养成了他偏极端化的个性。”

“从字迹能看出他小时候家教？”王涛下意识地开了口，问出之后就觉得坏了，老太太肯定暴怒，没料电话那头反而很温和地谆谆教导。

“字迹最容易看出的是性格，但性格除了一定比例遗传自基因，更多的还是从小的环境，从经验上来说，极度自律的性格通常来自家庭影响，两种情况比较常见，一种父母家教极严格，一种父母酗酒赌博但是反而孩子比父母懂事，自己照顾自己。你们这些小子啊，有空多来参加省厅组织的培训，关于犯罪心理学的，还有下个月开血迹分析那一茬的……”

“啊得得，别叨叨这些没用的，继续说性格吧。”局长像个赌气的孩子一样打断电话那头的声音。

电话那头带着一声冷哼，“继续，还有两张，写着郑嘉隆的这张，字迹比较普通，没有很鲜明的特色，棱角圆润，点笔都是圆点，理解能力强，本分，执著，直角折和直捺这些细节上都显示出面对生活积极、沉稳而保守的态度。而写着郑母这张，笔迹非常灵活，撇捺都短促，有点小聪明，是个积极、热情洋溢的人。”

何老太的话停顿了下来，大缯看可可皱着眉在思考什么，于是决定自己开口问，“何老师，这几个人里面，有没有长期压抑着巨大愤怒的特征？”

“一定要这样说的话，田华的字迹比较接近，极度自律意味着隐藏了真正的情绪，很可能在某种机会下瞬间爆发出很强烈的激情犯罪行为。”

王涛眼珠转了两圈，转身把大白板从会议室里拖了过来，在上面画起了示意图。

田华（隐藏暴怒？），郭玉峰毒杀？

“死老头，你特地打电话过来求我帮忙，应该不止就这么点小事吧？”应着何老太的话，老狐狸局长嘴角泛起莫名的笑。

“喏，我叫出馊主意的小丫头跟你说。”局长用“有种挑事就别躲”的幸灾乐祸眼神看着可可。

可可回之以光明正大的白眼一枚。

“何老师，我们真正想请你鉴定的，是这每个人的答案里，有没有哪张纸的字迹有异样的。”

“……什么异样？”

“面对纸上的问题，引发内心动摇，产生情绪波动从而在字迹上显示出突变的情绪状态的，异样。”

浔可然说的话乍听起来有点拗口，但电话那头的老太太显然经验老到，“你们这些纸上的问题，和凶杀现场有关？”

可可对局长比出得意的手势，看看，我就说人家专家肯定能理解我的意思！

局长撇撇嘴不说话，硬是在真皮座椅上憋出“噗”一个屁声，以示不屑。

可可眯起眼鄙视地看着放完屁的傲娇局长。

王涛看看左看看右，“啥啥？刚才说的啥啥？就我一人没听明白啊，啥啥啥？”

“谁给我解释下这案子情况？”何老太显然来了兴致。

局长看可可，可可看天花板装呆，额头上赫然写着“我懒”。

纵腻女友的刑警队长只好叹气，替她回答问题，“最近一系列氰化物毒杀案您知道吧，每个死者都涉嫌曾性侵过未成年人，这些曾经的受害人，或者他们的父母成了我们的怀疑对象，但是每个人在相应的目标死亡时都有明显不在场证明，所以我们怀疑……他们交换目标杀人。”

“嗯，”何老太拖长了的音调，“所以你们想试试看，哪个人，对哪个死者的死亡现场，不对，致死方式有情绪上的波动，从而在字迹上看出变化！这点子真有点意思！你们哪个小子想出来的？如果这方法真起到作用，到我这里来好好谈一谈，写个论文！”显然电话那头的专家被勾起了浓厚的兴致，“谁，谁想出来的？”

可可清了清嗓子，“我。”

电话沉寂两秒，“我想起来了，你是常丰那个徒弟对吧！我记得你，我记得你，诶诶，小姑娘，到省厅来工作如何？我们这里福利待遇比市局好多了！带薪休假多得多！”

“阿哼！”被忽略了存在的老狐狸局长重重地咳嗽了下。居然在我面前挖墙脚！

“切，”何老太发出不屑的呛声，“我看看啊……嗯……变化……”

虽然言之凿凿，但可可其实对自己这想法并没有太大把握，她和大缯设计了这些可能是罪犯也可能只是受害者的人，让他们分时间段到警局里，一个个单独进审讯室填写问卷，由警察一张一张纸递给他们，避免了填写者心里对问题有所准备，如果真在这些人里面有给实施投毒的人……

电话那头仿佛挂断了一样，寂静无声了好一会，老狐狸局长眯起了眼，大缯对着也转而看向身后的白板，可可更是一动不动地盯着电话机，唯独王涛有点忍不住想提问题的样子，被大缯用眼神制止了。

时钟又一点一点挪动了好几格，电话机依然寂静无声，这下连局长都忍不住了，“这老太婆是不是记性不好，直接丢下我们了？”

众人以为会听到电话那头传来反驳声，居然没有！

王涛看局长的意思终于有人站在自己这边啦，走上前就想挂断电话重拨……可可一伸手，将他拦住。但又什么都没做，就这样死死地盯着电话机，好像那玩意儿会像变形金刚一样会有个奇迹似的。

“可可，”大缯看局长不满的表情，也只好去协调，“也许有电话故障，我们挂断重拨……”

“小姑娘，你叫什么名字？”

电话里终于发出了声音，但十几分钟的干等居然等来的是这么一句，让在场的人都有点莫名。

可可眨眨眼，似乎明白了什么，“浔可然。”

“嗯……等这个案子结束了，你到我这里来，我要和你好好聊聊。”何老太的语气不同于之前的种种，带着不容置疑的认真，连老局长都没有打断她的意思。“我问你们，4 月 3 日，有一份带着毒物的快递，送到了佳禾小区，对吧？”

大缯和可可顿时互相对了个眼神，“没错，何老师，您看出什么来了？”

“你们看田华的那一份，他的字体太有特征，每个横竖都是几近标准的直线，竖弯钩也是用力画出的小段斜线，不带收笔的痕迹。但是，4 月 3 日在哪里这个问题的答案的第三个字‘场’，回答快递那问题时的第二个字‘能’，还有回答佳禾小区去过没有那个问题的第二个字‘有’……”

顺着何老太加快的语速，在场人凑近了纸细看着她说到的字。

“这三个字，在竖弯钩的地方，理应向内弯的勾被画向了外，不同的字，不同的弯钩，都在回答问题的前三个字内，这对于这样一个极端正方体的字态的人来说……是几乎不可能出现的。”

局长叹口气向后靠在了真皮椅上，“这家伙动摇了。”

王涛转身，在白板上田华的名字后面，标注上了 4 月 3 日，快递，佳禾小区。

大缯带着有些兴奋的神情，“何老师，您还有看到别的吗？”

“有，郑嘉隆这个人有一张纸上的问题，写答案的字……就是问空调外机那张。”

可可抽出何老太提到的那一页，和大缯、局长像三只猫一样凑近了桌面仔细看了几眼，“没什么……错的地方啊？”

“他没写错字，你得对照他回答的别的字……这样，你拿纸对着光线的地方看，透过光线看更明显一点……看出来了吧？我刚说了，他的字认真，用力，保守，就这一页，写的字力道特别轻，轻到一开始十几个字的横竖都不稳，写到最后几个字了才恢复力道。”

大缯稍微皱起眉头，“何老师，你确定这能表现出他心虚？”

“小子，字迹的力道是个非常明显的特征，就好比你在听说什么很惊恐的事情时，手上会突然拿不稳东西是一样的道理，人的四肢协调都来源于大脑，大脑对四肢发出指令很容易被情绪所影响，如果你正按捺着内心巨大的波动，手抖、手脚发凉都是很常见的反应，写字的力道突然大变，已经算他隐藏得很好了，这么说起来，你们在哪里让他们写答案的？如果有当时的监控录像，可以进一步仔细研究当时情况，如果你们担心不足以说服检察那里，拿录像来，我帮你们找分析微表情和肢体表情的专家来看。”

“哦嚯，何老太，你怎么突然这么积极？”局长笑道。

“哼，我当然不是为了你。小姑娘呢？”

“我在。”

电话那头沉吟了一会，仿佛在思考怎么表达，“我现在算是明白了，常丰那个一向重男轻女的家伙为什么会挑你当关门弟子。”

19　迫近

薛阳再度敲了敲门。

白翎在一旁打了个几乎下巴脱臼的哈欠，“你干吗分一半名单给二组啊。”

“我们俩昨天跑断了腿也不过三分之一，你想再通宵三天三夜？”

“也对……反正都是排查受害人，不是嫌疑人……哈……”白翎哈欠打到一半，突然发觉薛阳手按在门铃上，一脸鄙视地看着他，“干吗，老子三天没睡满十小时，打哈欠也不行啊。”

“注意点人民警察的形象。”薛阳扑克脸说。

“人民警察也首先是人啊，是人不睡觉都精神状态不好……”白翎还没说完，只见薛阳的手摸向了腰后枪匣，瞬间翻脸。

“大哥我错了我会注意的。”

薛阳抽出枪，做出噤声的手势，压低声音道，“门没关好。”

白翎也随之一凛，从昨天一清早王爱国排查出所有嫩芽论坛的付费会员到现在，他和薛阳几乎跑遍了这个城市大多数区域，一家家地走访那些被核实的“高级会员”。虽然明知凶手的下一个目标很可能就从这些人当中产生，但当这些面孔中的多数、绝大多数都带着“你们认错人了！”“你胡说！”“不是我！”“别再来了，否则我告你们诽谤！”的态度时，很难让人产生一丝同情。

薛阳把枪低垂在胸前，慢慢推开没有关上的门。

“卢枋？卢先生？”白翎故意叫道，“我们居委会，有人在家吗？”

薛阳和白翎侧耳听了会，毫无应声，对了个眼神，便分头放轻脚步声谨慎地走进房间内，一室两厅，一人一间房间。阳光被厚实的窗帘给遮蔽了大部分，房间里散乱着没洗的衣服、乱七八糟的杂志等东西，明显是个独自住的男人的气氛，薛阳正打算收起枪仔细查看房间，就听到白翎在隔壁喊。

“薛阳！叫救护车！”

薛阳和白翎兵分两路，薛阳留在现场等待同行调查的人到，白翎则跟着救护车直接送伤者去医院。

救护的医生看一眼对面坐着的警察，衬衫还算干净，但胡子长足了茬，若不是两人都出示了警官证，简直让她觉得比犯人还可疑。

“知道了浔姐你放心，我记得记得，衣服嘛……啊对，还有鞋子，反正扒层皮嘛，啊？还有血液样本，哦，还有吗？头发？哦，还有？啊等等，我找个纸笔。”

可疑的警察同志对急救医生伸出手，“兄弟，借个纸笔。”戴着口罩的急救医生眨眨眼，一边拿出纸和笔，一边内心在感叹，好吧果然是警察，人邋遢，但工作细致，不过某些方面是个二愣子。

白翎一手拿着电话，一手把纸放在膝盖上，记下了电话那头的浔可然絮絮叨叨的叮嘱，终于挂了电话之后长嘘一口气，“谢了，兄弟。”白翎把笔还给对面那座的医生，却见医生一手接过东西，一手拉下自己的口罩。

“不客气，姐妹！”女医生笑眯眯地回答道。

白翎内心咆哮了一遍，嗷嗷嗷老子不是故意的对不起，啊啊啊主要是太困了造成的啊啊啊……

救护车在白翎内心奔腾着一百匹羊驼的过程中，干脆利落地驶入了八院的急诊大楼。

暮色日下，太阳光渐渐失去了原本的温度，因为几乎所有人都扑向了发现受害人的第一现场，于是直到好几个小时之后，跟着受害人一起经历了急诊抢救、住院治疗的白翎，除了干等以外所做的唯一件事，是从王爱国的电话里得知了受害人的身份。

“啊，这家伙不简单，我记得这个地址，这家伙的身份是我花了好大力气才找到的，他会一点电脑技术，隐藏了自己的IP地址，而且发布了很多摸孩子身体的照片，看起来像是常干这种诱拐孩子去他家，然后拿好吃的好玩的骗得孩子听话，然后拍那些恶心照片上传的人。我当时看着就生气，所以尽管费了老大劲，但我一直孜孜不倦地找他身份……”

“说重点。”“哦。”

白翎显然已经习惯了王爱国时时刻刻都会犯的唠叨症状——除了在电脑前。

“卢枋，43岁，原来是家小公司的合伙人，前几年拆伙，分到一点钱，看他的银行和账户记录，似乎是靠这笔钱随便做着股票投资来过日子，从来没结过婚，没孩子，父母以前是纺织厂员工，母亲去世，父亲在养老院生活，所以现在小徐还在头疼该联系哪个家属呢。”

“倒是很忠于自己的一个人。”

“嗯？哦你说没结婚这个？那是，没老婆没孩子，才方便自己见不得人的爱好。”王爱国自动接上了白翎的话，“白翎你现在一个人呆着？”

“不然嘞，他们都觉得现场得采集一堆玩意儿，老子只好守着这个差点被杀掉的王八蛋呗。一码归一码，真希望他被救活过来之后，能好好审下他对孩子们做的事儿。”

“你们到现场的时候他已经倒地了？”

“嗯，”白翎看了眼从特殊病房里走出来的医生，对他点头致意了下，“薛阳发现门没关好，进去的时候我看到他已经倒在地上了。”

“那你没闻到那啥杏仁的味？”

白翎一手拿着手机，边向病房里探了探头，卢枋头戴着氧气面罩昏睡在病床上，护士长正在给旁边的小护士讲着什么注意点，“我没闻到，我们检查过房间，没其他人，但是他丫命大窗户是开着的，否则估计我们得直接叫殡仪馆的车来了。”护士长似乎听见了白翎的话，扭头瞪过来一眼。白翎缩了缩脖子，心想你们那是不知道病床上的是什么样一个人。

“哦对，浔姐是说过，好像有四成左右的人是闻不到氰化物的杏仁味道，诶，白翎同学，你遗传基因有缺陷诶。”

“滚！老子这是进化了！”

白翎从不知道，后来王爱国几次想起这两句对话，都要死掐着自己的指甲，才能不哭出来。

20　最后力气写下的字

白翎怕大缯他们的电话打不进来，没和王爱国多闲侃几句，就挂断了电话，独自坐在病房门口干等着。

住院部里的墙是米色的，护士姐姐们每个胸口都别着小闹钟，病床不够睡，在走廊里睡的都是年轻病人，里面的都是重病患者或者老人……为了勉强着自己不要睡着，白翎关注着周围多少奇怪的细节。但最终还是在走廊上坐定下来，不知怎么，就想到了苏晓哲。

苏晓哲躲着他，已经躲了好几个星期了。说实话他看待苏晓哲就像看自己的小弟一样，但世事难料，自己也没想到有天会因为女人被兄弟仇视。那个妹子其实他只见过两三回，不过是晓哲要帮妹子搬东西于是求他过去一起当苦力，不料妹子隔天就开始主动联系他，一副红着脸娇羞的神情……想到这里，白翎低下头，忍不住搓着自己的脸，从他的指缝间，他可以看到正面前病房的门口，他的视线往下，看到一双皮鞋踩着踢踢踏踏的声音，走近……嗯？进了卢枋的病房？白翎直起身，哦，是护士。

白翎在病房门口，意识有些飘离地看着护士给卢枋换药的背影，以前他也幻想过被妹子倒追的美好人生，但不知道为什么，看到妹子脑海里浮现的都是晓哲愤怒的表情……有种内疚感大于得瑟的别扭心情。

护士已经换好了药，继续踩着踢踢踏踏的鞋跟声，慢慢走远。

靠，老子内疚个毛啊，又不是我主动抢妹子，是人家撩我嘛，搞的好像哪里对不起苏晓哲似的……白翎摇摇头，自己在想什么奇怪的东西，都是因为那个护士穿……等！

走廊上经过，正准备去换班的护士看到那个胡子拉碴的警察猛地从座位上弹了起来，吓了她一跳。更吓人的是，那警察眼光一扫，就盯准了离他最近的自己。嘤嘤！干什么？这么恐怖的表情是干什么？

“护士！你穿什么鞋？”

“呃？”护士吓得后退了一步。

“啊不是，”警察死命地挠了下头，“我是说，你们医生护士是不是规定要穿没有声音的软底鞋子？”

“对啊。”护士抱紧胸前的输液袋，要不是知道对方是警察，早就吓得叫出声了。

警察像一阵闪电一样冲进了正面前的病房，护士犹豫着走近两步，想问有什么问题，突然警察唰地又冲出了门，差点和小护士撞了个满怀，他一把掐住护士的肩，根本不管对方略带惊恐的表情，“你听仔细！里面这病人被人氰化物下毒，刚才凶手又来过了，你马上去把他身上的输液全都拔掉，呼叫医生急救！”

啊？啊啊？小护士的大脑还停留在理解刚才那段话的过程中。

“氰化钾！急救！快去！”白翎的吼声终于让小护士回过神来，扑向了病房里。

后来在那些警察一遍遍的询问中，小护士一直在思考、回忆、当时发生的每一个细节，和她看到的最后一个画面……

是那个警察冲出走廊的背影。

其实那一天，太阳很耀眼，空气和每个早晨黄昏一样清爽。也是那一天，徐婉莉给泡的咖啡很甜，为了唤醒他们连续熬夜的精神不济。还是那一天，他总忍不住想打喷嚏，因为医院里消毒水的味道弄得人鼻子痒痒的。

那一天，白翎见到死神得意的笑。

走廊上有人很多，病人、家属、医生、护工……白翎在抓着小护士的肩膀对她吼的话音还未落，就开始在走廊上飞速搜寻刚才听到的那个脚步声。

咔哒……咔哒……穿着高跟皮鞋的护士。

没有护士会穿高跟鞋工作，那会影响病人休息的安静。

肾上腺素被瞬间调动到最大功率，白翎快步跑过走廊。住院区这一层的格局类似于大写 H，两边两列是病房，中间那一横是护士台。

在哪里……脚步声、讲话声充斥在耳边……咛哒！

白翎的视线随着耳朵定位到的声音而扭转，看到那一抹护士的背影，正要走向走廊尽头的那扇消防通道门。他连狗血地喊“站住”的空隙都没有，直接迈出大步伐冲向了那个背影。

护士背影走出了病区的门，那是医院大楼设置的消防通道，过了这扇门，再走上几步，推开外门，就是大楼外的消防楼梯，可以直接上下到别的楼层，或者，直接走到地面离开医院。

白翎冲进门内时，背影的手已经搭上了外门的门把。

前面门是大楼外，身后门是住院区，两人处于相对封闭的空间里。白翎看着那个人的背影，手搭在了腰后的枪套上。

“别动，慢慢举起双手。”难得露出这样沉稳的一字一句，白翎却显然感觉到一动不动的背影，给自己带来的压力。

头顶的空调换风口发出轻微的呼呼声……

护士的背影沉默了一会，松开了打算推开门的那只手，缓缓向上……向上……

那几乎只有几秒的事情，在白翎眼中好像放慢了很多倍的画面。

突然白翎身后的门传出吱呀被小幅推开的声音……

“别过来！”只一霎间，白翎回头一声大吼之后再度看向护士时，就感觉到“噗”的一阵水汽向面上喷来。

那个护士在他分神的一瞬间，转身向他喷了什么东西！

在他下意识闭上眼掏出枪的那一刻，护士背影推开外门跑了出去。

“别……咔……”刚睁开眼想追上去的白翎发现了不对劲，他无法呼吸，喉咙里如同有一把火在灼烧一样痛苦！大脑却加了速在运转，他想起来了！

自己闻不到氰化物苦杏仁的味道！

接下来的混乱场景结合了后来许多目击者的描述。

“那个警察脸色扭曲地从那扇门冲了进来，一手还拿着枪！”

“对啊，一把推开了那个打算走进去的病人，很用力地推开好远好远，病人都倒在地上了！”

“我就看到他嘴巴一张一合地冲了出来！和我摇手，我没明白，他一把推我，很用力！我倒在地上痛得就想骂人！”

“吓死人了！我们几个家属正好在走廊旁边，看到枪吓得尖叫，这很正常的对吧！”

“是的，我在值班，警察冲过来声音沙哑，说清华什么，我后来才知道，他想说氰化物。”

“用的纸！飞快抢过我们护士台上的纸，很用力地写了‘氰化钾、喷毒、关空调’，然后指了指自己憋紧的喉咙。”

“嗯……真的很吓人，我走过来时他已经倒在地上，握住自己的喉咙，咔咔…这样…不行我说不下去了……”

护士台上的护士，被推开很远的病人，正在走廊上讲话的家属，经过的医生，每个人的话拼凑在一起，几乎完整还原了那短短一分钟白翎做的事情。

他冲出病区的门，将刚才打算走进那两扇门之间区域的病人推开老远，踉跄着一手拿枪，冲到护士台，试图讲出话，看到护士几人一脸迷茫，抢过桌上的纸笔，用划破纸的猛力写下氰化物等关键字，看护士瞠目结舌地看着他，不明白情况，于是他转身一拳击碎了墙上的火警应急铃，整个病区响起一片警报声。

此时经验最老到的护士长才明白他的意思：“快打总务处电话，关闭大楼的空调！去找夏医生和急诊医生，氰化物中毒应急处理！”

白翎用最后的力气在纸上写了一个字，“花”，收笔的弯钩都没有，就斜倒在地上，开始呕吐和抽搐……

护士和医生扶着他身体大声吼叫的声音，火警铃声慢慢中止的声音，和来往杂乱的脚步声，都慢慢渐远，越来越轻……

脑中只剩下一个念头，前天苏晓哲的那条短信，忘记回了。

21 用生命，换你勇敢

走廊里站满了警察，可可和王涛推门而入的时候，却能清晰地听到吱呀的门转轴声音，在空旷的走廊里回荡了一下。

正在和几个同行说话的副组长快步向他们走了过来。

“人呢？病人都转走了？”可可伸头向最近的病房看了一眼。

副组长走到他们面前，声音压得很低，指指头顶，“担心空调换气里吸进了氰化钾，所以整层楼的病人都暂时转移上另一个楼层去了。连带上下两层空气交换机全部都停了，你们来得有点晚。”

副组长的话让两人眼神一变，王涛根本想都没想就脱口而出，“不会吧！”

“什么？啊不！当然不是！”副组长看他表情就明白了，“还在抢救，倒是那个卢枋，白翎反应快叫护士拔掉了输液针头，救了他一命。两人都安排在这一层，尽量不让接触过氰化物的人离开这层。”

一句话说得三人一时无言，最后还是副组长先恢复过来，“最早到的是薛阳，情况他最清楚。”说着，跟着副组长的方向，三人走到了护士台边上，站在薛阳边上的大缯先和他们点了点头。

薛阳的脸色有点惨白，但神色还算冷静，他看看可可他们，知道自己应该解释些什么，但心里一点都不想再回忆那段时间里的事情。

“我来说吧，”大缯看了他一眼，转向可可他们，“你们还在卢枋家里勘察时，我和薛阳就先到了医院，他上楼来找白翎，我在楼下医院办公室准备和他们了解下病人的情况，薛阳刚上到这一层就听到火警响。”

“我冲进来，听到护士长的声音在大叫氰化物中毒急救什么的，还有看到……白翎倒下去，在吐沫……”薛阳深吸一口气，直起身子，“总之，凶手潜入了病区，进了卢枋的病房下毒，被白翎发现……”

“等等，白翎看着那人进了病房？”王涛刚开口就察觉可能说错话了，“我不是那个意思，我是说……”

“那人穿着护士的衣服，根据在场护士的证词，白翎大概是突然反应过来刚才进病房的护士穿着高跟鞋，是违反护士服装规定的，然后立刻叫护士检查卢枋是不是又被下毒了，再根据鞋跟声音追到那人时，已经跑进了那个隔间。”

几人的视线追随这薛阳的手指向的方向看去，病区和外廊中间的隔间的门前，已然拉上了黄色的警戒线。

“他大概要抓捕那人时掏出了枪，不料身后有个不知情的病人打算推门走进隔间，然后他分神那一瞬被那家伙喷了一脸的氰化毒，跑回来推开打算走进去的人，然后到护士台写下说明。”

可可接过周大缯拿来用塑料袋包好的纸，上面是白翎用力写下的字，遒劲有力、却又略微扭曲的字迹，让可可忍不住联想到就在几天前，省厅字迹鉴定的老师的那句话，字由心生。

“看来剧毒很快就进入气管了。”王涛皱着眉，忍不住回头看看走廊尽头，白翎正在抢救的房间，门紧闭着，门口站着三两个警察，一言不发。

可可看着手里的纸，视线慢慢往下，疑惑地皱起眉头，“这个花是什么意思？”

几人顺着她的视线一直看到下面，最后的那个“花”字仿佛倾注了白翎所有的力气，连落笔都没有，用力的笔迹直接划到了纸底。可可抬起头，疑问的眼光看向薛阳和大缯，收到的皆是同样疑问的回应眼神。苏晓哲赶到病房的时候大家正在讨论接下来的勘验。大缯看到他，只是抬头指指白翎的病房，“抢救还在进行，去吧。”

抢救的病房是临时在普通病房的基础上改的，苏晓哲可以通过房门上的玻璃看见里面忙碌的医生和护士的动作。他从未想过白翎会在离自己只有几步远的地方，却几乎生死相隔。能不能再和他讲话，能不能再和他赌气，能不能再继续假装不在意他，他一概都答不上来。

生命有多脆弱，在你失去时才会知道。

苏晓哲僵硬地站在病房门前，感觉不到紧迫的心跳以外的任何事。所以他根本不知道是过了多久，什么时候，浔可然又走到了他身旁。

“苏晓哲，出事的隔间需要勘查，过来帮忙。”

苏晓哲微微侧过头，他听见了熟悉的可可的声音，但他花了好一会才反应过来这么简单一句话的意思。他没有动。

可可似乎不死心，看看病房，又看着苏晓哲的侧身，说不清是安慰还是敷衍地道，“他是警察，没有随时牺牲的觉悟，不做警察。”

“我……做不了……”苏晓哲的声音沙哑，自己都分不清自己在说什么。

浔可然没有吱声，她顺着晓哲的目光看向病房内，也许人生中难免为了一些事会去恨一些人，但是生死面前，一切都成了小事。

永远，别说永远。

可可默默地走开，留下晓哲一个人一动不动地呆呆站在抢救房门口，很久，很久。

22 背靠背的默契

浔可然走到王涛身边，后者已经把身上的防护服穿了一大半，他歪歪头看着远处蹲坐在地上抱着头的苏晓哲，对可可笑道，“去欺负小朋友了？”

“不用管他，”可可从身旁协助的人手里接过防护服，开始往身上套，“没经历过生死，不算长大。”王涛撇嘴笑，心想你说得冷漠，其实心里不知道多希望小朋友赶快成熟起来。

王涛最后拉上脖子上的拉链，防护服里传出的声音闷闷的，“我还以为你会生拖硬拽那小子进去勘验。”

可可抬手在王涛的面具上故意敲了敲，然后看像个外星人一样的王涛慌乱地后退，“别敲别敲，敲漏了死定惹！”

“如果轮到要这些小朋友去冒险，理论上你和我应该已经死了。”说着抱起最后要戴的头盔，不顾旁边警察有些尴尬的表情，浔可然直接走向了那间隔间。

站在隔离线旁的大缯正在和副组长说着什么，看到一身防护服的可可，下意识打断了副组长的话，回头看了眼不远处白翎出事的地方，“隔间的空调都关了？没有散过空气？”

副组长立刻就察觉到了大缯的担心，但又不能在这事上撒谎，“换气关得及时……白翎之后没人进去过。”话落之前，可可已然走到了两人面前，身后还有全副武装的王涛，走得比较慢。

“可可，我们先回去审讯……”大缯的语气有些犹豫。

浔可然对他微微一笑，脚步都不曾停下，“我知道，回头见。”只一瞬，走过了他身边。

周大缯背对着可可，嘴角也露出不经意的一弯，他总是在工作上的某个时刻，见识到浔可然不同于表面稚嫩的成熟默契，不需要他多余的担心，她会用简单的微笑告诉你她对自己的工作的掌控力，让你放开手能去尽力做好自己那一份。背靠背的默契，互相相信的实力。

察觉副组长正一脸讥笑地看着自己，大缯收拢表情，“走吧。”

“哦哦快走，看你们那眉来眼去，我牙都要酸掉了。”副组长嘀咕。

另一边，站在隔间门的三步远处，王涛终于追上了可可的步伐，“准备好赴死没？”王涛贱贱的话语从玻璃防护面罩后传出来。

“啊，”可可带上面罩，看着几步外的毒气间，“我就不信她有时间擦掉指纹。”在不远处七八个同行的目光中，可可和王涛进入了那间充满氰化物残留的隔间。

“谁下的命令？”大缯刚到刑警队办公室门口，就劈头盖脸地问，把一同进门的副组长也给吓了一跳。

几个年轻的刑警都互相看看，不敢随便应答。不料局长居然直接从里面走出来，“我。”副组长虽然是副职，但岁数和经验都比大缯要老到一点，当初若不是他坚持不肯做刑警队组长，说自己有家有老婆不想扛大责任，也轮不到大缯年纪刚上三的人坐上这个职位，所以他立刻察觉到了大缯不同寻常的激动语气，两步就拦在了大缯面前，“局长也是好意哈，你别急。”

大缯扫视了下，发现围观群众都以为他要发飙的表情，连局长也不经意地抬了抬眉，急忙解释道，“不是那个意思，我是说局长这招跟我想一块去了！”

“诶？哦……”原来是拍马屁，副组长和围观小刑警们都一脸懂了的表情。大缯直接看穿他们的表情变化，瞪着眼怒道，“老子不是在拍马屁！”

局长摆摆手，示意别争这些没用的，“白翎怎样？”

“还在抢救，”大缯推开副组长，“局长，你把他们几个传讯过来，是半个小时前的事？”

局长回过神才明白大缯是真的有想法，皱着眉想了想，差不多。

“白翎薛阳发现卢枋被人下毒在家，就在两个小时前的事情，送到医院白翎被人喷毒，就在一个小时前，如果这些人……”

“不是他们，”局长皱眉很深，“我让三组的人去把这几个家伙一起带来的命令，几乎和白翎他们出现在卢枋家同一时刻，然后三组的人分几路，直接把人都带了回来，在路上时白翎才出的事，所以……”局长话语微微一顿，“至少，对白翎出手的人不是。”

“对，我要说的就这个！”大缯的推论慢慢呈现在了众人面前，“如果对白翎动手的人，不是杀卢枋的人，而是去补刀的。”

“还有一个人……”局长喃喃地道。

“那现在带来的这几个里面，就可能有去毒杀卢枋未遂的！”副组长转身就对旁边的人吼道，“小徐！小张，带来的四个人安排在哪？”

大缯站在单面玻璃的另一边，对面是几间隔开的审讯房间，里面分别坐着被带来的何萧、田华、还有郑欣欣的父母，上一次因为那份笔记调查问卷的事情，已经将他们带来过一次，不过那时将人特意安排在了会议室，显示出“只是协助调查问点问题”的安全假象。此时突然被带到一人一间的审讯室，显然每个人都出现不同程度的情绪反应。

田华笔直地坐在桌前，双拳紧握，好似一尊雕塑。何萧一会站起，一会坐下，一会面对墙角在思考什么，徘徊不定。郑欣欣的父亲如一摊泥一样半躺在椅子上，面色惨白。郑欣欣的母亲则一直皱着眉，手指在桌上敲击着，偶尔换个比较舒服的坐姿。

副组长不知不觉走到了大缯身旁，他刚从局长办公室回来，直到今天，他们才彻底相信了周大缯和浔可然之前的推论：有一个领头人，很可能就是在嫩芽公司和他们通电话的人，组织带领了何萧、田华等人，互相交换目标，对当年虐待性侵过自己的、或是涉嫌虐待性侵了自己孩子的人进行报复，选择同样的毒杀，让刑侦调查时误以为同一个凶手，然后各自有各自的不在场证明，局长还敲着手里的钢笔感叹，现在的犯罪思维是越来越危险了。

“小周，别掉以轻心，王爱国调动了整整两年的记录，交叉对比了他们的通话、短信、甚至微信之类的聊天软件中的记录，他们之间毫无关联，可以直接说，何萧、田华、郑欣欣的父母之类几个人好像地球两端的人，从来不认识对方。”

大缯掐断指尖未曾点燃的烟，“我也想过这个问题，但是我还是那个意思，他们不只是相互交换复仇，没有人会为了没见过面的陌生人去杀人。”

副组长喃喃了一遍他的意思，“你想问出牵头人？”

“看情况吧，我更关心还有多少氰化物。”大缯深呼一口气，努力忘掉脑海中白翎正在抢救的病房门。“等等！”副组长抓住准备离开的大缯的胳臂，犹豫了一下才道，“要不要冒个险？”他扬扬头指了指单向玻璃那端，“我们还从没把他们聚到一块过吧？”

郑欣欣的父亲名叫郑嘉隆，在之前的三十二个年头里，他一直庆幸自己活得无妄无灾，父母健康，自己平稳地考了大学，找到份稳定的事业单位工作，娶了一个热情善良的妻子，唯独的一点缺点，是继承了妻子美貌的女儿似乎有点……怎么说，比同龄的孩子反应慢一拍。当他一次又一次在同事、邻居面前看到对方略带小心翼翼地说“这孩子，挺……可爱的，就是有点，反应慢啊……”然后不经意地看他一眼反应时，他总脸上含着笑，牙根却咬紧。他越来越不喜欢带女儿出门，越来越少抱她。渐渐地连他自己都发现，原本每天见面就会扑进他怀抱的女儿，越来越胆小，除了妈妈不跟任何人讲话。

他甚至动过念头去验一验孩子的DNA，但每每看到妻子和孩子玩得开心时，又放弃了自己破坏这一切的念头。直到见到女儿冰冷的尸体，他才明白自己错得有多离谱。当他们告诉他女儿曾被性侵过时，他觉得整个世界一阵晕眩。他是个什么样的爸爸？他的女儿，才四岁的一个孩子，在外面遇到这样无法想象的恐怖事情，回到家，还有一个连陪她好好说几句话的耐心都没有的父亲。

坐在审讯室里的郑嘉隆在几乎呆滞地回忆时，门被打开了，统一穿着制服的警察没有多说什么，只是将他和妻子一起请到了一间大会议室。

郑嘉隆在刑警的带领下走进时，霎时觉得手脚冰冷。他看到了何萧和田华。郑欣欣的母亲察觉到了丈夫的不对劲，伸手握住他的手，两人一同走入了会议室，在最近的地方找了个座位坐下来。

大缯站在椭圆大桌的一头，副组长站在另一头。

何萧、田华和郑家夫妻，看似随意地坐在不同角落的位置，却又很容易被人察觉到，他们故意拉远的距离，几乎在会议室里呈现出最远的三个边角。

“我想几位心里很清楚，今天为什么坐在这里，我就不再多废话了。”大缯扫视了一圈沉默的嫌疑人们，“我们想知道的只有一件事，氰化物的来源。”

四人里面，没有人出声，甚至没人有一丝动弹。

大缯和远处的副组长对了个复杂的眼神，他心里其实也没底，审讯和破案一样，需要心细，更需要胆大。

“杀死和自己无冤无仇的人，很有成就感吗？”大缯低沉的声音，配上蔑视的眼神，扫过四人。

唯独郑欣欣的母亲抬头看了他一眼，露出略显疑惑的皱眉，转而去看丈夫，“老公，他在说什么？”

身旁的人眼睛死死盯着漆木的椭圆桌面，定若石像。

于是女人又转向大缯，“警察同志，那个，你们是不是弄错了？我一点都不清楚你说的意思……”

“你什么都不知道？”大缯淡定地反问了遍，“那关于你女儿去世的意外……”

“闭嘴！”郑嘉隆猛地站起了身，脸上的肌肉仿佛都在颤抖，死死瞪着几个座位外的周大缯。

大缯平淡地回看着他，“郑先生，如果您妻子真的什么都不知道，我们可以安排她在别的房间稍作等待。”

如果愤怒可以直接化为火焰，那么在场的人都会清晰地看见，郑嘉隆身上原本冲天的怒火，仿佛失去燃料的柴堆，在空气中悄然飘离散尽，“媛，你在外面……等我……一会……”

妻子张大了嘴想说什么，但丈夫将头扭到另一边，沉默。直到妻子离开的关门声响起，郑嘉隆的身体摇晃了两下，瘫坐在椅子上，手捂住脸。

田华笔挺地站在窗边，看向外面。

何萧随意地靠在椅子上，目无定焦。

“你们谁手上还有残余的氰化毒物吗？”大缯问得很严肃。

郑嘉隆很微弱地摇了摇头，这个信号让何萧猛地坐直身子，“别说！蠢货！他们什么证据都没有！”

事实已经很明显，真相看似就在眼前，但内心软弱的犯罪者，被内心顽固的同谋给带了过去，这是将人聚在一起审讯最大的麻烦。

大缯对副组长打了个眼神。

几秒钟后，徐婉莉推门而入，径直走到大缯面前，将一沓厚厚的A4纸文件夹放在他手上，压低了声音道，“周队，法医科说现场采集到了不属于受害人鞋子的脚印，还有在空调外机口采集的那个指纹，已经分析清晰，可以对比。”

徐婉莉说完就出去了，徒留下会议室内静得连手表滴答声都听得清的诡异气氛。

“你们知道么，每个聪明人，都以为自己杀人会不留痕迹。但事实是，不管你怎么构思完美，现实中的杀人案不留蛛丝马迹的情况，只有不到千分之一。”大缯好像调侃一样了竖着手指，“这里有三个人，你们觉得，有谁会是那幸运的千分之一？”

他看到郑嘉隆的脸色比刚才更惨白了。

“别绕弯子了，你们沉默也改变不了什么，我只想问氰化物这种剧毒，你们身边还有没有留，万一被什么都不知道的身边人碰到，害死了身边的亲人……”

“没……了，量是定好的……用光了……”郑嘉隆开了口。

何萧立马瞪了起来，“叫你别说话会死啊！”

“不说又怎样！”

“不说什么事都没有！”何萧横眉竖眼地瞪着郑嘉隆，郑嘉隆也毫不退缩地瞪了回去，他记得这个男人当时反对他加入的理由，就是怀疑他不够坚定，会捅娄子。但他咬住了信念，坚持自己可以做到，因为只有这样，欣欣，自己愧对的欣欣，就不会死得毫无波澜。

“顺便说一句，卢枋没有死。”大缯将手中的纸随意丢在面前的圆桌面上，抬眼，面对几人震惊而复杂的眼神。

郑嘉隆的视线慢慢转向何萧，才紧抿的嘴角冷哼吐出两个字，“废物。”

大缯和副组长心底都踏实了，崩盘，是共同审讯成功的第一个标志。同时也显然易见，何萧是去毒杀的卢枋的人选。副组长悄无声息地点点头，走了出去。

何萧瘫坐在椅子上，他感到自己深入内心的无力，他没想过自己会失败，为什么？自己应该是最恨的、最狠的！

郑嘉隆咬着自己的手指关节，在对何萧的讥讽畅快反击之后，他立刻开始后悔刚才脱口而出的愤怒，又带着觉得一切都无法挽回的终结感，悄悄瞟了眼大缯。

三人当中唯独田华还站在窗边，对着窗外，一动不动，连头都没有回过。

大缯决定冒险到底，“所以，大家就敞开窗说亮话吧，田华，你的目标是何萧想复仇的杨树同，何萧你针对的是卢枋，郑先生你对的人是田华的养父宋政，所以这间房间里还缺了一个人，对付的是……原来幼儿园的保安郭玉峰。”

大缯自以为扔出了最实心的炸弹，但现实是，面前的三人居然一动不动，仿佛凝固的雕塑一样看不出在想些什么，这让大缯略觉得苗头不对。

“不可能……”何萧双目直直地看着墙壁，“他不可能没死，不可能，我用了全部的……”

“喂！”和刚才的情形完全相反，郑嘉隆徒然喊了一声，“别说！刚才是谁叫我什么都别说的！”

但何萧好像什么都听不见一样继续着，“全部的氰化物都给用上了！他怎么可能没死！”

“何萧！”郑嘉隆大喊了一句。

“我不管！我没有做错！我没有放过他们！他们该死！他们这种畜生人渣该死一万万次！”何萧暴起般的愤怒，气喘吁吁地吼着说完这些，面对他的，是惊讶得说不出话来的郑嘉隆，和更加冷静的周大缯。

何萧的吼声像在山谷间回音一样在会议室里，带出一片寂静无声。大缯想起笔迹鉴定时何老太说的那些话。

大多笔画向下走，性格悲观厌世……思考容易钻牛角尖……性情应该不太稳定……有点疯疯癫癫、胆小易怒，但是行动力颇强的家伙。

因为自卑，故意表现出自信，但又常常突然易怒地暴起。性格有时候真的是一把双刃剑，两边刀刃都看得很清晰。

“何先生，你清楚自己在说什么吗？”大缯眯起眼，缓缓问道。

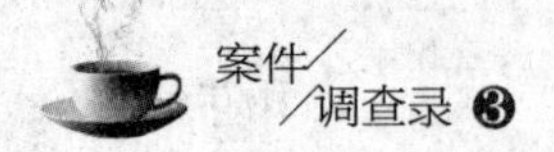

“我他妈……”

“何萧！你疯了！”郑嘉隆还在试图阻止他，“什么都别说！都不重要！”

“不重要个屁！老子没有失手！老子没有放过那群杀千刀畜生不如的狗屎东西！你们他妈的都能成！老子为什么……”

“你给我闭嘴！你要死一个人死！别搭着别人！”郑嘉隆终于愤怒之至，站起身扑向桌前，一副要爬上桌直接去掐住何萧喉咙的样子。

“闭你个头我就说怎么了！他们该死！该——死——”

“何萧你个疯子你他妈……”

砰！

猛然的撞击碎裂声突然打断了一切喧闹。

郑嘉隆愣在原地，慢慢低头看去，一个玻璃茶杯的碎片正在他的脚下缓缓转动着最后的弧度。他抬头，和其他人的视线一起，看向窗边的田华。

一直都屹立在窗边不动弹的田华在无人注意的时候已经转过了身，并且随手抄起身侧茶几上的玻璃杯，飞速扔出一道弧线后砸在了郑嘉隆耳朵旁的墙壁上，碎裂成渣。

“吵什么……”田华的声音比大缯还平淡，但冷得让人说不上话来，“周队长，不用再挑事了。人都是我杀的，杨树同，宋政，郭玉峰，卢枋。全都是我一个人杀的。用氰化毒，也用了别的暴力手段。”田华在众人惊讶的视线下淡淡地走了几步，随意拉开一张座椅，坐了下来。

“田先生……”大缯觉得有点可笑，“你一个人杀了这么多人？”

“杀得了。我没有父母，也没有需要照顾的子女，没有在隔壁等我的妻子，我没有负担，所以……”田华冷然地看了看何萧和郑嘉隆，“人都是我杀的。”

大缯眼角一抽，他眼神一瞟，立刻察觉到何萧、郑嘉隆和他一样，领悟到了田华的意思！

他根本没想过安然度过这一劫，打算用自己，保全其他有家庭的人！

田华的视线很淡然，轻抬的视线对上大缯皱眉的眼神。所有审讯里，最怕的，是有一个根本不打算抵抗，包揽所有罪名的自杀式炸弹。

“你在等什么，周队长？”田华的随手拿起桌上何萧的烟点起，嘴边袅袅而起的烟雾模糊了他面无表情的脸庞，“我已经认罪了，你们要审讯，要的不就是这个么？”

大缯定定地和他对视着，一字一句清晰地说，“我要的是真相，不是认罪。”

田华居然发出一声轻笑，“事情已经这样了，真相不真相，有什么意义？”

“有意义，”大缯的声音在会议室里回荡得很清晰，“你的养父宋政有一个在养老院里八十多岁的老父亲，杨树同还有女儿和刚满五岁的孙子，郭玉峰的父母都健在，这些人需要知道自己的亲人发生了什么事。真相对于他们来说，就像对于当年的你们一样重要。”

三人都愣住了，连最为淡漠的田华也皱了皱眉，指尖的烟燃烧着，落下一块一块的灰烬。

“被杀的这些人，当年对你们、对你们的孩子所做的事情有多少意义，你们所做的事对他们的亲人来说，也一样有多少意义。郑先生，知道自己女儿身上那些伤是怎么来的，知道到底是谁侵犯了她，对你来说有没有意义？我可以想象如果你不知道女儿身上的真相，恐怕一辈子都睡不着觉。你们是这样，那些被你们杀掉的人的亲人，也一样。”

郑嘉隆闭上眼，仿佛无法承受一样颓然靠在了椅背上。

“你们，我，还有死去的，和他们的亲人，都是普通人。复仇满足了你们自己的心，但一样给别人带来了更甚的‘意义’。”大缯再度扫视过会议室里的三人，“所以我再问一次，你们三个，是怎么联系上的？”

大缯的话之后，面对他的是一片寂静无声，三人各自看着各自的方向，仿佛有默契般连对眼神都没有。这让大缯觉得既疑惑又有点兴奋——他打到了点子上，才让他们都集体缄默。但同样也意味着，这个问题的答案恐怕比他们究竟谁杀了谁更隐秘：谁组织了他们！

“咔嚓，哔——”安静的会议室头顶传来一记广播喇叭开启的短噪音。

大缯扫视一圈三人，脸上和他一样表现出或多或少的疑惑。

悉悉嗦嗦的女人声音从广播里传了出来，似乎在询问音量是不是够了……是……可可！

“嫩芽。”

何萧整个人在座位上跳了一下。郑嘉隆倒吸了一口冷气。

这些没有逃过一直盯着他们的大缯的眼睛。

可可的声音仿佛来自很遥远的地方，“把他们都邀请到嫩芽论坛，让他们看到那些孩子被拍的裸照，那些网上的人兴高采烈地讨论着如何玩弄孩子的身体，让他们明白……过去、从来不会过去。以前他们被大人们侵犯，现在和他们同岁的成年人依旧在性侵孩子们。没有人阻止，这件事永远都会继续下去，永无尽头。”

于是，他们就有了共同的复仇决心。

来自广播里的声音让几个人脸色一变再变：“论坛里这些人遭受最严厉的惩罚不过是在监狱里呆几年，当你们还经常夜夜噩梦无法忘记这一切的时候，他们已经重新回到太阳下，每天趴在擦得很干净的窗前，看着放学活蹦乱跳的孩子们，直到有一天实在忍不住了，开始计划抓到一个，拍下照片……”

“别说了！”郑嘉隆捂住自己的脸，痛苦地前后摇摆着身体，无言地喘息着，“求你，别说了……”

三人的脸色都很难看，脑海中回想起的，是曾听到过的另一个声音。

永远不会结束，如果不让他们知道自己该受到怎样的惩罚，他们永远不会认为自己做错了，更不会停止侵犯更多的孩子。你们将来的孩子可能重复当年你们经历过的一切，即使你的孩子死了，比如郑欣欣，还会出现在网上，被这些人隔着电脑屏幕，抚摸、舔着她的照片自慰。

郑嘉隆当时就跪倒在了这句话下，那个声音描述的这一场景，和给他看到嫩芽论坛上的照片在他脑海里形成了一道道惊天海啸，让他的理智全都湮灭。复仇……让那个拍了自己女儿裸照并散播在论坛里买卖的男人付出最最惨烈的代价……唯独想到这些才能让他疯一样抽痛跳动的神经安静片刻。

所以他同意了，他愿意弄脏自己的双手，告慰女儿最无辜的冤魂。

做一个迟到的、真正的父亲。

23 雨夜的花香

可可从公安局大楼侧门走了出来，城市除了盖遍了夜色外，还下着雨。淅沥沥的雨滴打在建筑物上，在路灯的光线下落魄地逃窜。

街上没剩下多少人，似乎都躲在适宜的屋子中，在光亮的房间里，无视窗外的黑暗。

出租车上的司机从后视镜里看了眼一直沉默的浔可然，“小姑娘，这么晚还加班呐？”

可可不置可否地微笑，继续沉默。

她都不必继续听会议室里的审讯，那些人是怎样被伤痛扭曲的灵魂勾引，自己踏入黑暗的，她不必知道。那些人又是怎么乖乖地听从安排，互相交换着仇恨的目标，对根本是陌生人的目标下毒手。

她不必听，她也不在乎。

眼前她唯一在意的，只有那个目标。

不论是直觉还是听到审讯都表明，那个组织这一切、在手下人谋杀卢枋失败之后去医院补刀、对白翎喷毒的人，是同一个人。

执念最深，手段最狠，深谋最远。她都不知道这人究竟花了多久，才做到这一切。

雨下大了，出租车司机临走前打着灯光照着可可面前的路，可可回头看他，他摇下车窗，“没事小姑娘，我给你照着灯，下雨别滑了，快去吧！”

可可愣了好一会，才无意识地笑了笑。同一个夜晚，陌生人，最简单的善意，和亲密人之间最残忍的对待，都在雨声中无声呈现着。

办公楼大厅里的值班保安正打着瞌睡，可可几乎毫无声息地穿过大厅，乘着电梯，来到嫩芽办公室的门口。戴上手套，撕下封条，打起手电光，她恍惚地觉得自己是闯入另一个幽暗坟墓的生魂。

她想不出除了这里，还有哪个地方更适合让她好好沉思这个案子。

绕过正门口的大墙，背后宽敞的办公室大空间一览无遗，仅有的几张办公桌上的积灰比上次更甚，看起来从上次封条之后，并没有人进来过。

可可回过头，那一大面墙上的照片，依旧默默地存在着。虽然上次物证勘查拍了许多现场的照片，她也在资料夹里看过许多回，但真实地站在这一切面前的感受，远远超过几张物证照来的压抑。她曾在物证照上数过，九行九列，九九八十一张照片，八十一个孩子，八十一份痛苦……和远远不止八十一次的性虐待。

同一个地方，在人声鼎沸时与独自一人站着时，完全是不同的感受。

浔可然找了块不远不近的地板，随地盘腿坐下，掏出口袋里的珍宝珠，拆开包装纸放进嘴里。

月光从身后的一整排落地玻璃中照耀进来，在地板上以肉眼不可见的速度缓缓移动着。

伴随着她和月光的，只有那些在黑暗中惨白的面孔。

苏晓哲在抽烟。

如果他寝室里那些兄弟看到一定会很吃惊，因为他总是第一个在烟雾弥漫的寝室里打开窗并且笑言除了他以外都会得肺癌的一个。他从不抽烟，为此被嘲笑过很多遍不够爷们。

原来没有什么绝对不变，只是未曾被逼上绝境而已。

白翎的抢救刚刚结束，医生对他这个不是家属的人根本不多说什么，只是摇摇头。他只好一路跟着抢救医生，听着他对警队的负责人解释。

抢救是抢救了，但毒性会损害很多方面，现在能不能清醒过来，会不会有其他影响还暂时不知道。

“喂！住院区不准抽烟！”护士在不远处叫着，却被一个人悄然阻止了。

薛阳站在了晓哲身旁。

抽烟的人只抬头看了他一眼，又无声低了下去。

“本来我是要和他一起回来的。”薛阳自顾自地说，“如果我和他一起，那家伙大概就不会这么嚣张了。”

“不……”苏晓哲的声音嘶哑着，“区别不过是中毒的一个人还是两个人而已。”

也是，薛阳沉默了一会，转身想走，却只跨出一步，“我一会就回警队。我只能……找到那家伙，抓住她，是我唯一能做的。”薛阳的视线落在不远处白翎病房的门上，“你如果有空的话，就呆在这里陪陪他，不要回头醒来了看身旁一个人都没有，照他的脾气，肯定要闹翻天。”

苏晓哲面对窗外深蓝色的夜景，嘴角却笑了，他也能想象无赖白翎的行径，“我知道，一定会拍着床单说我们一个个都没良心。”

薛阳笑了笑，慢慢走远，苏晓哲慢慢掐掉烟，浔可然的话又回到了耳边。

他是警察，没有随时牺牲的觉悟，不做警察。

他记得有一次和白翎开玩笑，说我们警局里会不会和电视剧那样，都准备遗书？

没想到白翎一脸认真地告诉他，有啊，每个进刑警队的都有写，还是从死掉的老队长那时候开始的习惯。

现在他才明白，那句看似玩笑般的话有多少分量。

安静的空间只有可可一个人的呼吸声，她受够了被做这一切的人牵着鼻子走，也受够了看死去的人和杀人的人都带着一张受害者的面孔，她选择这里，是因为没有比嫩芽更好的地方能清晰看到那个人想表达的东西。

看，你们这群没用的警察，这些孩子就在你们的眼皮下遭受的这一切，你们什么都不做，一如当年一样，看着我们痛苦，抱着不插手家务事的敷衍理由，看着我们被打得遍体鳞伤，直至死亡。

眼前的照片墙就是一片片死亡的证明，证明着这些所有童年和天真的死亡。

月光是淡白色的，在空中射出一道斜线，可可的身子成了光线中的一道阻挡，她的眼前，月光照耀出空气中漂浮的细小微粒，在可可眼前细微能辨。

这套办公室自从上次搜查之后一直被封锁着，这些照片，和照片上孩子们心中的痛苦一样，在寂静无人的地方，默默经过白天和黑夜，重复，以往，不曾被遗忘，也从不曾被人关注。

未成年人保护法已经实施了这么多年，但实际上，我们当中有谁曾经从施虐的家长或成年人手中，救下过孩子们？报纸上每天都在报道《喝醉父亲拔下亲生子四片指甲带其路边乞讨》《幼儿园老师揪住儿童耳朵将其提离地面拍照取乐》之类的新闻，除了夺人眼球，我们做过什么，保护每一个受到伤害的孩子？更多的是像这一面墙一样，连痛苦都不知道，该怎么说出口。

我们漠视，我们假装我们无能为力，直到有一天伤害发生在自己孩子身上，或者直到有一天察觉当年我们漠视的受害人，已然成了毫无人性的凶手。

浔可然闭上眼睛，无力地揉着太阳穴，她开始怀疑自己待在这里，除了深深内疚以外还能体会到什么？

事情已经如此，真相，或者认罪，有什么意义？田华几乎绝望的语句看起来那么顺其自然。

可可捂着脸无意识地深吸一口气。口袋里的手机震动了一下，她掏出来，看到屏幕上有一条大缯发来的短信，“白翎抢救好了，暂时观察。”

白翎，对啊，还有白翎。为什么没有意义？如果伤害别人，谋杀，真相都没有意义，那白翎是为了什么这样拼死追查？

浔可然深吸一口气，突然愣住了，她闻到一丝茉莉的香味。她转头去看，办公室前后通透，不可能藏着别人。她记得当时物证把每个角落都检查过了啊，哪里来的茉莉，不对，再仔细嗅嗅，是……桂花？

可可站起身，翻遍身旁的柜子和抽屉，一边翻一边像个缉毒犬一样四处嗅，怎么都找不到花香的来源。绕了一圈最后还是回到了刚才坐着的地板位置，其他地方都没有此处来的清晰闻到花香。月光线中漂浮游离的颗粒，在她的视线中清晰可见。她缓缓转回头，仿佛入了魔障，一步步走近巨大的照片墙，一个个线索在脑海中慢慢成型，照片，花香，氰化物，毒杀，白翎的字……

她愣愣地站在照片墙前，再次闭上眼慢慢深吸一口气，再睁开眼时，一阵亮光照在了她脸上。

“别动！”

“举起手来！”

警枪指在浔可然脸上时，只听到她问了一句，“你们有闻到花香吗？”

当同事扶着两位中年人走进白翎病房的时候，苏晓哲正在犹豫要不要再抽支烟提神。几乎花了好一会他才反应过来，那两人是白翎的父母。他蹑手蹑脚地跟到了病房门口，悄悄地往里看。

病床边，两个中年人背对着他，一个坐着一个站着。如果不是太过寂静，苏晓哲几乎听不出那哽咽的哭声。

“别在孩子面前哭，回头醒了，笑话你。”

中年男人一字一句地说着，侧头察觉了站在门口的苏晓哲，疑问地看着他。

“你是？”

呃、苏晓哲一愣，这怎么回答，难道说叔叔阿姨好，我是被您儿子抢了妹子的好兄弟苏晓哲？

“我是他同事，刑警队的人都去忙了，留我照看一下。”

门外的警察同事走了进来，“两位，这里整层楼都清理干净了，隔壁的房间空着。两位半夜赶过来，要么先休息会。

苏晓哲立刻反应过来，“我……那个，阿……阿姨叔叔，我……我会一直守在这里。”

白翎的父母对了个眼神，一言不发地跟着门口的警察同事去了隔壁。

病房里只剩下苏晓哲和戴着呼吸机的白翎，监控仪器发出有规律的哔哔声。

苏晓哲将白翎放在被单外的手放回被子里，小心翼翼地避开手背上的吊针。

看到吗？你看到吗？我刚才和你父母讲话了啊，你以前还笑话我从不敢跟陌生人说话，哼！老子还敢和你爸妈说话了呢！你说我是不是超厉害？

你看到了吗？你听到没？

醒一醒啊……不然我跟你爸妈告状去咯，说你横刀夺爱。

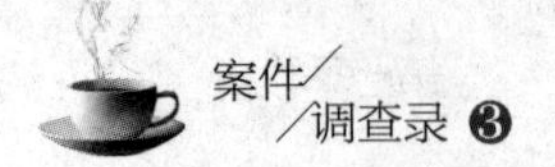

对！说你是小三，嗯。

苏晓哲一个人呆在病房里，居然很认真地思考要不要趁着白翎还没醒来去告个状。

虽然不知他还会不会醒来。

儿童稽查组的人很生气。

“你们这个法医是脑子不正常吗？谁没事半夜跑到封锁的现场去啊？”

“我。”可可举举爪子。

被大缯按下去。

“不好意思，她有时候行动是比较自说自话。”大缯客客气气地给对方道歉着，好歹局长看着呢。

“自说自话？简直是神经病！”之前和儿童组联合行动的组长曾颖现在简直头顶冒烟，“我们深更半夜地被监控组的人叫醒，以为嫩芽的那个凶手潜回办公室了，火烧眉毛一样地抓着特警一起赶到现场，抓到这么个神经病，还是自己人！”

“谢谢夸奖。”可可悠哉地吐槽着，收到大缯狠狠一瞪眼，无谓地耸了耸肩。

“误会，只是个误会。”大缯讨好地笑着。

“周队长，我不是怪你们，你们组的人攻破了嫩芽论坛内部数据，给我们抓捕那些涉嫌诱拐、虐待和贩卖儿童的人提供了很大帮助。”

“客气，应该的。”

可可看着大缯讨好的样子，悄悄地一缩身，躲到了远处的沙发上，轻松一坐。

“但是，这是哪一出啊！她一个人大半夜地跑进封锁的嫩芽公司，还不开灯，还一呆几个小时不出来是哪一出啦？你们是不是诚心要我们啊？”

“当然不是，对吧可……”大缯回头，不意外地发现人不在身后，然后和曾组长一起无语地发现浔可然已经横在了沙发上。

局长发出一声咳嗽，觉得小丫头都快被惯坏了，老子办公室的沙发也敢躺得这样横七竖八。

曾组长更是没见过这么嚣张的同事，就算是个姑娘，也没见过这么不正常的姑娘！想到这里，不禁火又上蹿，“你说你半夜在那里干吗？”

“思考人生。”可可换了个姿势横在沙发上。

大缯看她这样也不禁有点来气，“浔可然，好好说话。”

曾组长转身就拍在了局长的桌上，“局长你们花钱就雇佣这种人工作？有这份闲钱不会给大伙加薪吗？”

局长笑眯眯地装好人，“她有她的实力。”

“比如呢！”

“比如找出氰化物的来源。”浔可然横在沙发上，用一种很平淡的语气说出这么一句，一时间办公室里三人的视线都集中在她身上。

玩够了的可可坐正，从口袋里掏出珍宝珠开始拆，“你们拿枪指着我的时候我就说过了，有没有人闻到花香味。”

“那算什么问题！”曾组长抱怨着看了眼局长，不料局长居然对她点了点头，她只得没好气地回答，“闻到又怎样？”

“嫩芽那办公室被封锁空关了这么多天，每一件可疑的东西都经过物证现场调查，哪来的花香？”

可可的问题让曾组长一愣，皱眉道，“难道不是你带着什么东西……”

“我没有，你要搜身随意。”

当三人疑惑于到底浔可然在说些什么的时候，门口传来了一阵敲门声。

进门探头探脑的是王涛，“哟，局长都在啊，可可，你要我来拿什么东西？”

可可从裤子后口袋里掏出一张用物证袋包裹的照片，扔在面前的茶几上。

“你不是说你没有带东西嘛！”曾组长觉得这货就是上天派来气自己的奇葩。“我说我没有带进去，但没说我没有带出来。这是那面墙上的照片。”可可指着被王涛拿起的照片，“带有花香味的照片纸。“

“上次取样那些怎么没有？”王涛疑惑地翻来翻去看着手上的物证袋。

“不是全部照片都有，很淡的香味，物证你们工作的时候人多，还戴口罩，所以没发现，上次你还嘲笑我验尸不带口罩简直变态……”

“你说来说去，花香有什么了不起的？”曾组长语气平和了些，但依旧带着情绪。

浔可然站起身，直视着她，“第一，制作照相纸的工艺中需要氰化物；第二，这种有着独特花香的照相纸只是那一面墙上极少数个别的照相纸，第三……”

“白翎。”大缯猛抬起头，他想到了和可可之前一样的地方，两人对视的眼神一目了然看到对方与自己的默契。

“白翎？白翎是谁？”

大缯简单几句把白翎身上发生的事情解释了一遍，“他最后在纸上写下的那个字，就是‘花’。”

“因为他在被那家伙喷毒的时候，闻到了花香，所以在失去意识前最后一刻写下了那个字。”

曾组长张了嘴却不知道该说什么，“你们是怀疑，制作这类照相纸的工人里有……”

“不一定是工人，但必须是接触得到照相纸工艺流程，并且在这种特殊的花香照相纸制作厂工作人员的家里人。”

大缯只看了王涛一眼，后者已经了然清楚了目标，“我现在就去分析这张照相纸，顺便和你们队里技术王子说找这种照相纸的生产厂商。”

曾组长换了一副认真的表情看向可可，但看到的还是一脸无畏无知的表情，还伸出一只手，“棒棒糖吃吗？”

苏晓哲被窗外的鸟叫给吵醒了，住院楼的外面有着一大堆绿化丛和高大树木，天还未亮，不同种类的鸟雀就已经欢天喜地地蹦跶了起来。

苏晓哲抬眼看着外面还深蓝色的天空，耳边监控白翎状况的医疗仪器还发出规律的滴滴声。

仿佛有预感一样，口袋里的手机震动了起来，下意识想拿时，苏晓哲才发现，自己的手依旧紧紧握着白翎的手，凝愣片刻，他小心翼翼地抽出自己的手，站起身接电话。

“浔姐。嗯，我没睡，他……还没醒。”苏晓哲绕过床尾走到窗边，“我知道，这种可能性，医生都解释过了……”

树上的无数鸟雀不知何时停了下来，苏晓哲努力从嘴角扯开一个虚弱的笑容，“就当是一场法医毒杀的实践课了……嗯？字条？啊，写着的花字？……我没有看到过字条啊，我一来就一直在病房这里。嗯……好，最后一个字的意思，我会问他，等这家伙如果运气好醒的过来的话……”

话筒那一头传来的训斥声让努力在搞笑的苏晓哲鼻子一酸。

“嗯，我知道，我只是……说说而已，”他咬下自己的舌尖，试图转移注意力，“你们查到线索了？照片纸？……噢，我不知道照片纸的工艺中需要这种东西……嗯……我不知道，也许他写那个字，是闻到了……”

“花香。”一个沙哑的声音替苏晓哲把话接了上。

苏晓哲愣了一刻，转身，看到脸色惨白的白翎正费劲拿下嘴上的呼吸罩，淡淡笑着看他。

手机脱手而落地发出砰的一声，苏晓哲在那一刻连呼吸都暂停了，世界都在他脑中一片寂静。

白翎看了眼碎裂的手机，带着笑意的声音好像从很远的地方飘来般不真实，“要换手机可以直说。”

他一贯的调侃语气彻底摧毁了苏晓哲一直忍耐着的防线，那时的情形后来过了好一阵还被大家用来嘲笑苏晓哲。白翎的父母听到动静冲进病房时，看到苏晓哲站在窗边像个五岁的孩子一样站着，嚎啕大哭。而明明才刚从生死线上回来的儿子却一副无奈的表情笑得很开心。

白翎母亲立马上前查看起儿子的状况。

“妈，你们怎么来啦，没事我没事，你看旁边那个傻子啊哈哈，你帮我哄哄他……”

白翎母亲捏着他的鼻子，“你怎么不要哄我？你把老娘吓得都快疯了你怎么不哄我！”

白翎笑得更开心了，看着一边哭一边笑的母亲，又看看一旁正在哄苏晓哲的父亲。

“好了好了……”白翎父亲看哭得没了停的大男孩根本不听他的安慰，横眉一瞪，“好了！”

苏晓哲噎了一下，停了下来，努力抽住鼻涕不流下来，泪眼模糊地看着白翎的父亲，努力憋了几秒，忍住了鼻涕，却冷不丁打了个嗝。

这下连床头边的白翎母亲都忍不住笑了。

苏晓哲也不知道自己怎么了，他第一次看到身边亲近的人真正在生死场上的徘徊，历经过来，突然萌生了一种恍若隔世的心理冲击，结果没绷住，就给闹哭了。

白翎父亲看看躺在床上的儿子，又看看面前这个鼻涕眼泪一把的傻小子，问到，“你是不是就是那个被我儿子抢了女朋友的苏晓哲啊？我儿子之前就说起过你，还真脸皮薄的和孩子一样啊哈哈。”

苏晓哲一撇嘴，一副又要哭出来的样子。

白翎简直又气又笑，“爸，你别、别提了！我也刚被那妹子甩了好嘛！”

晓哲一愣，然后咧嘴就笑了，“为啥啊？”

“妹子说她就喜欢我那身制服，要我时时刻刻都穿着制服，那套衣服很热的好嘛！”

“然后她就把你甩啦？”苏晓哲笑得更灿烂了。

白翎的爸妈一副哭笑不得的表情，都不知道该对这两个熊孩子说什么好。

窗外鸟鸣声中，慢慢苏醒的阳光洒进了病房。

24 暗恋的人

萧萧很喜欢自己的工作，农村长大的女孩子很少有家里出钱能读到大学的，更何况她这样还有一个弟弟的家庭，所以从很小时候萧萧就知道，自己可能就像每当过年时出现在村里的那些姐姐们一样，读个高中，然后在镇上或者大城市里找个打工的活，趁早赶快找个能赚钱的男人就嫁了，生几个孩子稳住丈夫，就这样过一辈子。但显然，命运对她比自以为的好一些，她凭借自己高中化学的一点点小优势找到了一份有技术的工作，这就意味着不论她嫁给的人是怎样的，她都有养活自己的能力。

而且她所在的厂还挺人性化的，比如昨天经理让她通知所有的女员工：明天公司给女员工们安排了免费的集体体检。这让在厂里努力了多年的萧萧觉得自己的运气好得不能再好了，她经常听说小时候同学那些打工的厂里将人当作牛马一样命不是命，如果发生生产事故死了人大不了就是赔钱。而她所在的厂还会给安排体检！这简直是传说中的国企一样的待遇啊！所以体检当天，萧萧起了个大早来到了厂里。

体检安排是一个个排队进入会议室，量身高体重、验血查视力什么的。排队的女工们叽叽喳喳地好像麻雀一样聊着天，而作为小组长的萧萧则站在门口一个个记录人数，直到最后几个才轮到她进去。

会议室里的一切都让她想起小时候高考前的体检环节，几个白大褂的女医生，身高体重，测视力，抽血，唯一和高中不同的是要她们每人在一个玻璃片上按个指纹。而更奇怪的是站在一旁的几个正装男女，穿着萧萧一贯很羡慕的白衬衫西裤，在她眼里油然产生了那种精英白领的错觉。但他们只是站着，一直默默地好像雕塑一般站着，直到她们最后这几人的体检快结束时，精英分子们的神情变得怪怪的，雕塑中的之一开了口。

“会不会我们一直想错了？”唯一穿着白大褂的女人说道。

旁边脸看起来有点凶的西装女人瞥了她一眼，“照相纸这点可是你提出来的，全市就这一家符合这种条件的厂。”

“我不是说这个，而是我们排查的条件本来是，照相纸，女性，技术工……”

“你是说？”西装女人的话还没说完，白大褂转身就往外走。

萧萧扭头看着他们匆忙跑出会议室，还正好奇，手上正在抽血的针管可不允许她随意离开。

抽完血走出会议室，去厕所的路上萧萧恰好经过总经理室门口，半掩的房门内传来压低的争执声，清晰跳入了她的耳中。

“不可能，这不只是我周大缯一个人觉得是那是个女人，白翎也说了，他是听到哒哒的高跟鞋声音，看着一个女护士走进了病房。”

“我没说你们俩看错了听错了，我说的是那家伙可能伪装成了女性，现在这个时代，一个身高不超过170皮肤白一点的男人要伪装成女人很简单！”

“你现在又提出新的选项了？身高不超过170？哈哈，你还有什么新花头，都一次性说完好吧！”这是西装女人的声音。

“各位，不必吵啊不必，反正我们厂里所有员工的资料都在这里，男女都在，女员工24人，男员工47人，你们随意看，随意……”

这是厂长的声音！我们厂不会是被敲诈了吧？厂长怎么会这么紧张？

萧萧带着这些疑惑一路回到了厂里的宿舍，路上她还买了一堆橘子，然后抱着橘子和疑问敲响了小杭的门。小杭是她的同乡，在一堆咋咋呼呼的男员工中，小杭也是唯一一个让她会联想到“深邃”这个词的人。所以虽然面对厂里人断断续续的起哄嘲笑，萧萧还是不离不弃地隔三差五买点东西、然后去敲响小杭的门，和他聊聊天。

“你说，我们厂长是不是被黑社会敲诈啊？也不对噢，什么样的黑社会会让人体检啊，啊呀，会不会体检是个阴谋？其实是在搜集女工的资料？”

萧萧自顾自地啰嗦着，但小杭倒茶的动作却骤然停了下来，“你刚才说什么样的人？”

“就是……很像那些坐办公室的，穿着西装或者衬衫，也有白大褂的，站在我们体检的会议室里看着我们抽血，嗯？小杭你干吗？”

萧萧看着小杭打开衣柜，拿出一个旅行包，动作干净利索地开始往包里塞衣物。

“小杭？小……你这是？你要出门？”

小杭一言不发地拉起包的拉链，往门口走，然后戛然止步。萧萧顺着他的视线看去，正门的门缝下有阴影闪过，说明门外站着人。萧萧看小杭不动，便下意识往门口走去，刚跨出一步，一声巨响传来，萧萧下意识地尖叫起来，然后就觉得浑身一紧，等她回过神来，身后的小杭正用刀勒着她的脖子往后退，而眼前的人居然是真枪实弹穿着防弹衣的警察。

原来现实真的像电影一样，巨大的变故往往发生在一瞬间！

“放开她，你才能活着离开这里。”在一堆黑洞洞的枪管中间，一个男人慢慢走了出来，目光直盯着萧萧身后的人。

发蒙的意识才慢慢开始转起来，什么情况？小杭难道是个逃犯？这男人的声音，不是在经理室里听见的那个声音吗？我被劫持了？我被小杭，我一直暗恋的人绑架了？

小杭的声音很低沉地传来，对萧萧来说陌生得好像第一次听见。

“真让我开眼，你们这群废物警察对虐待儿童的老不死们毫不上心，对抓我这种人却很来劲啊。”

周大缯的眼神和特警的枪一样敏锐，悄然顺着小杭的动作而轻微移动着。“何萧他们几个都已经落网了。”

萧萧感觉到脖子上的刀刃一紧，吓得她都屏住了呼吸。

“让开！”刀锋在萧萧的脖子上轻割开一道，小杭声音不高，却阴狠有力。

周大缯脸上纹丝不动，只是盯着眼前的男人，“杭诚升，你知道这不可能。你动手，我们开枪；你要出去，我们开枪。至于人质，是杀是放，是你的决定。就算我放你走，也不认为你会在乎多杀一两个人，那我何必冒这个险？”

他在说什么？萧萧简直不相信自己的耳朵，我是一个死活无所谓的人质？警察不打算救我吗？我要死了？我要死在一直暗恋的人手里？我还只有二十五岁，我……我不想死！不管发生什么，不想死……我不想死不想死！

“啊啊啊——”

人质突然发出的尖叫声，让小杭手里的刀不由晃动了一下。

只一瞬，子弹带着一小撮高速流动的空气穿击了小杭的肩膀，手中的刀也随之落地，刀尖金属与地面碰撞的声音和小杭被制服的暴喝声几乎同时响起。

萧萧被强有力的胳臂扶起，快速地拖出了房间拉到宿舍楼的走廊上，一切都像噩梦一样在她眼里剧烈晃动般不真实。她看见远处围观的那些厂里员工带着焦急或八卦热忱的目光，也看到小杭负手被铐住带出房间的模样，肩膀上的衣服带着深红色的血腥，那味道让萧萧忍不住撇开头，甚至连看都不敢再看小杭最后一眼。

她突然才明白，她喜欢小杭的那份深邃和不苟言笑，代表着什么。

25　你见到分裂

会议室里塞满了多加出来的位置。

已经很久没见到这样空前的盛况，甚至连省厅的人都特地驱车前来观摩这次“连环多人同谋氰化物毒杀特大案件”的审讯。隔壁刑警队的人都帮着忙，把四楼大会议室的大屏幕电视通过无线网络连接上了审讯室的视频信号，以容纳不知道哪来的那么多看热闹的警察同行。

画面中的男人随意地坐着，一脸平淡地盯着墙壁，双手双脚都被牢牢铐在了座椅上，却淡然地好似身上不存在镣铐这种附加物。

会议室电视屏幕前，警局的各路人马对案子发生的过程，多名嫌疑人的供述，作案方法一顿叽叽喳喳讨论，直到有人大声叫了一记，“哟！白翎你出院啦？”

人们看向会议室门口，穿着简单体恤，脸色还有些苍白的白翎倚在门框上，抬手做了个嘘——的动作，嘴角的笑却很开心。

立马有知道情况的同事找出最近的好位置让给他。

“这白翎，我们队的英雄！在医院里反应像豹子一样快地发现了这个……”王爱国有点激动地指着屏幕上的嫌犯，“这个家伙！在医院里冒充护士去想补一刀杀掉死里逃生的受害人。也正好彻底挖掘出了这么个联合他们、策划下毒的主犯！”一贯啰嗦的王爱国再度指了指大屏幕上的男人，会议室里此起彼伏地发出种种讨论声。

“之前我听说的还不信呢，这种年代还有人能鼓动几个不认识的人互换仇人谋杀，简直像说书。”

“是因为虐童对吧？我们区前一阵也处理过类似的事情，还是亲生父亲，为了逼家里人给他还赌债，就每天打自己儿子、拗断小孩子的手指，然后拍照给父母还有前妻看，说句穿着警服不该说的话，这种人一直关到老死在监狱里都不冤！”

“诶最后是怎么查到这个主谋的？”

“我看到系统简报里是说法医查到了照片纸上混了一些特殊香味的。”

“照片纸的香味？”

“你不知道？就这主谋，自己做了个虐童的网站，吸引了一堆变态登录，在网站上发布虐童、恋童癖的照片，然后这人把这些照片都给打印了出来，贴了满满一大墙，给人看这些混账都对小孩子们做些什么。”

“说这话要受处分的，但我咋都觉得这些人死有余辜啊。”

“诶，恶人自有恶人磨，凶手又好到哪里去……”

王爱国兴致勃勃地和周围人讲着白翎的英雄事迹，带有一贯作风地忽略着白翎一直试图保持低调的暗示……

局长走进来的时候整个房间就安静了一会，局长眼神一扫，就看到了门口附近的白翎。“你好点了？不是从医院里逃出来的吧？”局长微笑道。

“呵呵，”白翎带着常有的轻松调调，“我怎么敢呢局长。”

“哦呵呵，”局长也回之以温和微笑，“那刚才老子接到的医院怒吼的电话说病人逃走了讲的不是你咯？”

会议室里爆出一阵哄笑，白翎尴尬又讨好地挠挠头，只好实话实说，“局长，你好歹让我看一眼那个差点送我去见阎王的家伙是怎么认罪的吧！否则我这些天，在医院里被折磨得也太不值了！”

局长努力摆出吹胡子瞪眼的模样，却忍不住心底高兴，都显在了脸上一笑打起的褶子上，“贫！你继续贫！我只管给你付医药费，回去你的医生收拾你！灌肠！灌辣椒水！”

又是一阵哄笑，局长笑着摆摆手，等众人安静了些才指着大屏幕继续说：“简单介绍下，大家应该都看过系统里对于案件的简报了，这次抓到的应该是最后一名主谋，但审讯结案前凡事都没定论。此人姓杭，杭诚升，本市郊区人，幼年丧母，跟父亲生活，12岁时父亲意外死亡，监护人换成了叔叔。

我们从一些很久远的档案资料中发现杭诚升童年的确出现过疑似家庭虐待的记录，但当时大人孩子都坚称是意外受伤，最后事情也就不了了之……”

审讯室里有点昏暗，一边是戴着镣铐的人，一边是两名刑警队里最有审讯经验的老警察，和默默躲在昏暗墙边的周大缯。

“姓名？”“杭诚升。”

“年龄？”“你们审讯真的几百年就这么一套。”

“问你就回答！年龄！”老警察加重了语气。

“周大缯，上次在嫩芽公司和我通话的人，是你吧？”

杭诚升的话一出，两名审讯员均是一愣，眼神不由地往背后稍稍瞟了下。

老牌的审讯员都很清楚一个道理，审讯室是一盘棋，一场博弈，有时候不需要太多技巧。坐在对面戴着镣铐还能如同在酒吧餐厅里闲谈一般淡然的人，不是敲桌子威吓几句就能震住的类型。

周大缯缓缓从墙边的阴影中走出来，他刚才就一直在黑暗中死盯着对面的杭诚升，抓捕时表现出拼死一搏的人，在短短的几小时里都非常自然地表现出一副……释然的态度？

杭诚升也回视着他。两人的对视中谁也没有说话，似乎审讯员还问了什么，但两人都没有听见。仿佛野兽和猎人步步紧逼的对视中，旁边风吹过山林发出的任何响动，都自动成了静音。

坐在会议室里看着这一切的局长对着话筒说了几句，年轻一点的那个审讯员从耳机里听到了指示，让出了自己的位置，周大缯的眼神继续和杭诚升对视着，目不斜视地坐了下去。

“我知道你遭过很多罪。”谁都没想到一向扮演冷脸的大缯上手就来了这么一句，“你小时候，我们警察没有帮到你，很多人都没有帮你，你想报复，恨，我都理解。”杭诚升低下了头，把脸埋在双臂中颤抖了一会。

会议室里响起轻微的议论声，这家伙不会哭了吧？这么快就认了？

大缯却紧紧皱起了眉。

杭诚升抬起头，笑得眼泪都出来了，“装什么装？”

大缯低眉玩转了下手中的钢笔，他一直在试图揣摩这个人的思维，丧父，父亲虐待？复仇？联合别的受害人一起复仇？使命感？

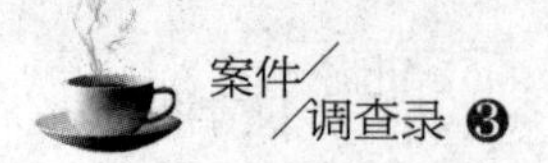

“在猜我想什么？”杭诚升甚至一语道中了大缯的想法，带着了然的冷笑看着他，“忘掉你那些无聊的审讯技巧，你想得到供述，我想得到别的东西，你拍一、我拍一，我们一人回答一个问题，怎样？”

不得不承认想要得到供述，这个提议很诱人，但大缯没有回答，只是直接开问。

“你组织的连环谋杀案共有多少受害人？”

“算上没死成的卢枋，一共四人，杨树同、宋政、郭玉峰，不过如果你们要算我手里死的人，还不止这些。现在轮到我问了，你们是根据我用了那些照相纸找到我的吧？谁发现的？”

年纪大点的审讯员示威地叩叩桌子，再怎么也不甘心被一个毛小子给引去了审讯的主动性，“轮到你提问？你搞清楚自己立场啊杭诚升，你是犯罪嫌疑人，现在没有你提问的时间。”

“啊呀！”杭诚升突然像被审讯员的大声给吓到一般在座椅上弹了下，“吓死人了，您……您别这么大叫大嚷好吗，我……我害怕呀……”然后带着镣铐的双手合拢挡在胸口，眼眉之间尽是楚楚可怜的害怕。

大缯和会议室里很多人心里都咯噔了一下。

那眼眉举止间，是一个妙龄女子的姿态！“说……我不知道……您要……要我说什么？”手脚都微微颤栗着缩了起来，低眉、闪烁的目光，活脱脱受尽惊吓的女子形态出现在一个白皙男人的脸上。

审讯员登时一愣，继而怒道，“装什么装！别以为装神经病有用！”随之又是一记猛敲桌。

“嘎啊嗷嗷——”对面人又一跳，慢慢抬起头来，发出一声撕心裂肺的干嚎。那个叫杭诚升的人面目狰狞，还是同一个脸，却像另一个男人一样，咔哧咔哧地挤眉弄眼，神经质地抽动着手指，时不时啃啃指甲，每说一句话都从鼻子里哼气，还带着抑制不住地怪叫：“凶老子……哼……凶屁！嘎啊嗷嗷——老子不说话当你……屎啊……嗷嗷啊——去你爸妈我不管，哼哧……什么货色……哼……你凶我……凶毛，嘎啊啊啊昂！！”

审讯员不吭声了。会议室里一片寂静。

话说翻脸如翻牌，一个人也许能装各种表情，但要装一套包括表情、声调、形体甚至每一个手指的细微动作，却不是简单的事。眼前这人却能完完全全成了另一个人，只在一瞬间。如果不是在审讯室里，没有从一开始就观察的话，你会轻易地认为杭诚升疯了，他就是这么一个怪叫、抓狂的疯子。

所有人心里都想到了一块，多重人格和精神分裂。

怪叫的那个杭诚升嚎叫了好一阵子，才慢慢安静下来，还继续低声絮叨些别人听不懂的断句碎语。审讯员低着头开始在笔记上飞速记录着精神问题等，却冷不禁大缯一手止住了他笔记的动作，审讯员抬头，顺着大缯冷静的视线看去，对上了杭诚升斜嘴冷笑的视线。

“你说，如果我要求精神鉴定，会是什么结果呢？”

会议室里，包括局长的很多人，都默默骂了一句。

“所以……是谁发现照相纸的事？”杭诚升像是玩飞行棋的孩子，转了一大圈，将众人都戏耍回到他想要的原点。

大缯默默叹了口气，“我们的技术人员。”

杭诚升抿起嘴，却重复了一遍问题，“是谁发现照相纸的事？”显然，大缯给的答案不足以将他糊弄过去。

“法医发现的。杭诚升，别得寸进尺！”大缯冰冷地回答道，“刚才你说死在你手里的不止这些，还有谁？”

对面人脸上带着似笑非笑的表情沉默了一会，才回答，“我用你们容易理解的话来说，我的父亲，和我的叔叔。”

会议室里应声而起一阵悉悉索索的低声讨论。

大缯却不给他喘息的机会立刻又问了下去，“用什么方式？”

“和对付杨树同、宋政、郭玉峰，卢枋一样的方式，氰化物毒杀。”

“你哪来的氰化物？”

“我工作的照相纸制造厂并不是这几年才开的，他在我很小的时候就扎根在我所住小区旁边，那时候管理根本不严，没有谁会介意一个住在附近的学生进进出出工厂间。周大缯，你一口气问了三个问题，算我友情大放送，换我一个问题好了。”杭诚升脸上的笑容带着诡异的自信。

“那个法医叫什么名字？”

26　落幕与登场

浔可然在纸上无意识地画着圈。

案子找到了凶手，白翎也差不多恢复了身体，所需的证据资料都打包好了发送给相应的部门，虽然还有其他案子在等着她继续工作，但那些都敌不上她此刻的一份放空。打印的白纸背面被她画满了各种涂鸦，还溅上了几滴不小心洒出来的可可奶茶。她随手扔开彩色笔，起身走到办公桌旁的窗边。窗台上积了薄灰，在她从未留意的时候，窗外树叶的颜色又变了一茬。

很少像现在这样纯粹得只剩下自己，一般时候她都和很多身边的人一样，马不停蹄地忙查案子，一个接着另一个。偶然在案子的中间，产生一瞬间的恍惚，自己做的这一切究竟有没有用，犯罪从不停止，不会因为自己查出了一个凶手，而少掉下一个受害者。而这些念头，也只是那一刻而已，下一刻她又匆忙地奔跑起来，全然没有时间深思这个问题。

之前的一个晚上，她通宵看完了那部叫《真探》的美剧，那些冗长、缓慢的镜头中，那一段段深意的台词里，支持着她不去睡觉的唯一理由，是和剧中主角一样的自己。

他也许酗酒，他也许暴力，也许沾花惹草，也许漠视家人，但即使你我都非圣人，总有些东西是作为一个人无法原谅的。

比如对孩子的性虐。

那种痛苦即使你只是隔着液晶屏幕看，都会让你觉得血液倒流，氧气被抽离，愤怒灌顶。可你什么都做不了。

她也特地去下载了那部叫做《犯罪心理》的美剧，那一集剧的结尾黑人警察面对镜头说着作为一个曾被性侵长大的孩子，依旧有选择走一条正义的路时，浔可然独坐在地板上，仿佛看得见在健身房里，那个凶手割下郭玉峰的生殖器塞进他嘴里的画面，是要带着怎样的心情，脑中铭记着电视剧里“不要因此放弃你的人生”的台词，一边残忍地将双手沾满别人的鲜血。

那些从小就受到的创伤，伴随着时刻对这个世界和自己的厌恶的生活，真的还有其他选择？那些人用别人稚嫩的身体满足自己一时的兴奋，因此毁了别人的一生，最后痛苦嘶喊尖叫着，看自己，死在对方仇恨的毒药下。却连最后一丝同情都得不到。

敲门声响了第二次，浔可然才反应过来，“进来。”

开门出现在视线中的，居然是局长，可可突然觉得眼皮一跳，一种不好的预感油然而生。局长勾勾手指，可可跟着走出了门，才看到走廊上还有副组长。“已经送到医务室了，这边走。”副组长带头走在前面，说的话可可却听不懂。

局长略微明显的啤酒肚，走起路来依然保持早年快步生风的模样，说起话来却有些喘，“杭诚升，就是那个案子的主谋，审讯的时候不知道是装的还是真的突发精神问题，自残撞墙，额头伤了，在医务室里……”

医务室位于公安大楼的北边角落，从可可办公室走过去不过两分钟，但令她有些惊讶的是医务室门口站着不少人，穿着制服和不穿制服的，唯独少了大缯。

“局长，谁负责审讯？”可可压低声音问了句。

局长没有回答，只是示意两个警察陪同可可进了医务室。

这不是浔可然第一次面对刑事案件的嫌疑人，但一进房间她就突然打了个冷颤。医务室不大，正中间的移动病床上坐着一个男人，一只手被铐在了床头铁栏上，额头带着未干的血迹，从可可进门那一刻起，视线就未曾离开过她的脸。

“杭诚升？”可可从旁边架子上戴起医用手套，都不用对上眼，就能感觉到那双追踪着自己的视线，可可转身，下意识地打量了下房间里其他警察，有些她只是脸熟，但一脸正经的薛阳也在，这让她心底稍稍放平了点，虽然让她起鸡皮疙瘩的诡异感始终没有消失。

可可手上的棉签轻轻擦拭杭诚升脸上的血迹，这个动作让她几乎近距离面对面贴近着。杭诚升的视线坦然而直接，“你就是浔可然。”

房间里的气氛霎时一紧，可可甚至从余光中看到薛阳脚步一动，差点冲过来。可可转头看了眼薛阳，似乎明白了什么。

“他们说，你就是发现照相纸香味的法医。”杭诚升像是观察够了猎物，不断试图勾起浔可然说话的念头。可可沉默着弄干净血迹，简单处理了杭诚升的伤。

“我又不会吃人，你就不想和我聊聊？”

“你想说什么可以在审讯室里尽情说，”浔可然看向薛阳，“外伤不重，去汇报一声，最好带他去医院，也许会有轻微脑震荡。”转身，浔可然放下包扎的东西，一边脱着手套，一边疑惑局长叫她来是为什么，医务室有常驻的医师，又不需要取证，为什么……

“我从小都长得比较小，初中时还有很多人以为我是小学生。我看到书上说，世界上分两种人，好人和坏人。我觉得不对。”

杭诚升顿了顿，“世界分两种人，坏人，和我。”

浔可然面对着墙，身后的杭诚升扭头对着她的背影，似乎自言自语，更像是只对着她一个人的倾诉，虽然房间里不止两人。

“妈妈死了，虽然不说话，但会给我做饭吃的妈妈没了。然后就是无止境的疼。那个我叫爸爸的人工作不怎么好，老板经常骂他，从每天打我的时间长短上，我就能知道今天老板骂了他多久。”

“后来他也腻了，不打我，有一阵事情变得很怪，我们小学和初中都在一栋楼里上课，高年级的人喜欢放学路上堵着我，几次三番说要带我去玩，但是回家晚了会挨打的吧，那一阵爸爸好像变得喜欢我了，打得很少，还会摸摸我的脸。我高兴得简直比吃饱饭、比身上的疤痕结痂了没有重新被打裂开来、还高兴。”

浔可然慢慢转过身，发现杭诚升说着，仰起头自顾自轻声笑起来。

“直到有一天他看见我和高年级的男生走在一起，他揪着我的耳朵一路把我在地上拖回了家。”

“骂着贱货，撕碎我的衣服进入我。”

“最奇怪的是我居然听得懂他骂我的那些词是什么意思。”

“明明只有小学四年级。”

一句一顿，没有人打扰杭诚升的话，没有人敢说话。

“高年级的人大概是跟踪我，从家窗户里看到了这些，第二天开始，学校里的男生们开始对我吐口水，把我书包里的东西从四楼教室全部倾倒下去，然后慢慢的白天我在学校里被人掐着脖子吃男厕里的屎，夜里我在自己家被叫爸爸的那个人不断用擀面杖玩弄，如果发出惨叫或者求饶，就会被图钉狠狠扎进手背。”

“能够及时昏过去，是我最高兴的事。那意味着一天结束了。”

“终于我上了初中，终于叫爸爸的男人死了。”

“不枉费我花那么多心思。”

“我被看起来很斯文的叔叔收养了。”

“我们家族的基因一定是坏掉了吧，从那时候起我就这样相信，不管是什么样的人，只要是我的血亲，一定继承了坏掉的基因。比如戴着眼镜，有妻子有女儿的叔叔。他一点都不喜欢爸爸对我做的那些事情。”

“他喜欢别的。”

可可低下眉头，她隐约能听见在什么地方，有摄像机发出的轻微电流声。她不知道杭诚升是不是知道有拍摄，还是根本不在乎。

“比如拿带电的电线戳我的下面，然后很高兴地看着我被电得死去活来的反应。”

“或者点燃的打火机烤我的皮肤，闻着人的皮肉被烧烤得半熟的味道。”

“直到他对我做的事被我婶婶发现了，我毫无反应地看着他们吵架、打架、婶婶带着女儿远远地走了。”

“然后我就知道，一切刚刚开始。果然，他把所有的错都怪在我身上。”

“他开始让我接待不同的叔叔，让我要面带微笑地为不同的‘叔叔们’服务。”

“不管是绑着我，鞭打我，装扮成女孩子或者看我被狗玩，对我来说都轻松如儿戏。”

“十年。”

“我终于，长大成年了。”

“好高兴，我终于可以开始，我的，人生了。”……

杭诚升沉默了好一会，低下的视线又回到了可可脸上，这次他得到了他一直期待的对视。

……

可可看着他的目光复杂而纠结。时间在对视中默默流动，一旁站着的警察忍不住看看杭诚升，又看浔可然，简直是怀疑两人用眼神交流什么讯息。

可可在脑海中也百转千回了一遍，这个案子从一开始到现在历时好几个月，几度差点走上调查绝路，最后竟然曲曲绕绕还是找到了真相。却到此刻，不知道该对这个人说什么。只能凭着本能问出心中想到的唯一问题，“为什么告诉我这些？”

杭诚升侧开脑袋，几分调侃地下了定论，“他们都没告诉你为什么来这里。”

四周警察互相对视了下，却谁都不敢上前喊停。

“我答应供认的条件，是见见你。”

浔可然微微眯起眼，“你见到了，有感想？”

那个叫杭诚升的男人只是定定地看着她，缓慢地几乎毫无变化的表情，从上而下，扫视着可可的身体。一种慢慢被侵蚀的感觉从每一个被杭诚升注视的地方传达过来，浔可然突然觉得这一切都很无聊。她转身放好用过的东西，扔掉沾血的医用手套，扔掉口罩。她也曾猜想过如果抓到凶手，会是怎样一个人。

但她拒绝这些奇奇怪怪的凶手，带着“究竟是谁发现了犯罪天才的我”这种念头向她投来好奇的注视。

这种感觉只让她觉得恶心。因为这样的他们，把自己做的事情，当作一种成就。

杭诚升看着浔可然扔下所有东西，转身走向门口，不禁一愣，脱口而出，“我觉得我做得没错。”

浔可然的脚步没有停留。

“如果是你呢！如果你像我这样长大你会怎么做！”

脚步在门前一米戛然而止，可可依然背对着那个人，却沉住了。

“别告诉我，你没想过复仇。复仇多爽快，所有的痛苦，都还给对方。”杭诚升的语气带着沉醉的迷离，那是被痛苦压迫的灵魂的反噬，连站在一旁的警察似乎都觉得听来很有理。

“至少，我不会去杀人。”终于，浔可然转身，正面看着杭诚升，“是会很爽，但复仇有很多种，长大，为人，找到证据，让曾经伤害你的人都去坐牢，让其他在伤害别人的人也去坐牢，保护别人不再步你后尘，不代表你就有权利取走别人的性命，不能说你鼓动别人去杀去虐，就是正义。”

一句一步，法医可可站定在杭诚升面前半步之遥，“杀人，在我这里，从来不是正义。”

愤怒的时间长河缓慢而坚定地流淌，多少悲伤都化入其中，悄然成了冰冷的过去。偶尔也有一两颗沸腾的心冲入其中，试着将河流点拨成沸腾的焰流，但最终，往往只会被浩瀚的冰冷现实淹没。

杭诚升前倾身体，在离可可几乎碰鼻尖的距离看着她，“你知道，有些人该死。”

“那白翎呢？”

“谁？”

“在医院里被你用氰化物喷在脸上的警察，他今年 27 岁，从没遇见过你，没有任何恋童倾向，没有给谁造成不可弥补的创伤，你告诉我，他为什么该死？”

杭诚升慢慢眨了下眼，舌尖舔过嘴唇，眼神飘开。

可可嘴角的冷笑一如既往，“因为你一旦动手杀死第一个人，你就和那些魔鬼，再也没有区别。无辜的人死在你手里，不过是今天或明天的问题。”

“所以，你没什么可骄傲的，杭诚升。”浔可然说完，却看到眼前的人抬眼，眼神中闪烁着异样的神采，他开口说了句让在场人都愣住的话。

“难怪那个人说，你是特别的。”

27 Abyss

“难怪那个人说，你是特别的。”杭诚升说。可可觉得时间定格了一瞬，脑海中有什么信息倏然连接在了一起，自己怎么以前没想到！杭诚升不是独自一个人！

他的确聪明，常年积累的受虐让他有诸多的时间慢慢做复仇计划，但很多事情很难想象一个人做到，脑海中的念头流转之间，门外传来模糊的争执声，吸引了其他警察的注意力，唯独浔可然和杭诚升的对视，如同一根单独的连线，屏蔽了一切周围的干扰。

杭诚升张嘴做了个嘴形，他没有把那个名字说出声，但他已经从可可倏然一紧的眼神中明白，他想表达的意思已然达到目的地。

方鹤。

门外的争执声消失了，薛阳回头看看杭诚升，又看向脸色有些苍白的法医。

浔可然觉得脑中有一口钟嗡然发出鸣响，她在脑海千丝万缕复杂的思维中寻找着一条出路，却仿佛只看到满布的荆棘。过了好一会她才找回自己的声音，“你们，是谁？”

杭诚升淡淡一笑，可可差点被他的笑容给感染，那张干净清秀的不像男人的面孔，露出一种发自内心的笑容，好像看完了一场恐怖片之后回到阳光下，欣喜地感叹还是现实美好一样，真诚地满足，一切并不是电影中的恐怖与悲伤。

被铸住的男人缓缓深呼吸，慢慢抬起眼神，深黑的眼眸中有太多知道，却又纯色得似一切尽无。

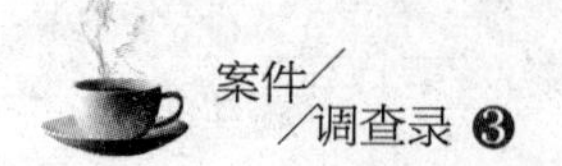

“我们是…深渊……是人类永无止境的黑暗。”

那是名叫杭诚升的生命，留下的最后一句话。

当浔可然和所有人对这句话呆愣的一瞬，杭诚升速然从椅子上跳起，以迅雷不及掩耳的动作冲向墙边，把手指猛然插进墙角带电的插座中！

浔可然听见身旁警察的惊呼声，看到他们迅捷而慌乱的身影蹿过眼前，寻找不导电的物体打断杭诚升和电插座的连接，大吼着断电！拉电闸！浔可然听到杭诚升周围空气中带着微电流般的噼里啪啦细声，浔可然看见通着电的身体不可抑制地扭曲颤动着……闭眼前的杭诚升仿佛看不见其他人，始终和她对视着，白净扭曲的脸上那双瞪大了的眼睛，配着似有似无抽动着的笑容，诡异地将浔可然的面孔录入了他生命最后的一帧画面中……

急救的人赶到时，警察还对躺在地上的人做心肺复苏，但急救医生试过后也皱着眉摇头，直到所有人都放弃。

名叫杭诚升的人生，停止了。

可可感觉到有人在推动她的身体，僵硬地抬起头，大缯沉如死海的面色将她拉回了现实，所有人都沉默着。沉默地来回进出房间，技术沉默地拿着相机进来拍照，大缯沉默地将可可慢慢带离那个房间。一切像哑剧般进行着，唯独空气中那股挥之不去的焦臭味提醒众人这不是演戏。

跨出房间最后一刻，浔可然回头看了杭诚升一眼，突然意识到她之前总是面临死亡之后的一切，却很少面临死神降临的一瞬间。

周大缯将她带到远处走廊上，打开窗通风，带着点寒意的冷风吹进浔可然的脖子，冷颤中她突然找回了所谓现实的节奏。

大缯看了眼不远处进进出出的人群，“我反对让杭诚升见你，但其他所有人都觉得这是个让他开口的好办法，尤其局长，大概碍于这么多同行都在围观这件事，所以急于要得到供词……”

“方鹤。”可可轻声的独白，很快消散在风声里。大缯也花了好一会才明白这个名字的意义。

“方……古吉提到的那个方鹤？杭诚升承认了？是方鹤指导他的？”

“不……”可可说着无力地揪着自己的头发，“我说不清，他们不是指导不指导的关系，也不是合作，更像是一种共同的目标……我不知道，我……”

大缯单手将可可搂进自己怀里，“没关系，这件事不急，不用想那么多……”

走廊不远处薛阳正快步走近，半开着口想汇报什么，大缯抬手阻止了他，嘴里继续念叨着安慰可可的话，眼神却瞪着不愿离去的薛阳。

浔可然觉得脑袋里有一只蚊子，正开始从低到高地发出嗡鸣，她背对着薛阳，摇晃着身体打算离开，大缯自然顺着她。但薛阳却无法就此停止，终于他忍不住，不再顾及大缯的示意，“周队！局长叫浔法医……”

“说了现在不行！你瞎啊！”平地而起的吼声不仅吓到了薛阳，也惊到了一走廊的人，却唯独近在咫尺的可可没有反应，只是停顿了一刻，继续扶着楼梯把手开始往下走……她需要安静，需要一个什么都不用想的空间，把这种被杭诚升侵蚀的感觉好好清理……

阳光洒进咖啡店里，早上刚开业没多久的咖啡店里几乎没几位客人，音响中发出的蓝调音乐调和着空气中咖啡豆的香味。随着进门铃铛声的响起，大缯一身休闲装出现在古吉的视线中。

“她还好？”大缯还没来得及坐下，古吉就迫不及待问了出来。

大缯摆手赶走服务员，冷笑了声，“你说呢。”

作为一个心理学专家，古吉从对方的表情中很容易看出大缯的态度，“周大缯，你怪我？我自认没有什么对不起你们的地方，退一万步来说，方鹤是方鹤，我是我，即使我爱他，不代表我就得为他所做的一切担负责任。”

大缯低下眼神，沉默了会，脑海里把自己为什么带着怒气的原因细细想了一遍。下意识地又抬手招了服务员，随便点了杯饮料。

“是，你说得没错，无论那家伙做了什么，都不该算在你身上。“大缯揪着鼻梁，琢磨了下，“我其实恼的是搞不清那家伙到底做了些什么，可可说，杭诚升临死前提到了方鹤，但我们重新复查了杭诚升所有的行为，只能隐约发现有别人帮忙的痕迹，证明不了任何和方鹤有关的事，其实是证明不了任何人帮过他杭诚升。”“但你们知道不可能没人帮他。”

“局长不这样想，你应该也看到结案报告了吧。都已经送上去了。我跟你说我发现的不清楚点有很多，比如谁帮杭诚升付了嫩芽论坛的运营费用，这不是他的薪水能支付得起的，还有谁教他怎样策动那几个人互相对换仇人杀人，他说服那些人时候的说辞，我敢担保，是从专业的心理学角度设计好的。”

杯中的冰块上下浮动，在大缯一一解释杭诚升身上的疑点时，古吉始终没有说话。从她对方鹤的记忆和了解中，她早在心中组成了一套方鹤的行为模式，周大缯描述的种种，的确没有任何方鹤的痕迹，但相反，却处处给她隐约存在方鹤的直觉。

“最奇怪的是杭诚升的最后一句话，”大缯不知不觉已经点起了烟，“他说了句什么伸冤，什么人类的黑暗之类的。具体你可以看系统内部的报告，说完这句，他就自己了断了。”“伸冤？”古吉默默念了遍。

突然感觉到一震，大缯掏出正在响的手机，白翎的声音清晰地传了过来，“队长，我在看杭诚升的尸检。”

自从杭诚升死在局里，为了慎重起见，局里重启了一系列细节的重查，而尸检则交给了省厅的专门组，于是大缯就卖个脸，把“破案功臣”白翎硬塞去跟着看整个尸检过程。

“什么文身？”大缯对着手机又问了遍。“额，就是在杭诚升的小腹下一点，有一个长得很奇怪的文身，法医说是一串英文，你要我拼给你听吗？”

“拼什么，念！”大缯爽快地掐灭烟。“Abyss”

“Abyss.”电话那头的白翎和眼前的古吉报出了一样的英文单词，这让白翎和大缯都一惊。

“周队，你那边是有……别人也在说 Abyss？”白翎疑惑而小心地问道，但只得到大缯一句敷衍就挂断了电话，因为他全部的视线都集中在了古吉身上。“你知道些什么？”古吉低眉，叹气，深思了好一会才回答，“方鹤的身上也有一个文身，在后颈脊椎那个位置，纹的英文 ABYSS。周队长，我估计你们误解了杭诚升那句话的意思，不是申诉冤情的伸冤，abyss 本身的意思就是地狱、阴间，和……无尽的深渊。”

大缯木然一愣，心中反复咀嚼着杭诚升留下的最后一句话，一种诡异的感觉油然而生，他才察觉，那句话似是一句宣言，一个属于秘密组织的申明，一场噩梦的序章。

我们是深渊，是人类永无止境的黑暗。

番外

纸条上的爱人

01 奇怪的车祸

白翎正在听交通处的联络员啰嗦地阐述把他招来的理由，恨不得天上快掉下一个让他能逃走的理由。

“因为这事儿也有点尴尬，你说涉及刑事案，又没有报案人。从现在我们得知的情况来看，很简单，就是个车祸。夫妻两人，开着自己家的车，丈夫死了，妻子重伤，车子毁得还蛮厉害。原本就这么结了，不过昨天男方父母到队里来追问过调查进展，这有啥进展，都快结案了还调查啥？他们说，怀疑自己儿子是被儿媳妇给害死的，为什么怀疑？又不肯说，叫他们去你们刑警队报案，又抖抖索索地退回去了。我本来也不想管啦，那老太太哭得泪人似的，也蛮可怜，两个老人头发都白了，现在儿子也没了，像天塌下来……”

“妻子坐在后座？”白翎逮着机会赶紧打断对方的话头，他指着手中的现场照片，“一对夫妻？”

“对呀。”联络员啧啧地表达着自己感慨，“是吧，是吧，我也发现了，正常夫妻俩出门，老公开车，老婆一般都坐副驾驶位置吧？这妻子居然坐后排不算，还特地坐到驾驶后座，这样两人根本没法好好说话呀，一定是两人正在闹冷战呢。”

“妻子现在在哪？”

“医院里，我打过电话，医生说现在还昏迷没清醒过来。”

联络员那边还在嘀嘀咕咕，白翎却听见口袋里的手机一记铃音，他利索地取出手机，看到屏幕上只有简短的一句。

“今天的天气预报……”

“啊啊不好意思，队里有案子急事！这事儿我们知道，材料我带走啦！”联络员话还没说完，就看到白翎跳起身笔直蹿了出去。一秒钟后人又蹿回来抱起桌上的资料，再度像飞鼠一样飞走了。

留下联络员呆在原地，“难怪都说刑警蹿起来和老鼠似的……”

战鼓擂到了刑警队办公室里就偃旗息鼓了，周大缯抽着烟，正眯眼阴沉地等着他，“我叫你去交通处，你当是去春游吗这么久？”

“唔……我已经抢着走了，你都不知道那大姐有多啰嗦。”白翎嘀咕道，但还是给足了面子，“队长，交通处希望我们调查一个交通事故，但这事儿并没报案人。”

大缯一手拿过白翎手中的文件，“没有报案人那为什么要复查……”

给大缯和薛阳开门的是位一脸倦态的老人，他是在车祸中死亡的驾驶人陆涛的父亲陆向国。如果说有什么词能够描述陆向国的一生，那就是根正苗红。参军，退伍后当人民教师、出书、科研，老陆的家庭是一个标准的知识分子高干家庭，虽并没有多富有，却一生体面。

但出乎大缯和薛阳的意料，老人一听说是警察，语气立刻就僵硬了。

“我们没什么要说的，也没什么好查的，人死了就死了，就这样吧。”

这欲盖弥彰的语气却更让人走不了了。薛阳翻着手里的资料夹，看着坐在沙发上的老人，“陆老先生，您儿子的血液检查中并没有酒精含量，车子的状况交通部门也检查过，没有什么特别的损坏，这场车祸可谓飞来横祸，难道你们都不想知道原因吗？”

陆向国的两鬓斑白，声音却坚定而有力，他直起身板，如同一面铜墙铁壁挡在了两人面前，“我说你们警察，也够多管闲事的，也没人报案，死盯着不放干什么？你们有证据证明这不是意外吗？”

“陆先生，这可是你儿子……”

“我当然知道这是我儿子！”愤怒与挣扎在他脸上扭曲成一道道皱纹，“请你们也考虑下我们的心情！”

砰！

居然被可能是受害人的家属赶了出来！看着眼前被猛然关上的房门，薛阳觉得这事儿也算是匪夷所思了。他追上大缯的步伐，“周队，要给交通那边说这个情况吗？”

周大缯沉默地一路踢踏着下楼，正要上车前，却停下了脚步。

楼门口的长椅上坐着位中年妇女，与其他坐着晒太阳的人所不同的是，她不仅独自坐着，还双目失焦地呆望着远方，对脚下滑倒的菜篮似乎也毫无察觉。

薛阳看着大缯走过去直接在人面前蹲下身来，扶起倒在地上的菜篮，然后看着她，“请问，你是陆涛的母亲吗？”

老阿姨的身体颤抖了一下，慢慢才找到视线中的焦距，“你……是……”

“陆涛是死于车祸吗？”

大缯的问题一出来，妇女和薛阳皆是一愣。薛阳在心底感叹了下老姜老辣的阴险，然后惊讶地看着妇女脸上流下一行泪。

“我……不知道……”

“告诉我，你听说了什么？”蹲在面前的周大缯，温柔而低沉的声音哄着人直想把一切都和盘托出。

“有人，一个男人打电话来，说陆涛有爱人，在结婚前就有。是为了……为了我们老陆家的面子，才勉强和小陈结的婚。”她擦掉了脸上的泪，仿佛吐出了一些郁结在心中的东西，“那人还说，小陈可能知道了这件事……不然，没喝酒，没生病，怎么会无缘无故出这么大的车祸？”

薛阳一直想知道的也正是这件事，他看过资料里的车祸现场照片，可谓惨烈。正常行驶在马路上的私人轿车，突然急转向左侧对面车道，夸张地旋转了 360 度之后被迎面而来的卡车猛烈撞击，最后被卡车撞击推至路边大墙，成了卡车与墙壁中被夹心的一堆铁皮。坐在驾驶位上的陆涛的遗体惨不忍睹，后座的妻子陈璇也被卡在扭曲的铁皮中，能活下来，算是个奇迹。

那边周大缯已经一句一慢，套出了电话打进来的时间、来电者的特征等等，一个眼神甩过来，薛阳立刻会意地拿出记录本一一写下。

“你们是警察吧？我知道……是我昨天去找你们警察了，但是……但是现在都已经这样了，小陈她还躺在医院里没醒过来，我真不想再出事儿……

你们能不能当我什么都没说过？能不能，就这样算了？”

大缯定定地看着那双年过半百的眼睛，他听见了她说的话，但他更清晰地看见，那眼神里写满了想知道真相而纠结的痛苦。

“阿姨，人死了，不代表一切就结束了。”

妇人的嘴张开，颤抖了两下，最后却什么也没说出来。

嘴上说得出的，都是违心话。说不出的，才是无法释怀的真情实感。

02 胶带的推测

可可走近时，大缯正坐在冰凉的长椅上看着手中的照片。地下室里充满了阴森的气息，十步开外，是 24 小时灯光明亮的停尸房。惨白的顶灯照耀着高清的车祸现场照片，令一切狼狈都无处遁形。被挤扁的铁皮，四处散落碎裂的玻璃渣，被鲜血浸没的座椅，零落于各地的小物件……

“看样子，尸体也很糟糕了。”可可的影子映在大缯身侧的白瓷砖墙上。

大缯猛然站起身，向停尸房走去，“再糟糕的也得见啊。”

看管停尸房的看守把两人的证件看了又看，才犹豫着问了句，“没有立案，你们要看这尸体是？”

“我们怀疑车祸的原因。”大缯简单粗暴地打断对方的话。

看守心想这年头警察都拽得很嘛，转眼一看旁边的女法医，却收到对方甜甜一笑，顿时心里又高兴了，嗯！还是有和蔼的警察的。

他要是知道甜蜜笑容背后的理由一定会哭着跑出去。

研究成癖的可可同学正在数冰柜格子的数量：嗯，这儿起码有上百具死因各样的尸体可以剖开来看看……或者，把傻白翎关这儿一晚上一定很好玩……

大缯臭着脸，可可露着诡异的甜笑，看守打开了放着陆涛遗体的抽屉。

三个人的表情都凝重了起来。

盖着陆涛尸体的白布高高低低，昭显着白布下尸体的扭曲而不成形。

看守又想起了这具遗体的老父母在来认尸时的惨状，他摇摇头强迫自己想点儿别的。

陆涛的死因是颈椎断裂，但就算不是，最后也会因为失血过多或者全身多处脏器重伤而死。唯一无人明白的是到底发生了什么让他猛然狂打方向盘，将车旋转了一整圈。是无意还是故意？如果是故意，是自杀？或者，他杀？

可可戴上白色手套，慢慢从头颅开始拍照。因为无法直接带走尸体做全面的检查，所以大缯想出了这么个折中的办法，如果通过尸体表面就能发现车祸疑点，那立案调查就能名正言顺开展了。

从额头到脸颊，从前胸到四肢，各种撞击伤，伴随大面积的表皮脱落，对身体造成不规则的刺创伤口几乎数不胜数，连习惯于此的浔可然也觉得颇为棘手。

“我……还是不太明白，”看守忍不住又问，“你们也知道这车祸都……让人成这样了，还指望能看出啥来？交警那边也来检查过，没看出什么……”

“车祸也可能有各种各样的……”放下相机，开始拿着放大镜凑近尸体脸颊的可可开始嘀咕，话说半句又走神，专注于眼前看到的种种细节，大缯只好叹口气接着她的话继续。

“曾经出现过一些例子，因为马路上的金属突然被前车挤压弹起，撞向后面车的前玻璃，直接刺中驾驶员的脸，导致方向盘失控发生车祸；也有开车过程中因驾驶员突然心梗等突发病导致连环撞车；还有行驶途中右边车里有人射击，开车的一慌，就猛打方向盘驶向对面车道。”大缯的话说得看守一愣一愣的，“总之，我们只是排除下车祸发生不是人为的可能性罢了。”

看守应了声，慢慢退开几步，因为他突然想起自己给自己立的规矩：不去了解太多！每天晚上守着这个阴气蔓延的“暂居地”，如果知道太多冰柜里遗体的故事，难免让人胡思乱想；什么都不知道，秉持着“我不过是在看守一个巨大的冻肉库”的理念，才能继续维持这份工作。

可可和大缯显然都无暇察觉旁边人的这段心路历程。

“不行，看不出什么特别的。”

“这么多伤看不出特别的？”

“你以为这是大家来找茬游戏啊！伤口多但看起来都合理，小的这些是正面玻璃碎裂扎伤的，大的这是撞击产生的金属碎片刺入身体的伤，皮肤上这些看起来像淤痕的是内脏受损的表现，还有……”

“别吐法医泡泡，真的什么都看不出来？”大缯纠结地把眉毛都拧在了一起，常年面对残酷现实的他已经不相信世界有什么奇迹，但偶尔还是会像现在这样，心底有个很渺小的火苗，希冀看到一丝天意。

“尸体上现在看不出有什么不像是车祸留下的伤……尸体外的话，衣服什么的还在吗？”可可抬头，才发现看守已经站到好几米外，一副神游物外的模样。

他正在思考今天夜里值完班找谁开一桌麻将。

“衣服？”被打断神游的看守喃喃重复着，“衣服啊……没有啊，都没抢救，当场就认定死亡了，哦对，衣服应该当医疗废弃物扔了，不过这是上个星期的事情，现在翻垃圾桶大概也找不到了吧……”

大缯揉着眉头，还有什么……尸体上看不出特别的伤痕，身上穿的衣服被扔了，总觉得还有什么被遗漏的地方。

可可看着被拉出来的冰柜抽屉，“如果要更细致地一一对应伤口，也要知道是哪些碎片造成的。”

“车！”大缯突然反应过来，“车应该还留在交通局那边，如果他们没动过，车内的证据还是在的。”

驱车几公里，两人又赶到了停放废弃车辆的交通局停车场，一路上谁也没怎么说话。可可是熬夜困得没精神，大缯是心底有事没心情，好在路途也不远，转几个弯就到了。

可可看着眼前的这辆“车”，歪着脑袋有些疑惑。白色小轿车的前半部分几乎不成形了，如同被捏紧的白纸一样遍布褶皱、碎屑、交叉的一条条金属片闪着阴冷的光，根本无法分辨它们原来属于车头的哪一部分，相比较下，车的后半部分还算是辆车，向里面看去时，还能分辨出扭曲的米色后排座位。

“睡醒了吗？”大缯没什么好脾气地说了一句。

可可看着车里的装饰，眼睛都不抬，“没睡醒，能放我回去继续睡吗？”

“不能，我就跟你客气一下。”霸道队长霸道地说。

浔可然终于忍不住送了他一个白眼。

大缯蹲在车正前方，扭曲的保险杠上有着凹凸的撞击痕，车头前段被压到了前车轮的位置，前段的发动机等等都如同被一只大手揉捏团在了一起。

“哟！然然小朋友……”不远处响起一声口哨，可可抬头，看到在交警处的师兄夏源正向着自己走过来。“我刚在楼上往下看，就见到停车场里妖气冲天，我直觉一闪，果然是你来了！”

浔可然看着他眨了眨眼，抬手指着夏源对旁边喊道：“大缯，他调戏我。”

大缯斜过去一个阴恻恻的眼神。

夏源立马一脸正经地看着眼前的残骸，“啊呀，这车毁得够厉害的啊，一定有死伤吧！看这车头，驾驶员应该没啥希望的啊……不是，你们在查啥？我们交通局这里怀疑这车祸有问题了？”

“没有，你们交通局只是觉得我们刑警队最近比较闲得慌，所以给予我们爱的任务。”可可一边嘀咕，一边伸手就掏夏源的口袋，“有糖吗？有糖吗？”

“诶诶干吗，谁调戏谁啊！”夏源双手举起做投降状。

“你一直随身带的那个润喉糖呢？我困死了。”

“吃完了，吃完了，诶诶，妖怪你够了，你哪次见面能不占我便宜吗？”

两人你一句我一句时，都没注意旁边已经爬进车体里的大缯，“行车记录仪你们都没拆？”

夏源这才察觉刑警队长是来认真干活的，也不好意思再闹下去，“这案子不是我负责的，不过根据我的经验，应该是判定行车记录仪已经损坏，就算拆下来也无法修复里面的数据所以没动。”

大缯想继续往车里面挤，但鉴于魁梧的身板，于是很光荣地卡住了。

可可发出“噗”的憋笑声，立刻被恼羞成怒的刑警队长钻出来抓住：“来来，你瘦，你挤进去拆那个记录仪。”

“啥……啥……啥是记录仪我不认识！”可可小朋友挣扎着。

旁边还有个幸灾乐祸的夏源，“诶，就是那个黑色的方方的那玩意儿，左边一点……右边一点……诶，你怎么这么笨啊？哈哈……”夏源笑着笑着，发现被塞进车里还在挣扎的可可小朋友突然安静了。

“大缯，给我个物证袋。”

一句话出来，外头两人神色皆是一凛。

物证袋进去，可可很快就钻了出来，大缯看到物证袋里是一张黄色的宽塑封胶带。

“我刚检查尸体的时候，尸体指尖上就有一点点黏黏的感觉，我怀疑和这胶带有关，还有，我真的分不出哪块黑乎乎的是行车记录仪。”可可耸耸肩膀。

大缯和夏源顺着可可的话想，如果身为驾驶员的陆涛在出事前手上粘着胶带，那他怎么开得车？一手撕胶带一手开车？哪里来的胶带？

“两只手都有，指尖腹部，不是指甲那一面。”可可仿佛他们肚子里的蛔虫，直接回答出了他们的疑惑。

夏源抬头想象了下，手能碰到胶带……难道是方向盘？他立刻钻进扭曲的空间，摸索着找到已经成S形的断裂方向盘，“唔……方向盘上没啥胶带，也不黏。”

“会不会在停车场放久了干掉了？”

“不会吧！”夏源钻出车，拍打着身上的落灰，“我们这儿有屋顶也不漏雨，事情到现在多久？一周两周？那肯定不会凭空消失黏性啊。”

“关键还是在胶带来源上。”大缯拿过装着胶带的透明袋子左看右看，才想到回头问了句，“除了手指还有哪里有黏性？”

一句话把可可给问住了，她扑闪扑闪眨眨眼，露出一个转移注意力的甜蜜微笑。

“你没检查仔细对吧？”刚好点的脸色又黑下去了，大缯用一种不容置疑的语气直接宣布，“我们回去再检查一次。”

“唔……我晚上还要赶报告……”可可小朋友开始往师兄身后缩，“而且你根本还没立案吧……”

“这是严肃的使命，这是身为警察的宿命。快点儿，冰柜里的陆涛在等你……”铁面无私的周队长一把拽着小朋友的后领就扔上了车。

“拜拜，查出结果了记得跟我八卦一下……”幸灾乐祸的夏源师兄挥舞着小手绢欢送着警车。

可可在心中掏出小本子，再记下对师兄仇恨的一笔账。

“不好意思，我们又来打扰您安息啦！”

奉天承运，戴上手套，浔可然准备摸遍尸体全身，但刚开始，白色的手套就停下了动作……

陆涛那张凹凸不平的脸上也有着淡淡的黏性。

两人忍不住对视一眼，陆涛的脸上被胶带黏过？什么时候，车祸发生前一刻？

浔可然依然弯着腰摸着陆涛的脸，抬头和大缯对视上。

“如果在陆涛驾驶时，有人把胶带缠在他脸上，阻住了他呼吸……”

“然后抬手去撕扯胶带。”

“于是方向盘就失去控制了……”

在简短的话语间，两人仿佛能看到陆涛死前一刻视线中所见的一切：突然被蒙上的黑暗、急切地抓开脸上的遮挡物，发现手被黏住了，手忙脚乱终于撕下胶带的同时感觉到车子在疯狂打转……终于看得到前面了，大卡车迎面而来！

大缯示意可可让开，沉默地关上冰柜的抽屉。两个人都没有说话，显而易见的是，如果这不是离奇意外的话，最可疑的，就是坐在驾驶座正后方的妻子陈璇。

在离开停尸房时，大缯拿出一张名片给看守：“如果陆涛的家属——不论是谁——要领走尸体去处理的话，你找个借口先拦一拦，然后马上通知我。”

看守坐在桌边，愣愣地看着大缯严肃的表情，仿佛明白了什么，微微点头。

停尸房外的走廊依然阴冷，白得刺眼的日光灯一个接着一个。看着周大缯的身影，可可忍不住叫住他。

“胶带这种推测，很难站住脚。”

“我知道。”

他回答得如此直接，让可可都不知道该怎么说。此刻的大缯有一种近乎偏执的执念，偏确信这件事里除了血腥，还有阴谋，并认真地想证明给所有人看。

03 纸条上的爱人

当两人刚走出医院大门时，突然奔过来一个年纪不大的小男生，一手拿着个崭新的玩具盒，一手拿着叠起来的白纸，递到大缯面前："给你！"

大缯一愣，接过折叠的白纸，警觉地问，"谁叫你给我的？"

小男生一抹鼻涕，一副很拽的样子指指身后，"一个叔叔给我的！哦不，叫我给你的！你收到了哦！你收到，这个玩具就归我了哦！"

还没等大缯再问，小男生转身飞快地跑了。

两人看着那个圆鼓鼓的小背影，可可得出结论：一定是看你太魁梧怕你抢他玩具。

大缯斜了可可一眼，只看到幸灾乐祸的"山大王"拿出个珍宝珠，拆拆拆。

折叠的白纸打开，里面是一段打印文字。

"陆涛结婚前就有爱人，婚后也一直保持着两头都不放的关系，陈璇最近才得知，闹离婚，陆涛不肯，怕影响自己升职，威胁陈璇。另外，病房里的陈璇已经醒了。"

"什么东西？"嘴里啃着糖的可可凑过来。

大缯重折起纸，故意不让她看，一脸坏笑地说："好玩的东西。"

然后转身往回走，留下含着糖瞪着眼的浔可然。她怎么觉着还是之前深沉的大缯比较好呢，一恢复腹黑状态就让人气得磨牙。

大缯在陈璇的病房里呆了十多分钟，可可就一直坐在病房门口的长椅上。

看病房区的走廊其实很有意思，伤患、照顾的家属、请来的看护阿姨、值班的护士和刚检查完病人为了保持清醒而四处闲逛的医生……不同的人被关在不大的空间里，互相探讨听来的八卦，生病的感受，出去后最先要做的事。被刷成淡粉色的墙壁上，时不时有扶着墙慢慢往前挪步子的病人，在这里可以看到病痛下最清晰的求生意志。

“那家伙很早就在外面有男人的呀……”

“啊哟，你不知道，这种姘头……”

“以前他女朋友还来看过他呢！”

耳边灌入的八卦混杂在一起，呈现一种东家的情史和西家的错爱混搭在一起形成新故事的好笑情况。可可听着，视线就落到了面前陈璇病房紧闭的房门。听大缯说纸条上的内容和之前陆涛的母亲接到的电话都表明了同一个结论：陆涛结婚前就有爱人。

爱人，多么老派的称呼。这个不断挑起警察兴致的男人是个年纪很大的旁观者？叔叔？舅舅？从语气上看似乎站在陈璇这一边，但他的目的怎么看都像是在引发警方的怀疑，重新调查车祸真相，也就是——出卖陈璇，如果她真的做了什么。

将嘴里的珍宝珠翻个身，假设事实也真的翻个身，陈璇出于某种原因在陆涛开车时候用胶带蒙住他的脸，蒙住口鼻，最后导致车祸……但她自己也在车上啊，要有多极致的愤怒或者恨意才会这样鱼死网破？倒是也符合有些婚姻遭到背叛的女人的念头，宁为玉碎，不为瓦全。可可觉得自己一直无法理解这样的想法，假设另一半背叛了自己……想到这里，可可立刻给思想打了个急刹车，因为脑海里突然出现了周大缯的脸。

呸呸呸，跟他有个毛线关系！

说曹操，曹操就从病房里被陈璇父母千恩万谢地送了出来。浔可然走上前去，嘲笑地斜眼看他，“基层送温暖结束了？”

大缯没出声，点点头。

可可往前走两步，想想刚才的念头就有气，回头补骂：“呸呸！不要脸。”

奇怪的是，大缯没计较她的挑衅行为，依旧站立在陈璇病房门口，如同化石。

可可疑惑地走回去，刚想问……大缯突然伸手捂住她的嘴，两人就这样安静地站在紧闭的病房门口，五秒、十秒……可可从一开始疑惑，到突然察觉到大缯掌心的热度，耳朵一热，开始要挣扎时，门内传出的争执声如此清晰。

“叫你话不要多！你要害死璇璇吗？”

“那警察就是正常地问个话，你要是什么都瞒瞒藏藏才可疑呢！”

两人的声音听起来就站在门后，大约是要离病床远些，所以在病房内靠近门处压低声音争执着。却恰好着了门外站着的人的道儿。

可可又在心里补骂了一句：周大缯你个阴险鬼。

“我跟你讲，璇璇之前和陆涛也就是正常小两口吵吵，谁家都有，你别嘴多乱说，没事也被你找出事儿来。”男人的声音来自陈璇父亲。

“正常吵吵怕什么，还不是璇璇之前说陆涛是那什么……”

“好了，你个老太婆！”

“知道了……知道了！你说陆涛父母也不知道来看看，一点情意也没有。”

“行了！人家儿子都没了。”

“也是……我等下去买个鸽子给璇璇，啊哟！大难不死……”

“你这嘴又胡说什么……”

短短几句话在大缯脑海里转了个圈，没留神刚还在眼前的可可已经走开几步远。他大步追上去，自顾自地解释：“我刚故意放了点料出去，就知道我一走这两人要吵吵……你怎么了？很热吗？”

正在脸红的“山大王”愤怒了：“你管我！我煮螃蟹不行啊！”

大缯花了两秒就反应了过来。可可一看到他脸上露出坏笑就发慌，赶紧在脑海里搜索转移话题的工具。

“诶，对了，你觉不觉得爱人这个称呼很特别？”

周队长嘴角露出了淫笑的角度，“是很特别……”

“我是说那个纸条上的留言！”可可恼怒地发现被他一笑自己耳朵又烫了，“又不是九十年代，现在谁还称呼别人是谁谁的爱人啊、女朋友、男朋友、处的对象或者老公、老婆、先生、太太，小三就小三嘛，结婚前就有的那就情人嘛，非要用这么个中性又复古的称谓，像玩什么文字游戏似的……”

浔可然说完，却发现身后的人似乎停住了，她回头，只看到大缯如定住的石像静止了几秒，才继续往前走。

“你想到什么了？”

“没什么，其他的事情。”

面对大缯明显的敷衍，可可只怀疑了两秒，随即就释怀了，如果真想到与案子相关的事情，没道理不说的吧。

两人都没想到，大缯在那一刻所想到的正是整个案子的关键，但他刻意压抑了脑海中冒出的念头。

许多人都曾做过这样的事，因为刻意的回避，不愿面对现实，反而错过了更重要的东西。即使是活了三十载的大缯也不是圣人。

两人并肩走出了医院大楼。

住院楼的四楼某个病房窗户边，陈璇安静地看着警察的身影登上车，然后缓缓驶离医院的停车场。

伤心、绝望、恐惧、懊悔和不甘在她心中盘成一堆虚无，慢慢化为死水般的平静。

她终于开始明白，不管事情怎样发展，一切都已经没有意义。

04 模拟实验

第二天一早，薛阳都没上楼，直接在公安局的一楼大厅里等着和周大缯汇报。

“周队，两件事，一个是陆涛父母收到的电话来自一个路边电话亭，附近没有摄像头，但我问了旁边一个小店老板娘，她有印象，那天有个个子高高的西装男进去打过一个电话，因为现在人人都有手机，她看到有人还用电话亭也觉得新鲜。”

大缯嗯了一声，两人挤进了满是同事的电梯。

“另一个？”

“还有陆涛的情人，我查了他手机通讯记录，除了父母、公司同事，几乎没什么其他特别的通讯往来。”

“手机里的通讯软件呢？微信、陌陌……”

大缯的话还没说完，电梯里的前排就有人转过头来，“哟！周队长你还知道陌陌啊，是不是约过啊？我可要去法医科通报你啦！”

大缯嘴一斜，“去！老张你戒烟戒了三个月了，我昨天开会怎么还闻到你身上有烟味，要不要和嫂子也通报通报？”

电梯“叮”的提示音和哄笑声同时响起，不同部门的同事陆陆续续分散了开去。薛阳继续着边说边走的架势，“软件我等下盯着王爱国扫描一遍。”他说着拿起一小袋子的电子碎片。

大缯停下步伐，看着眼前这堆有些眼熟又不能辨识的碎片。

“陆涛的手机碎片，”面瘫的薛阳难得的有些得意，“我去翻了下陆涛父母家的垃圾桶。老两口大概是看到这个觉得伤心，又不懂手机里能翻出多少玄机，于是直接扔了，怎么了？”

薛阳说着感觉到了大缯异样的视线，后者摇摇头，继续往前走，心里却对这个小子多了一分赏识。说到底，陆涛这件事还并不能称为“案子”，但薛阳愿意花时间想办法去调查，那是出于责任或者好奇都不重要，重要在主观的动力。积极和靠谱这两点，永远是优秀队友的特征。

“哦，还有我刚才说到一半，陆涛的手机记录里，近一个月只有两通和妻子陈璇的电话，时长 14 秒和 1 分钟。”

大缯摇摇头说：“这夫妻俩还没离婚也是奇迹。”

两人走到办公室门口，薛阳慢了一拍步子，大缯以为他要说什么要紧事，回头看着他。

面瘫同学捏着后颈，难得的八卦脸有些扭曲，“周队……你……真的用陌陌约？”

“滚蛋……”

大缯现在觉得他不是在积极调查，而是抱着对陆涛的情人是谁的八卦心理而已！

“哟，陌陌队长……”

大缯刚跨入浔可然的办公室，空中悠悠就飘来这么一句，吓得大缯差点原路退回去。

这帮八卦的臭崽子！

大缯赔着笑凑过去，“可可吃不吃午饭？”

“吃过了。”

“那晚饭……”

“减肥，不吃。”

大缯威胁性地眯起眼看着她，后者头也不抬补了一刀：“吃什么晚饭，看看你那肚子。”

周队长瞬间焉了，虽然四肢依然肌肉发达，但低头看看，肚皮好像是鼓起来了一点。

可可瞟了一眼正低头摸着自己肚皮的大缯，忍不住就笑了。她刚去楼下买零食时收到了来自同事们的“陌陌调侃”，即使知道是开玩笑，即使知道……又怎么能错过这么个戏弄英勇酷帅刑警队长的机会呢？

“你从三楼跑过来就为了挠肚皮给我看？”“不是。”“那你来干吗？”“我饿了……”大缯不知是装的还是无意，看着可可的表情一脸呆状。

卖萌又可耻的周队长！

阳光斜斜地从落地大玻璃窗照进来，可可看着对面人起劲地清扫桌上的食物。“陆涛的事有线索了？”

“没有，就这事找你，我怎么想都觉得从背后蒙住胶带这法子太怪了点，吃完饭有没有空，你陪我去模拟下现场。”大缯说得简单直接，可可心底却哀嚎了一声。昨天就因为被大缯拖着跑，夜里她赶报告赶到了凌晨，今天还要继续……

“不是我不支持你，大缯，这件事到现在为止都只是我们的臆断吧？都没有……”

“没有人报案，我知道。”大缯抬眼和她对视着，慢慢地啃着嘴里的硬骨头，“但是可可，你忘了有人打电话到陆家，有人塞纸条给我们。是没人报案，但不是没人怀疑陆涛死于非命。你能告诉我，只要流程上没人报案，你就可以安心不管不顾有疑点的死亡吗？”显然吃准了可可不会驳斥这样的观点，大缯定神看着她，嘴里咔嚓咔嚓着，把嚼碎的硬骨头给吞了下去。

浔可然眼里，对面那张脸上有着泛着油光的嘴角，与坚定深邃的眼神。

“我不会陪你做模拟实验，那是你的地盘，我有我的。”

“指纹，人类手指末端指腹上由凹凸的皮肤所形成的纹路。每个人幼年的指纹、青年的指纹、老年的指纹的大小、疏密程度会有所不同，最有趣的是指纹的来源不明，如果你说指纹有遗传性，但同卵双胞胎的指纹不相同；如果指纹只是随机产生，但你的手指表面被割伤后，重新长出的皮肤，指纹依旧。”

“麻烦你别在我大物证间里科普，谢谢。”王涛从仪器前站直身子说道。虽然他最近已然开始习惯被可可占着地盘骚扰，但还是忍不住想赶人，“你说你逼我开小灶也就算了，还催！”王涛指着仪器里的宽塑封胶带，“小灶就该慢、慢排队，懂吗？”

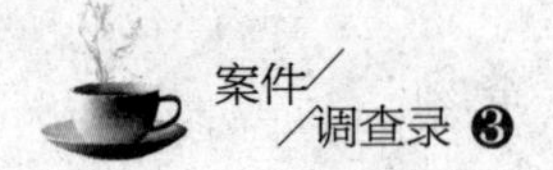

“嗯，懂了。”“山大王”浔可然一脸乖巧地点头，“还有多久才能显现指纹？”然后继续催。

王涛深呼吸一口气，脑海里转过的千言万语化为冷静冷静……唯小人与女子难养……大人不记小人过……宰相肚里能撑船……泰山压顶不弯腰……苍天饶过谁……

他也不知道自己在念叨什么了。

“王涛王涛，你那机器灯在闪啦！”

“太好了！”王涛迫不及待地走过去拿出指纹提取的结果，“快快，在我提刀砍死你之前赶快离开我的视线，和你的报告一起！”

可可接过报告，还歪着头赖在那儿，“王老师，还有胶带也得还给我，我要去检验上面的人体组织。”

“啥？啥？人体组织？”

“这胶带可能被坐在后座的人拿着两端，这样粘在驾驶员的脸上……”

可可说着随手抄起桌上的桌布作势要袭击王涛，直接把他吓得退到了桌子另一边，贴墙站着。可可咯咯笑着走到仪器边，用镊子取出黏胶带，小心翼翼地放进物证袋。

贴墙站着的王涛缓缓地挪动着，“意思是你要检查胶带有黏性的部分，有没有面部的皮肤细胞？”

“或者鼻涕。”可可抬头想象了下那画面，“啧啧，也许还有眼屎？”

桌上的手机震动起来，可可一手拿着胶带一边接通手机，“喂？”

“浔姐，我薛阳，周队在停车场做实验，撞车了，现在在医务室。”

可可还在走廊上小跑时就听到医务室里传来局长的吼声。

“想什么？脑子里想的什么啊？你几岁的人了周大缯！做实验就做实验，他娘的居然不系安全带！你他娘的就不怕撞死了被全局看笑话！啊？怎么给下面的人带队？”

可可贴墙站在门外，弯着腰悄然露出半个脑袋，试图观察敌情。一眼扫过去，大缯除了脸上有点剐蹭伤，人还能站着，应该无碍，心中就缓和了下来。不料刚想缩回脑袋就被局长发现了，“还有你，浔可然！进来！”

像是学校里被抓包的一同闯祸的同党，可可撇着嘴跟着进了医务室。

“来来来，你告诉我，你们俩在折腾什么？”

可可扫向大缯一个眼神，试图对口供。

“不准对眼神！”局长挺着啤酒肚一晃挡在了两人之间，“为了哪桩案子做实验，啥事不能讲？”

看到可可被局长盯着，大缯终于沉默不住了，“是我的主意，交通那边请帮忙的一个事情，车祸，但我怀疑后座的妻子有故意杀人嫌疑，没人报案现在还不能立案，所以我在找证据。”

局长沉默半晌，看看大缯又看可可，“就这？就这屁大点事儿，你们瞒什么瞒？”

“不是瞒……我刚在想一件事，总觉得……刚才撞上前一瞬间有件事……”

局长看着大缯思考的样子，大手一挥，“我管你那个撞坏的脑子里想的啥，反正要找线索就找，找到了写报告立案，找不到就把这茬给我忘了。”局长像个气鼓鼓的幼儿园园长，背着双手在房间里兜了两圈，“堂堂一个刑警队长，居然不系安全带，差点自己把自己撞死在警局后院里，哼哼，叫你事儿多……叫你让我担心！”

大肚子局长终于愤愤地说出了心里话，然后颠儿颠儿地走了，留下没忍住笑的可可，和还在一脸沉思的大缯。

可可走上前，伸手想检查下他额头的伤，“你模拟陆涛开车了？薛阳在后面试着拿胶带绑你？”

大缯皱眉许久才有所反应，“就是想不起刚才到底想到什么了……你说什么？”

可可摇摇头不再多说，两只手按在他的太阳穴，然后慢慢延伸到发丝后，仔细地检查着头皮下有没有隐藏的伤口或者肿块。

医疗室里安静得只能听见墙上滴答的钟声，微风轻轻吹起身后白纱的窗帘，带起可可的发丝也悄然飘忽着。大缯无意识地抬手想触碰飘动的发卷……

“别动！”可可两手正按着他的脑袋，警告地瞪他，“乱动我捏爆你头皮上的神经末梢。”

大缯被按着坐在白色病床边上，虽然不再动弹，但安静的微风、头皮上轻柔的手指……总有些什么东西让他觉得有些焦躁。

“好了没？我没事，就磕了一下，没伤。”

“急什么？约了陌陌网友吗？”

一句话又把人给堵住了，周队长郁闷地耷拉着脸坐在那儿，任凭玩弄——至少他觉得可可现在是在玩弄他的脑袋。

“有一次我做解剖，”浔可然的声音轻轻地说，“蛮年轻的小帅哥，至少活着的时候还是挺帅的，打架斗殴意外死亡，送来尸检时已经是半夜里。刚开颅，旁边架子上他的衣服口袋里就响起音乐，手机铃声的音乐，一直响……一直响……但是规矩你懂的，我不能接那个电话，我只是隔着物证袋子去看了一眼，手机屏幕上是他和一个小姑娘的合影，一闪一闪的来电名字写着‘小笨蛋’。”

可可低下头，似乎回忆起了那个不太寻常的尸检夜，伴随着时不时响起的手机铃声，一直、一直没有放弃过，仿佛从电话中满溢而出的担忧和恐慌，终于将电池都耗尽。可可记得自己完成解剖时对台上的遗体深深地叹息过：你怎么舍得留下这么担心你的人，去打架，去耗费自己的生命。

大缯抬眼看着她，一直看到她脸上复杂的微笑。

“所以麻烦你下次要拿自己性命开涮之前，给我发个消息，别让我做那个一直打电话，一直打到耗尽你手机电池的人……”接着有点尴尬地补充，“因为我嫌烦。”

四目对视里，大缯看到可可眼睛里自己的影子，额头贴着纱布，眼神却如此温柔。

在对方的眼里看见自己的倒影……

倒影！

大缯猛地跳起身来，“倒影！”说罢就往门外冲。

“山大王”深吸一口气愣在原地：“周大缯你找打，大王我难得抒情一下，你居然敢跑！”

可可扫了房间一眼，拾起大缯忘在桌上的手机，随手拍了张旁边女厕所内的照片，然后发了朋友圈……

05 修复的行车记录仪

夜里。

搬凳凳，排排坐。会议室里鱼贯而入各个队里的刑警，有的打着哈欠，多数的打着招呼，递着烟，或者分拆着零食。多年来生死沙场的习惯，让这些溅血都无所惧的汉子们平时显得异常慵懒而闲散。

局长抱着他心爱的保暖茶壶出现在门口，立刻有人让出个好位置给他。老狐狸局长站在位子前扫视了房间一圈，不吭声地挪挪挪，直接到了刑警三队长旁边，一屁股坐了下来。

三队长面前桌上刚铺开一堆白瓜子，就被局长笑眯眯地掳走了一半。

大缯走到会议桌尽头，“请大家来是麻烦大家判断个案子的证据够不够抓人，各位队长，还有领……诶诶，后面瓜子分好了没？”大缯哭笑不得地看着在商量着拿瓜子换零食的几个刑警。

“干吗，又不影响，你说你的。”局长边嚷嚷边四处探头，“诶，白瓜子太淡了，有没有酱油西瓜子？”

大缯又不好说看你们嗑也心痒，只能默默掏出根烟点上。“事情一开始是交通那边来备案，说一起车祸，驾驶员陆涛死亡，坐在他正后方位置的妻子陈璇活了下来，但陆涛父母似乎怀疑儿子的死因。”

“这段听过了！主持人放下一段啊……”有刑警笑着嚷嚷。

大缯含着烟，作势抄起凳子要砸人，引起了满房间人的哄笑。

“然后我们找到陆涛那辆车，交警那边做了基础检查，没查到什么可疑处，判断就是陆涛自己突然向左大幅度转弯到了对面车道，被大车迎面撞击，转弯原因不明。然后可可……”

“噢——”

大缯刚提到可可这两个字，就被众多汉子们的起哄声给淹没了。

“有个法医女朋友了不起啊！”

“周队你不要虐我们这些单身狗啊！”

“兄弟们，我们揍他一顿好不好……”

“好好好！”

年纪轻的刑警们叫嚣着，另一派年纪大的又是另一个语调：“拽拽拽，结婚之后看你怎么个惨法，哈哈哈……”

大缯简直被这群货给气笑了：“再闹今天晚饭从自助餐变成麻辣烫！”

一听到有吃的，汉子们立刻换了嘴脸：“周大爷快快继续说，兄弟们饿着呢！”

局长推开面前的瓜子，“不吃了不吃了，自助餐得先饿一饿。”

所谓上梁不正下梁歪！

大缯摇摇头笑着继续，“之后浔——法——医，从车内发现了两大张宽胶带。”随着大缯的声音，会议室大屏幕上出现了胶带的物证照片，“上面发现了两套指纹，一套是死者陆涛的食指中指指纹部分，不清晰，有抹痕等。另外一套出现在胶带两侧，属于躺在医院里的妻子陈璇。”大缯扫视了下众人有思考也有眯起眼的神情，“我估计你们中大概很多人都猜到了，夫妻俩关系是不太好。从丈夫驾驶但妻子居然坐在他身后就能看出来了。另外，我们一直没有调查到身份，但从很多细节上都显示，陆涛有个情人。”

众人中举起一只手，“提问！你们咋搞到妻子的指纹的？”

大缯看到局长威胁性地眯起眼，笑着解释，“通过医院里陈璇用过的医疗废弃物，正式的当然要等立案逮捕后再验证。总之，胶带让我们有了关于真相的揣测。”

出于长期职业经验，众多刑警汉子们不由自主地开始思考，是在车里两人发生了争执？打起来了？

“两张胶带，可能使用时上下有小段重叠，也就是说两条胶带这样并列着，中间部分重叠，下面那张黏住了上面那张一段宽度。然后出现在两侧的陈璇的大拇指指纹，有一个跨越了两张胶带，大拇指指纹上半部分在上面那张胶带上，下半段指纹在下面那张胶带上。另外一个发现是，两张胶带中间的黏性部分，都发现了陆涛的面部表皮细胞。”

“在他开车的过程中，突然从天而降的宽胶带粘住了他的眼睛和鼻子。”

大缯的话引起了一霎那的寂静，终于，围着会议桌成圈的警察们不再关注瓜子和零食，他们无意识地摸着香烟，或者拿瓜子轻轻敲着桌面，每个人都开始严肃考虑这件事，它的细节、可能性和逻辑是否严谨。

“就凭个胶带判断谋杀好像有点鲁莽啊！”有人感慨。

“周队，胶带是物证，你们有人证吗？”也有人质疑。

大缯沉默地摇摇头，“陆涛的父母，甚至是陈璇的父母都回避，我觉得他们多少有所怀疑，但车里当时发生了什么，谁都不在现场。”

众人你一言我一语，给大缯提供了多方面的考虑，最终所有人还是看向了下决断的领导。

局长深吸一口烟，细烟飘忽后是一张严肃的面孔，“我就问一件事，你们有证据表示这胶带黏住脸，是在车祸前一刻发生的事情吗？换句话，你们能证明陈璇拿胶带黏住陆涛的脸，是导致车祸的原因吗？”

他的话直接刺中了众人担忧的关键，如果无法回答这个问题，就不能认定谋杀的事实成立。于是一干人都又扭头去看大缯，看他能交出什么样的答案。让他们心里一愣的是：大缯嘴角撇出了一个得意的弧度……

他转身，在大屏幕前的电脑上操作了两下，会议室前的巨大显示屏上跳出一个视频播放框。画面上是从车头看出去正常的行驶路面。

“行车记录仪居然没坏……”有人在嘀咕。

“听说他们队里有个电脑高手。”

众人专注地看着记录仪画面正常行驶在马路上，突然画面左右晃动了两下，显示出方向盘的不稳定，只两秒后，画面突然大幅度向左晃去……一个让人头晕目眩的大转弯……尘土飞扬的刹车……迎面而来的大卡车车头……画面猛然一黑。

当人们认为画面结束了时，视频重播了一遍，放慢了很多倍速度，摇摆、大幅度转弯……

画面静止、定格。

画面放大。

再放大。

再放大……

会议室里响起了个别人的吸气声。

车子转了 90 度弯导致它正面对马路侧面，沿街的店铺玻璃窗和驾驶员正好面对面，放大画面后，可以清晰地从橱窗玻璃的反射中看到驾驶员的影子。

驾驶员脸上正盖着黄色的塑封胶带，一只手试图抓脸，另一手在空中挥舞着……

整个房间寂静了好一会，每个人的心情都有些复杂。

局长掐灭指尖的烟，抬眼与周大缯对视着，“立案吧。”

06 有名无实的婚姻捆绑

视频中尖锐的撞击声在病房中回荡着。

病床前的平板电脑屏幕慢慢黯淡下来，陈璇靠着背榻坐在病床上，几乎面无表情。

“录像你也看到了，”薛阳拿出手铐，“请你跟我们走一趟，陈小姐。”

站在床尾的大缯沉默地看着病床上的嫌疑人，他见过各种各样被捕的瞬间，有反抗，有吓得脚软，也有像眼前这样，弥漫着绝望的沉稳。

“能不能让我换个衣服……”陈璇拔去手臂上的针头，声音轻轻的，有些沙哑。

薛阳请示般看向大缯，后者抬首示意薛阳去找个护士来，薛阳应声离开。

露出绝望的嫌疑人，是最可能做出过激行为的一列，仅凭经验大缯也知道，此时不能让她一个人呆着。

寂静在病房里蔓延着，陈璇轻轻抚摸着左手无名指，那里有一圈淡淡的戒指痕迹。

“别想太多。”大缯突然开口，他也不知道自己为什么要说这句话，只是面对着低着头的女人产生了一丝悲悯，不论是因为什么让她走到这一步，都令人惋惜。

病房门口传来脚步声，大缯转头，看到的却不是薛阳。陈璇的父母拿着饭盒，一脸疑问地看着身穿警服的大缯，“警察同志，你……”

大缯迎上前去，阻拦他们靠近陈璇的步伐，“请你们退后。”

“什么意思？你要干什么？”陈旋父亲警觉地抬高了声音。

“您女儿涉嫌蓄意谋杀。”大缯拿出批捕文件。

“你！你胡说！”一把推开大缯出示文件的手，陈璇父亲立刻就激动起来，母亲则嘴里叫骂着想要冲到女儿身边，大缯无奈只能用身体阻拦两人。

叫骂、推搡、劝阻……

当三个人在冲突时，谁都没有留意到床上的人悄无声息地下了地，赤着脚，一步一步，走到了窗台边。

当陈璇母亲发出惊叫时，几人回头才察觉，陈璇踮着脚尖，站在窗沿，脸上依然如一潭死水，她也不看别人，空洞的眼神只看着白色的墙壁，“我不要进监狱……我刚从‘监狱’里逃出来。”

陈璇的话让众人皆是一愣，陈璇的母亲脚软地扶着病床栏杆，父亲努力克制着发颤的声音，“胡闹！璇璇，听话，你先下来……”

窗外的风吹起陈璇的发丝，“爸，我下不来了……是你们和他一起逼着我……不准离婚，不准丢你们的人。我过着什么样的生活，你们真的在乎吗？你们只看到他在人前维护着对我好的样子，谁都没看到他在家把我当空气的真面目。”外面的阳光映衬着陈璇的脸更加惨白，内心一直压抑的话说出口时，却有些凌乱，“我在家只是个道具，做饭、洗衣服、打扫卫生的道具。你们把自己的女儿送给一个男人当装饰自己幸福家庭的道具，没人的时候，他从不会搭理我，如果和他争吵，直接一个耳光。”

陈璇父亲颤抖着唇却依然强硬，“那你离婚！你不怕丢人你就离婚！你离婚后三十岁的女人，二手货，还有谁要！”父亲的话还没说完，就被陈璇母亲忙不迭地拉着让他住口。

大缯皱起眉，他看到陈璇在笑，比哭还难看的笑容带着眼角的泛光。

“你的女儿在你眼里的价值，就是嫁人和面子而已，我活了三十年，努力考大学努力工作，在你眼里的价值，就是一句给邻居炫耀女儿嫁了个有钱老公的面子而已。我做错了什么？被人当做一个道具，或者成为一个杀人犯。”

母亲早已泪流满面，“璇璇你别说了，妈妈知道你苦……”她一把抹开脸上混着鼻涕的眼泪，“妈妈求你，有话好好说好不好……妈妈求你……”不知是腿软还是故意的，年过半百的老妇人扶着床位慢慢跪了下来，“电话打来说你出了车祸的时候……我这心里慌得站都站不起来，好在人没事……妈妈知道错了，妈妈给你道歉好不好……都是我们不好，我们不该逼你……我们……”

“我们不能没有你……我们，承受不了……”

看着跪倒在地的母亲，陈璇的脸上终于出现了情绪，她仰起头挣扎着，不想面对，不想被抓进监狱，但是想到母亲会有多难过，就再也跨不出最后的一步。

“陈小姐，”大缯观察着她的表情，“我明白你的意思，如果你觉得别人把你当道具和门面，你想要独立自我，那就拿出对自己负责的态度来。自己做的事，自己承担。”发现陈璇的视线转了过来，大缯指指身侧的两位老人，“别以为自杀就能解决什么问题，把所有痛苦都留给一头白发的父母，担不起自己的责任，就别怪别人看不起你。”

窗台上的女人沉默了，沉默地看着白墙，沉默地任由发丝被吹乱，沉默地放纵泪滴笔直地划过脸颊。

当她发现结婚前陆涛对她的好都是为了结婚而演的戏，当那些日日夜夜她被有名无实的婚姻捆绑，当她尖叫着要离婚却被一耳光扇在地上，被名叫丈夫的男人指着鼻子威胁“敢离婚我就到你单位去闹，让所有人知道你是个滥交的贱货”，当她回家和父母哭诉却被教育“如果离婚就没人要你”、“忍一忍这辈子就这样了”的时候，她的悲伤都化为怒火，她觉得全世界都在欺辱她，她撕心裂肺地思考：自己究竟做错了什么，为什么没有人帮我，我难道……真的活该如此……

没有人帮助一个在婚姻中无助的、没有主见的女子。

所有人都认为那是家务事。

所有人只看到跨出家门他们郎才女貌。

所有人都自以为是地站在“不拆一桩婚”的道德制高点，无视婚姻中女方哭诉的求助声，甚至配合着一起压迫哭诉的妻子，告诉她忍忍就过去了。自己回家后还洋洋得意：今天又弥补挽救了一场婚姻，他们真该给我发个奖状。

大缯把陈璇扶下了窗台，在薛阳给她戴上手铐时，大缯轻声地问，“陈小姐，你知道陆涛的情人是谁吗？”

陈璇的脸上浮现出一种讽刺般的笑容，“我不知道他是谁，但我知道，那是个男人……”

在场的人都愣住了。

“男……人？”陈璇的父亲突然大喘气着，愤怒地重复道，“你是……说……男……男……”

“没错，三年了，结婚三年，他从没碰过我，你们还怪我生不出孩子……他利用了我，把我骗进了婚姻，当做他同性恋的挡箭牌。”陈璇再次冷笑，“我想要你拉我一把，离开那个火坑，但是爸爸……你却把我狠狠地推了回去。”

回应陈璇的，是父亲晕倒在地的声音……

07　另一条出路

大缯站在阳台边抽烟。

他刚从法庭内走出来，在最终判决前，法官宣布了短暂的休息。陈璇对所做的事情供认不讳，两人平时就形同路人，陈璇在家受尽丈夫的冷落，在人前却被迫要配合他演出“幸福爱人”的角色，陆涛甚至放肆到了在家和情人通话都不避讳她的地步。

当他们两人一前一后坐在车上时，陈璇随口问了句，“晚上回来吃饭吗？”

回应她的，是陆涛的一个冷笑，“你管我？”

那是陈璇最后一次试探。

得到这个答案之后，她心中最后一丝奢望的火苗被湮灭，只剩下毫无色彩的灰烬。她慢慢从包里拿出宽胶带，悄无声息地一点一点把它们扯开，拉出一定长度，截成两段，上下并列用手捏着，然后从头上方绕到陆涛眼前，猛然用胶带勒住陆涛的脸，并且两段用力往后扯。当陆涛被胶带蒙住脸后无法呼吸，也看不见前路时，他挣扎着抓挠自己的脸，汽车的方向盘开始失控，随之陈璇被车晃得歪倒在后座上，手松开了胶带。最后当陆涛撕下脸上的胶带扔到一边时，车已经打了个转停了下来，他在慌乱中看到的，是近在咫尺的大卡车车头……

而恰好倒在后座的陈璇因为座椅的缓冲等因素，身上虽然诸多伤痕，最终却留下了性命。

大缯记得在法庭上，辩护律师和公诉人激烈争辩陈璇是蓄意谋杀还是激情杀人时，陈璇始终暗淡地看着远处的墙，谁也看不出她在想什么，但谁都看得出她的淡漠。

平台的门被打开，薛阳探头叫道："队长，休庭快结束了。"

大缯应声扔下烟头，走向门口。

"乱扔烟头要罚款的，队长。"

大缯斜过去一眼，"中午我请客。"

薛阳轻轻抬眉，"队长你最近又帅了。"

然后趁大缯没注意时，悄然捡起烟头扔进了垃圾桶。

法庭上，法官敲着法槌。

"在宣判之前，辩护律师，还有什么要陈述的吗？"

身穿西服的男人站起身，走到了法庭中间，仰头深吸一口气，然后用他温和的嗓音说出了震惊全场的话。"我希望在场的各位都能够理解陈璇的痛苦，因为我能理解，在这里，我今天不仅是陈璇的辩护律师，我的另一个身份，是陆涛的同性爱人。"

一句话激起千层浪，霎时议论声如波涛汹涌起来。

大缯也不禁坐直了身子，看向那个戴着银丝眼镜的辩护律师，然后顺着他的视线，看向了被告席。

陈璇瞪大了眼睛，和律师对视着。现在她的脑中一片混乱，过去的片段绕在了一起，让她有些分不清现在是身处噩梦，还是现实。

"不要让那个男人毁了你剩下的人生。"

她记得第一次见面时，辩护律师曾这样对她说。

"我知道大家都有疑问我为什么要这样做。我和陆涛认识、相爱已经有十年了，他也曾挣扎过，但终于臣服于父母、社会给他的压力。三年前，他决定组建一个家庭，骗一个女子结婚，对父母交代一下，也方便自己在职场上的晋升。我痛苦过，说真心话，此时此刻再回想当时，我想杀他的心情，不会比今天站在被告席上的陈璇少。"律师慢慢地踱着步子，整个法庭都在倾听他的声音，"唯一阻止我的，是我的母亲，她告诉我，不要让那个男人毁了你剩下的人生。"

他缓缓抬起视线，与陈璇四目对视着，“今天我站在这里，成为你的辩护律师的原因，是觉得你和我一样，被陆涛的自私给毁了。他明明是个同性恋，却利用你伪装自己，毫不考虑你的心情。那时你和他结婚，我就清楚地告诉他，我和他之间结束了，但不到三个月，他就哭着求我不要离开，他说他无法和你行夫妻之实，觉得你看他的眼神充满鄙夷，看到你就来气。我这里有一份电信的短信证明……”律师走到法庭侧面，在幻灯片大屏幕上映出了那份记录。

“那个女人就是个婊子，不然怎么这么好追，说结婚就跟我结婚了，就是没人要。”

“这世上只有你是我的爱，别离开我。”

“婚姻只是假象，等三年，等我三年，我当上科长之后就悄悄和她离婚。”

“没事，不出多久这女人肯定忍不住要出去偷男人，到时候我就能申请离婚。”

“短信之间，从来没有正经地提过陈璇这个名字，一直以那个女人、这个女人来称呼自己的妻子。陈小姐，三年前我是如此的恨，恨他，也恨你，但这三年来我想了很多，我不恨你，因为你比我更悲惨，我被他背叛，是我爱他，我活该受到这些。你从未做错什么，却被人骗进一场婚姻，被人不当做人看，被人做成一个摆设，用来展现给世人看的摆设。而对你做这一切的男人，心里对你却没有丝毫愧疚，有的只是对你的蔑视与伤害。那不是一个男人的所作所为。”银丝眼镜后面的眉皱了起来，“他对你毫无人性的一面，才让我彻底看清了他的真面目。法官，审判员，在场的各位，我请求你们考虑一下，事情到了今天这一步，不是陈璇一个人的错，陆涛的自私贪婪，和他泯灭人性利用一个女子骗婚的行为，才是一切的根源。当陈璇想要离婚时，周围人用威胁、劝说、压迫着她继续这场婚姻的行为，是悲剧的进一步，最终，才铸成了绝望的陈璇，决定要在一场车祸中和名义上的丈夫共赴黄泉。”

法庭中安静着，空气中皆是暗淡浑浊的气息，每个人都能从律师的话中感到真切的悲伤。

辩护律师扶了扶银丝边的眼镜，“我上次有个问题问你，你并没有回答我，陈小姐，告诉我们，为什么要用胶带封住陆涛的脸？为什么是这卷胶带，从各种角度来说，你用胶带的方式都是闻所未闻的。”

陈璇黯然的脸上浮现一丝淡笑，“那胶带是装修房子时买的……三年多的婚姻中……那是陆涛唯一一次陪我去买东西，之后不管我怎么求他，他都不会把时间浪费在陪我上。”

大缯看到法官发出一声叹息。

大缯走出法庭，走廊上站着正在等他的可可。

“你怎么跑过来了？”

“薛阳说你请客吃饭。”可可一脸理所当然，嘴里还叼着珍宝珠。“判了？”

“三年。”大缯沉着脸，伸手从口袋里掏出烟……

啪！

可可飞快地把烟从他手中打落，大缯仿佛看着好吃的掉落在地的小孩一样低头看看地上，抬头瞪着可可。后者一脸理所当然地回瞪着他，还目不斜视地一个小踢，把地上的烟给踢开了。

大缯无奈，想去捡烟，却被人叫住了。

“周队长？你刚才在庭上作证，你好，我也姓周，好巧。”银丝眼镜的律师伸出手，大缯迟疑了一下，握住了他的手。

“给陆涛父母打电话的人是你吧。”大缯握着他的手问道。

律师微笑着收回了手，“我要谢谢你，肯努力调查下去。”他看着大缯的神情，“你想问什么？问吧。”

“为什么要引导警察调查，又来给她辩护？”大缯笔直地问出了心里话。

“呵……不愧是警察，你够直接的。”律师笑着，“我也只是怀疑，因为在出车祸前一天陈璇打电话找到了我……说了很多很难听的，我一下子有些生气，但也能理解。接着第二天我就听说了车祸的事情，你们做警察的应该知道，所谓直觉这件事。”

大缯捡起地上的烟，略想了会儿，烟在指尖把玩着，“你其实没有回答我的问题。”

律师脸上的笑意更深了，他平时接触的都是些金钱方面的官司，鲜有接触警察的，他此刻才知道，经验老到的刑警有多难对付，下次一定记得绕开他们走道。

大缯笔直地逼视着对方，可可则站在一旁看看左看看右，简直看审讯现场，幸灾乐祸。

“因为她就是曾经的我，差一点成为杀人犯的我，如果一死百了也就算了，只要她活着，就会被陆涛的死折磨一辈子。”律师指指自己的胸口，“在心里。所以我要给她另一条出路，调查结案，坐牢赎罪，希望这几年过去后，有些事，能从她心里真正的翻过去，那时候，她才能回到正常的路。”

一时间，三个人都说不出话来，大缯都没想到，这个身份特殊的人居然是这样想的，他原本以为这人顶多是愤怒复仇，又心怀怜悯。

“总之，谢谢你，周队长。”律师微微颔首示意后离开。

看着他的背影，大缯问可可，“你怎么想？”

可可点点头，“挺帅的。”

大缯怒瞪：帅有什么用！人家不喜欢女人。